U0398903

陸深全集 三

〔明〕陸深 撰
林旭文 整理

廖可斌 主編
浦東歷代要籍選刊編纂委員會 編

復旦大學出版社

儼山外集

林旭文　整理

儼山外集目録

陸文裕公外集序

詹事府詹事兼翰林院學士贈禮部右侍郎謚文裕儼山先生外集者，輯略古義有《傳疑録》。在史館立義有《史通會要》。以編脩官入試院有《科場條貫》。書法造極三昧有《書輯》。性嗜古有《古奇器録》。考求聖祖刈夷之蹟，及扈從皇上行幸山陵，有《平胡録》及『南巡』、『北還』《日録》。其寓游歷覽，有『淮封』、『南遷』《日記》，有『河汾燕閒』、『知命』、『停驂』《録》，有『蜀都』、『豫章』《雜抄》，有《金臺紀聞》《玉堂漫筆》。其燕私有『春風』、『中和堂』《隨筆》、《顧豐堂漫書》、《春雨堂雜抄》及《谿山餘話》。又有《同異録》，發明格心之業。是皆可以昭世軌，歆人情，名一家言也。

予究觀之，其言出入四部，精究七略，大昭時憲，而細綜物曲。蓋兼子史稗官之要，而寓經世之略。古稱大雅博達，誠何以加焉。公平生無他好弄，飲食政事之外，必與翰札相親。其對晤賓客，劇談指斥，必古今通略。尤好接引人，雖單門後進，苟可與言，亦氣類相許與，而畢其餘論。以是論著之多，凡可以式獻當世，付之記室，無不纂録云。夫窮居抱藝之士，營營卒歲，猶不能自了其業。乃公筮仕來，外直史館，内侍講筵，簪筆含香之日，蓋將三十年。及外補司省，轍迹所至，幾半天下。其家居不過三數年而已。中更料理酬應，歲時周覽，安所從暇。乃有窮居抱藝之士爲之不逮，公獨以其餘力，能自廣如此。公慧悟之性，自少絶倫，且志向遠大，學有要領。雖其究竟精到，殆亦未嘗苦思弊力。故緣情注録，體裁各具，是豈恒人所辦哉。吾松濱于漲海，猶以名郡邑著稱，初非有寶玉珠璣之産，徒以人文跨越江左而已。至稱大方之家，則自機、雲而後千數百年，始得公一人焉。公又出自華宗，源長有委。道在廊廟，而理擅民宗。顧其爲志，實欲匡贊當世，不徒馳情藝事，與文學之士相雄長而已。故所述紀，凡典法倫教可以興革布措、可考見于後世者，靡不及焉。豈非希世之俊民，珪璋之偉望者耶？先所次《詩文集》共若干卷，此因名《外集》。子楫校，授中表黄子標銓次如此云。

嘉靖乙巳歲八月既望，後學郡人徐獻忠譔。

儼山外集卷一

傳疑録上

《明夷》『箕子以之』，漢趙賓訓箕子者，陰陽之氣，萬物方荄滋，非商箕子也。賓，蜀人。

『包犧因燧皇之圖而制八卦，神農演之爲六十四。』此淳于俊對高貴鄉公之言也。漢、魏間人士守經甚嚴，斯言必有所本。

《周詩》：『有周不顯，帝命不時。』毛氏訓曰：『不顯，顯也。不時，時也。』至《集傳》亦因之。『不』字當是『丕』字。《清廟》之『不顯不承』，即《書》之『丕顯』『丕承』。

《禹貢》九州：冀、兖、青、徐、揚、荆、豫、梁、雍。《周禮》九州：揚、荆、豫、青、兖、雍、幽、薊、并。《爾雅》九州：冀、豫、雍、荆、揚、兖、徐、幽、營。《周禮》多幽、薊、并而少冀、徐、梁〔一〕。《爾雅》多營而少梁，或謂并徐於青，分梁於雍、豫。舜『肇有十二州』，分冀爲幽、并，分青爲營。《禹貢》之成，固前《舜典》與？

史稱高貴才慧夙成，好問尚詞，即其幸學與諸博士論難，信然。自古末世之君多文彩，若隋煬、陳、唐兩後主最雋，然不過華靡藻麗耳。至深於經術，莫如高貴。人主之學與韋布異，不能不爲之浩歎。

孟子所論明堂在泰山，天子巡狩之地。古明堂神農作之，名曰天府。黄帝曰合宫，虞曰總章，商曰陽館，周始曰明堂。明堂者，明諸侯之尊卑也。

明堂九室如井田制。南向者曰明堂，北向者曰玄堂，東青陽，西總章，中曰太廟大室。四方之中室皆曰太廟，四方之旁室曰左个、右个。春居東，夏居南，隨時開門，大室則每季月末十八日居之。

其位在國之陽三里外丙巳之地。

其制上圓下方，重屋四周，中起大室，環以辟雍。東西廣九筵，南北袤七筵，三十六户，七十二牖。諸侯述職，於是乎布政。三公中階之前，北面，東上。九夷之國，東門之外，西面，北上。

《禮》，今所傳者《儀禮》《禮記》《大戴禮》與《周禮》，别有《后蒼曲臺記》數萬言，不傳。又有别本《周禮》，鄭康成常引以註《周禮》。古之經書皆有别本，《孟子》亦有别本，與今之刻本一類者不同。

《戴記・月令》又見於《吕氏春秋》。或云漢儒雜采吕書以記《禮》，或云本《禮經》之舊文也，吕書剿取之。據不韋之書，《月令》特優。

『子所雅言，《詩》、《書》、執禮』，『執』字當是『埶』即藝字。字之誤。隸書『埶』『執』字相類。埶，樂也。是即春秋教以《禮》《樂》，冬夏教以《詩》《書》，與四教亦是四事。

『爲長者折枝』，『枝』『肢』古通用。肢，四支也。腰亦曰肢，折枝猶折腰也。古詩云折腰載拜跪，陶淵明以五斗米折腰，蓋言爲長者揖拜耳。

唐太宗即位，從封德彝言，於是疏屬王者降爲公。德彝之言曰：『爵命崇則力役多，以天下爲私奉，非至公之法也。』

潁濱蘇氏曰：『宗室之盛，未有過於此時者也。禄廩之費，多於百官，而子孫之衆，宫室不能受。自生齒以上，皆養於官，長而爵之，嫁娶喪葬無不仰給於上。日引月長，恩之所必窮者也。今聚而養之，厚之以不訾之禄，尊之以莫貴之爵，使其賢者老死，鬱鬱而無所施，不賢者居處隘陋，戚戚而無以爲樂，甚非人情也。』

三代公族，有親未絶其列於庶人者。

漢之封爵，皇子則王，王子則侯，侯、王世及，無嫡則絶。

兩漢之法，帝之子爲王，王之庶子猶有爲侯者。自侯以降，則庶子無復爵土，蓋有去而爲民者，有自爲民而復仕於朝者。至唐亦然。

唐制，諸侯王薨，子嗣襲王。嗣王薨，有降爵爲公、侯者，有數年後嗣封王者。

宋制，親王之子不封郡王，親王既没，不立嗣王。

唐宗正寺歲送進士二十人，與國子監、京兆府相比。李程、李貽，皆爲舉首。

宋制，宗子特立學以教養之，而取才焉。其出身仕宦，與民庶略等。嘉王取狀元，汝愚爲宰相，其顯者。

本朝親王之國，無子，則取回宫眷，除其國。近日壽、秀、涇是也，皆憲廟子。至於國王絶，則繼，晉府新淮是也。不知絶於近支，而繼乎遠派，必有深意。

王安石在熙寧間裁減宗室恩數，三學宗子鬨聚都下，俟安石入朝，擁馬以訴。安石徐下馬，從容言曰：『譬如祖宗功德，服盡而祧，何況賢輩？』於是宗子皆散。雖荆公一時應變之才，然其言不可廢也。

屯田者，屯於邊而田者也。今腹裏皆有屯田。

土圭之法，六尺爲步，步百爲畝。秦廢井田。漢興，始以二百四十步爲畝。唐開元二十五年，令田廣一步、長二百四十步爲畝，畝百爲頃。至今版圖皆準之。一云商鞅佐秦，以一夫力餘，地利不盡，於是改制二百四十步爲畝。

立步制畝，經土設井，使八家同之，自黄帝始，世儒多謂難行。予行東西南北皆萬里，自吴越外，田多荒廢，水利不修故也。井田亦徒擾。昔在山西按察時，嘗與于布政湛議，欲於京城外倣菜園之制，每二三十畝鑿井一區，用以澆灌黍麥，庶歲穫可期，而亦不失井田之名。欲上其事於朝而不果。漢時龍首渠田亦鑿井，有深四十餘丈者，往往井下相通行水，蓋古法也。

民出力以養兵，兵出力以衛農，此兩言似是而實害天下之大端也，其究至於兵農兩弊而後已。何則？農之所養者，兵或不得用，而農之所賴者，兵何嘗概及耶？古者兵出於農而役出於民，五口之家，常有一人爲兵，而二十歲之男子，歲有三日之役。今聞邊兵半皆執役，而京師之禁旅亦且占役矣。馬端臨曰：『兵與農共此民也。故無事則驅之爲農而力稼穡，有事則調之爲兵而任争戰。唐府兵之法猶存。至兵農既制，不獨農疲於養兵，而兵且恥於爲農。』按貴與之論，則屯田之策，不可不講也。

古者求才甚實，蓋其粗始於力田，而其精極於孝弟廉恥之際，此鄉舉里選之法也。故周之人才爲盛。善乎宋儒之論曰：『士大夫爲聲病剽略之文，而治苟且記問之學，曳裾束帶，俯仰周旋，而皆有意於天子之爵禄。夫天子之所求於天下者，豈在是也？宜復古孝悌之科，與今之進士同舉而皆進，使天下明知天子之意，以副上之所求，庶乎風俗可漸復矣。』

自古取民之制計歲，故謂之歲辦。貢、助、徹，皆什一。漢法最輕，史稱三十而税一。文帝十三年六月，詔除民田租。且古者十一而税，以爲天下之中正。今漢人田或百一而税，可謂鮮矣，當時民力可想也。兩税三限作自楊炎始。《唐書·食貨志》兩税具載，並無三限條格。蔡介夫云，夏税盡六月，秋税盡十一月。如此止是兩限爾。想兩税俱限以三次征輸，亦有緩征之意。雖然，炎固萬世罪人也。

世言三尺法者，蓋用三尺竹簡書律法。詔書謂之尺一，亦以一尺版書詔，囊封加璽，又謂之璽書。

近有梓行《史漢異同》，論騭文字頗有工，獨闕《相如傳》，贊而不論。揚雄所謂曲終而奏雅，豈子長所得採摭耶？

楊德祖與曹孟德讀曹娥碑。娥，上虞人，今曹娥江在寧紹兩界中，孫權據越，當時孟德何緣得至江滸耶？

洪武四年廢圖譜局，得非以彌文太盛乎？魏晉置中正，以門第官人。李唐論相惟重八姓。自秦不師古，焚毀典籍，聖賢之世系湮没，而姓氏遂不辯。後世婦人一例稱氏，何所本與？傳曰『別生分類』，蓋姓之爲言生也，氏之爲言類也，此姓氏之説。漢室去古未遠，凌煙圖畫，題曰『大將軍博陸侯霍氏』，以氏代名，蓋男子之美稱爾，豈有姓有氏，男女通稱與？《左傳》：『天子建德，因生以賜姓，胙之土而命之氏。』義各有取，難以混稱也。若堯、舜姬姓，稱陶唐氏、有虞氏；大禹姒姓，稱有夏氏；成湯子姓，稱有商氏。吕東萊祖謙云：『三代之時曰姓者，統其祖考之所自出也，百世而不變。曰氏者，則其子孫之所自分也，數世而一變。』竊恐氏亦難以自分而隨變也。按姜姓爲吕氏，至于今不變。若國氏爲子國之後，駟氏爲子駟之後，所謂以字爲氏者也。又有以郡爲氏者，齊、魯、秦、吴是已。以謚爲氏者，文、武、成、宣是已。以官爲氏者，司馬、司徒是已。以爵爲氏者，王孫、公孫是已。以居爲氏者，東門、北郭是已。至於巫乙氏、匠陶氏，又以所有事爲氏，皆不容變。如吾陸姓，宜稱吴氏，所謂朱、張、顧、陸，吴郡四大姓也。漢制，侯爵凡五等，國、邑、關内、鄉、亭，陸以鄉侯爲氏，裴、陸、龐、閻是也。

復有以國，以邑，以鄉，以亭，以地，以姓，以名，以次，以族，以技，以吉德，以凶德，以爵系、國系、族系、邑系之類，凡二十餘。有複姓、三字姓、四字姓之類，具見鄭氏《通志》。故曰三代以前，姓氏分而爲二，男子稱氏，婦人稱姓，氏别貴賤，姓别婚姻，貴者有氏，賤者有名。三代以後，姓氏合而爲一，大抵姓可呼爲氏，氏不可呼爲姓也。

一説帝堯姓伊祁，名放勳，堯其謚爾。夾漈鄭氏曰：堯、舜、禹、湯，皆名也。

商、周之先，有無端典禮，若《玄鳥》《閟宫》之詩是已。按姜嫄，帝嚳元妃，簡狄爲次妃，則稷、契皆帝子也。後人追隆之祀，乃有取於玄鳥、巨人，使稷、契有母而無父，謂之何哉？

古今説《春秋》者，只於『春王正月』，皆不得聖人之旨。夫四時定歲，天道無忒，時冬也，而謂之春，故書曰春，實非春也。東遷陵遲，政教不綱，無王矣，而謂之王，故書曰王，實非王也。

本十月也，而謂之正，故書曰正月，實非正也。所謂據事直書，而其義自見，褒貶之説，恐後來穿鑿耳。葵丘、首止，皆非美詞。

『内悦其君之心，委曲聽順，而無所違戾；外竊其生殺予奪之柄，黜陟天下，以見己之權，而没其君之威惠。内能使其君歡愛悦懌，無所不順，而安爲之上；外能使其公卿大夫百官庶吏無所不歸命，而争爲之腹心。上愛下順，合而爲一，然後權臣之勢成。』此蘇潁濱論權臣，文極明快。雖然，不已誨淫乎？

域中輿地東西九千三百二里，南北萬三千三百六十六里，此漢之極盛也。唐之極盛，東西九千五百十里，南北萬六千九百十八里。本朝疆界，予所行者，起自東海，西至成都，又西望威茂松潘，約有千里，蓋萬里餘矣。成都萬里橋，蓋自長安迂道言之，指南北也，非實。南自延、建，北至雁門，予行蓋五千里餘云。

南濠都太僕好古書籍，在京嘗爲言《水經》，予因借出抄行，近刻之吴中。予覽之，有三疑。桑欽著書，能成一家言，《後漢·文苑》何不爲立傳？欽之名姓，又别無考見，一疑也；《水經》所具，至到源委，徧及夷夏，非一人一生所可窮極，一疑也；所稱酈道元注，道元後魏時人，其書該洽浩博，後來引用者但稱出《水經注》而已，不知《經注》復何所出，又一疑也。偶覽《通典》，亦載《水經》郭璞注三卷，酈道元注四十卷，皆不詳撰者名氏，亦不知何代之書，但謂是順帝以後纂序也。且云所作詭誕，全無憑據，擬於《吴越春秋》《越絶》之流，亦不知有桑欽。君卿博洽之儒，其論當可信與？《漢書·孔安國傳》載徐敖以《毛詩》傳惲子真，子真傳桑欽君長，此當是西漢末人，與《水經》同乎否？

予在代州試諸生，以河間、保定韃官韃舍爲問，意欲爲處置之策。顧事體重大，郭欽、江統之論，不可不熟慮也。唐補闕薛謙光上疏，蓋謂戎夏不雜，自古所戒，夷狄無信，易動難安，故斥居塞外，不遷中國。至謂冒頓彊盛，不能入中國者，非兵力不足也。其所以解平城之圍而縱高帝者，爲不習中土之風，不安中國之美，生長磧漠之北，以穹廬堅於城邑，以氈罽美於章紱，既安其所習而樂其所生，是以無窺中國之心者，爲生不在漢故也，豈有心不樂漢而欲深入漢者乎？劉元海五部離散之餘，而卒能自振於中國者，爲少居内地，明習漢法，非惟元海悦漢而漢亦悦之，一朝背叛，四方響應，遂鄙單于之號而竊帝王之寶，賤沙漠而不居，擁平陽而鼎峙者，爲居漢故也。向使元海不内徙，止當劫邊人繒綵麴糵以歸陰山之北，安能使王彌、崔懿爲其用耶？言甚剴質，可嗣《徙戎》。嘗觀遼、金、元與五季、二宋相終始，卒爲中華患者，亦坐燕雲之外棄耳。故曰前事之不忘，後代之龜鑑也。

山濤爲晉吏部尚書，最有名實，世稱『山公啓事』。偶録其一通曰：『侍中彭權遷，當選代。按雍州刺史高簡有雅量，在兵間少，不盡下情，處朝廷足以肅政左右。衛將軍王濟，才高美茂，後來之冠。此二人誠顧問之秀。聖意儻惜濟，貴之。驍騎將軍荀愷，智器明敏，其典宿衛，終不減濟。祭酒庾純，强正有學，亦堪取選。國學初建，王、荀已亡，純能其事，宜當小留，粗立其制。不審宜爾有當聖旨者否？』其體例明確如此，誠可爲法。

時日之忌，固小道也，世俗亦有所自來。子卯謂之疾日，又有往亡日。《檀弓》曰『子卯不樂』，蓋本於桀、紂之事。唐朝新格，又以正月、五月、九月爲忌月，至今仕宦上任避之。此本無謂，房玄齡等損益隋律，亦存之以不行刑，謂之斷屠月。

【校記】

〔一〕冀：原作『青』，據四庫全書本及上下文改。

儼山外集卷二

傳疑録下

王政謹權量。聖人於粗迹，皆有精義存焉。諺曰大秤小斗，用以掊尅聚斂，高下其手，亂之始也。故謹之，亦在於始。所謂探賾索隱、鉤深致遠者，是物也。

權以權輕重也。五權之法，銖、兩、斤、鈞、石。二十四銖爲兩，十六兩爲斤，三十斤爲鈞，四鈞爲石。

量以量多少也。五量之法，龠、合、升、斗、斛。十龠爲合，十合爲升，十升爲斗，十斗爲斛。

度以度長短也。五度之法，分、寸、尺、丈、引。秬黍一爲分，十分爲寸，十寸爲尺，十尺爲丈，十丈爲引。

衡以準曲直也。五則之法，衡、規、矩、繩、準。衡運生規，規圓生矩，矩方生繩，繩直生準。

夫權起於黃鍾之重。一龠容千二百黍，爲十二銖。兩之爲兩，故曰兩，一兩二十四銖也。乘之而爲石，石一百二十斤也。

量起於黃鍾之龠。十龠爲合，以十乘之而爲斛，後世斛容五斗。黍、穀出入，兩斛當一石。凡糧稅入籍爲石者，皆兩斛也，此或便於轉輸，俗因用之。《漢書》糧穀稱斛，鹽亦稱斛，茭、稿稱石，注曰石百二十斤也。斛、石，權量用同。

度起於黃鍾之長。後世十寸謂之尺，十尺謂之丈。凡公私所度，皆以丈計矣。

衡起於黃鍾之平。權與物鈞而爲衡，衡平而權鈞矣。

按，黃鍾爲萬事根本，其要在中氣元聲而已。但纍黍、候氣之法，無授受之真，必當有神解妙悟者，此禮樂之本也。

《虞書》曰『乃同律度量衡』，三代共之，至秦不師古，而後紛綸莫定矣。迨南渡六朝割裂之際，乃有大升大兩長尺之法。當時調鍾律、測晷景及冠冕制用小升小兩，自餘公私用大升大兩。或云隋制以三兩當一兩，三升當一升，一尺二寸當一尺。然後魏高祖已有廢大斗去長尺之令矣。

《漢書》黃鍾之龠，以子穀秬黍中者千有二百實其龠，以井水準其概，十龠爲合。杜氏《通典》所載黍同，而以二龠爲合。當從杜説。千二百黍爲十二銖，以十乘之，至鈞、石則不合矣。故兩之爲兩，兩龠爲合，兩斛爲石，古今宜然。

纍黍之法

以子穀秬黍中者度之，九十黍爲黄鍾，一黍一分，九十分之得九寸。子北方也，秬黍黑黍也。

愚按，子穀以冀州黑羊山所出爲中，但時有豐歉，實有虧成，固亦難準，若和氣須候之。

候氣之法

於三重密屋内，以木爲案，十有二具。每取律吕之管，隨十二辰置於案上，内卑外高，而以土埋之。上平於地，中實葭莩之灰，以輕緹素覆律口。每地氣至於律，冥符則灰飛衝素，散出於外，而氣應矣。

凡節氣有早晚，故灰飛有多少。或初入月，其氣即應，或至中下旬間氣始應者，或飛灰出三五夜而盡，或終一月纔飛少許，各有徵應。大抵管灰小動爲氣和，大動爲君弱臣彊，不動爲君嚴猛云。

一説律管入地，以葭灰實其端，其月氣至，則灰飛而通。

北齊信都芳，爲輪扇二十四，埋地，以測二十四氣。每一氣感，則一扇自動，他扇並住，與管灰相應無少異。

旋相爲宫之法

每律皆可以起宫。如黄鍾爲宫，則太簇爲商，姑洗爲角，林鍾爲徵，南吕爲羽，皆以三分損益，隔八相生得之。餘律皆然。

宫者君主之義，十二管更迭爲主。自黄鍾始，當其爲宫，五聲皆備。黄鍾第一宫，下生林鍾爲徵，上生太簇爲商，下生南吕爲羽，上生姑洗爲角。餘倣此。

林鍾第二宫　太簇三　南吕四　姑洗五　應鍾六　蕤賓七　太吕八　夷則九　夾鍾十　無射十一　仲吕十二

三分損益之法

凡陽律三分其數，而損一分，以下生陰。

凡陰律三分其數，而益一分，以上生陽。如林鍾未至應鍾亥，皆在子午以東，故謂之下生。大吕丑至蕤賓午，皆在子午以西，故謂之上生。一説數多者上生，少者下生。

黄鍾三分之，得二十七數凡三，損去一分，得五十四數，是爲下生林鍾爲徵。

三分林鍾，一十八數凡三，益一分，得七十二數，是爲上生太簇爲商。

三分太簇，二十四數凡三，損去一分，得四十八數，是爲下生南吕爲羽。

三分南吕，十六數凡三，益一分，得六十四數，是爲上生姑洗爲角。

三分姑洗，二十一數凡三，零一數不行。

隔八相生之法

如子爲黄鍾之宫，歷丑、寅、卯、辰、巳、午，至未爲林鍾之徵，餘以類推。又如黄鍾九以林鍾六爲妻，太簇九以南吕六爲妻，隔八而生子，則林鍾生太簇，夷則生夾鍾之類。故曰律娶妻而吕生子也。

五聲　宫土商金角木徵火羽水

黄鍾爲宫八十一	濁	君	復	子
太簇爲商七十二	次濁	臣	泰	寅
姑洗爲角六十四	次濁	民	夬	辰
林鍾爲徵五十四	次清	事	遯	未
南吕爲羽四十八	清	物	觀	酉

數之多少，聲之尊卑分焉。

宫最大而沈濁，羽最細而輕清，商之大次宫，徵之細次羽，角居四者之中。

大抵歌聲長而濁者爲宫，以漸而清且短爲商，爲角，爲徵，爲羽。

律吕相間，以次而短。故黄鍾最長，至應鍾而短極。

黄鍾之數八十一，三分損一，下生徵。徵三分益一，上生商。商三分損一，下生羽。羽三分益一，上生角。角聲之數六十四，以三分之不盡一，算數不可行，此聲之所以止於五也。

二變

變宫四十二小分六

變徵五十六小分八

五聲宫與商，商與角，徵與羽，羽與宫，相去各一律。至角與徵，羽與宫，相去乃二律。相去一律則音節和，相去二律則音節遠。故角、徵之間近徵，收一聲比徵少下，故謂之變徵。羽、宫之間近宫，收一聲少高於宫，故謂之變宫。古人謂之繆和，蓋所以濟五聲之不及也。

角聲既不可行，必當有以通之。故因角數以九歸之，得五百七十六，三分損益，再生變徵、變宫，以從五聲之數，存其餘數，以爲彊弱。至變徵之數五百一十二，以三分之，又不盡二，算數又不行，此變聲所以止於二也。

五聲十二律旋相爲宫，各有七聲，合八十四聲。宫、商、角、徵、羽各十二聲，凡六十聲，爲六十調。變宫十二，在羽聲之後，宫聲之前。變徵十二，在角聲之後，徵聲之前。宫不成宫，徵不成徵，凡二十四聲，不可爲調，非正聲也。

揚雄《琴清》曰：『舜彈五弦之琴而天下化，堯加二弦，以合君臣之恩。』桓譚《新論》曰：『文武各加一弦。五弦第一爲宫，次商、角、徵、羽，餘二弦爲少宫、少商。』按此豈即二變爲七聲耶？一説商以前但有五音。

劉彝曰：『宫屬土，絃用八十一絲爲最多，而聲至濁，於五聲獨尊，故爲君象。商屬金，絃用七十二絲，聲次濁，故次於君而爲臣象。角屬木，絃用六十四絲，聲半清半濁，居五聲之中，故次於臣而爲民象。徵屬火，絃用五十六絲，其聲清，有民而後有事，故爲事象。羽屬水，絃用四十八絲爲最少，而聲至清，有事而後用物，故爲物象。此其大小之次也。』愚按，彝言特指絲聲耳，八音皆具五聲。

愚按，《通典》以應鍾爲變宫，蕤賓爲變徵。《淮南子》曰：『姑洗生應鍾，比於正音，故爲和。應鍾生蕤賓，不比於正音，故爲繆。』按，二變不得爲調，以其非正聲也。所謂和、繆者，蓋以繆和之，取濟助耳。醫家有繆刺，左病則鍼右，恐其意亦當然。

十二律

黄鍾子管長九寸，空圍九分。

太吕丑管長四寸二百四十三分寸之五十二倍之，爲八寸分寸之二百四十。

太簇寅管長八寸。

夾鍾卯管長三寸二千一百八十七分寸之一千六百三十一倍之，爲七寸分寸之一千七十五。

姑洗辰管長七寸九分寸之一。

中吕巳管長六寸萬七千六百八十三分寸萬二千九百七十四。

蕤賓午管長六寸八十一分寸之二十六。

林鍾未管長六寸。

夷則申管長五寸七百三十九分寸之四百五十一。

南宫酉管長五寸三分寸之一。

無射戌管長四寸六千五百六十一分寸之六千五百二十四。

應鍾亥管長四寸二十七分寸之二十。

一説黄鍾長八寸七分一。　宫

大吕長七寸五分三分一。

太簇長七寸七分二。　角

夾鍾長六寸一分三分一。

姑洗長六寸七分四。　羽

中呂長五寸七分三分二。　徵

蕤賓長五寸六分三分一。

林鍾長五寸七分四。　角

夷則長五寸四分三分一。　商

南呂長四寸七分八。　徵

無射長四寸四分三分二。

應鍾長四寸二分三分二。　羽

律者，候氣之管也。《漢書·律歷志》云：『十二律，黄帝之所作也。黄帝使伶倫自大夏之西、崑崙之陰，取竹之嶰谷生其竅厚均者，斷兩節間而吹之，以爲黄鍾之宫。制十二箫，以聽鳳之鳴。其雄鳴爲六，雌鳴爲六，比黄鍾之宫，而皆可以生之，是謂律本。陽六爲律，陰六爲吕。律以統氣類物，吕以旅陽宣氣。只言六律者，陽統陰也。』

古用玉爲律，漢末用銅律。《史記》注：『律，述也，所以述陽氣也。』一説律，法也，言陽氣與陰氣爲法；吕，助也，言陰氣助陽宣氣，俱稱律，故曰十二律。

按，劉昭曰：『吹以考聲，列以候氣，皆以聲之清濁、氣之先後求黄鍾者也。』

其法多截竹，以擬黄鍾之管。或極其長，或極其短，每管皆差一分，吹之而聲清，候之而氣應，則黄鍾可得矣。

氣至升降之數

冬至，黄鍾九寸。升五分一釐三毫。

大寒，太吕八寸三分七釐六毫。升三分七釐六毫。

雨水，太簇八寸。升四分五釐一毫六絲。

春分，夾鍾七寸四分三釐七毫三絲。升三分三釐七毫三絲。

穀雨，姑洗七寸一分。升四分□□五毫四絲三忽。

小滿，仲吕六寸五分八釐三毫四絲六忽。升三分□□三毫四絲六忽。

夏至，蕤賓六寸三分八釐。升二分八釐。

大暑，林鍾六寸。升三分三釐四毫。

處暑，夷則五寸五分五釐五毫。升二分五釐五毫。

秋分，南吕五寸三分。升三分□□四毫一絲。

霜降，無射四寸八分八釐四毫八絲。升二分二釐四毫八絲。

小雪，應鍾四寸六分六釐。

漢京房作律準，後魏王仲孺按京房準九尺之内若十七萬七千一百四十七分[一]，一尺之内爲萬九千六百八十三分，又復十之，是爲於準一寸之内亦爲萬九千六百八十三分。然則於準一分之内，乘爲二千分，又爲小分，以辨彊弱。中間至促，離婁之明，亦未易以辨也。

十二律解

黄鍾所以宣養六氣九德也。

太簇所以金奏贊揚出治也[二]。

姑洗所以潔修百物、考神納賓也。

蕤賓所以安靖神人、獻酬交錯也。

夷則所以詠歌九則、平民無貳也。

無射所以宣布哲人之令德、示民軌儀也。

太吕助陽宣物也。

夾鍾出四隙之細也。

中吕宣中氣也。

林鍾和展百事，俾莫不任肅純恪也。

南吕贊陽秀也。

應鍾均利器用，俾應復也。見《國語》。

黄鍾，復卦。陽氣鍾黄泉而出也。鍾者，踵也。律有形有色，五色莫盛於黄，故陽氣鍾於黄泉，孳萌萬物，爲六氣元也。位於子，十一月。

太簇，泰卦。太，大也；簇，凑也。言萬物隨於陽氣太簇而生也。位於寅，正月。

姑洗，夬卦。姑，故也；洗，鮮也。萬物去故就新，改柯易葉，莫不鮮明也。位於辰，三月。

蕤賓，姤卦。言陰氣幼少，故蕤萎；陽不用之，故曰賓。位於午，五月。

夷則，否卦。夷，傷也；則，法也。言萬物始傷，被刑法也。位於申，七月。

無射，剥卦。射，終也。言萬物隨陽而終，當復隨陰而起，無有終已也。位於戌，九月。

六律之吕

太吕，臨卦。吕，助也，謂陽氣方生，陰氣助其宣物。位於丑，十二月。

夾鍾，大壯。夾，孚甲，言萬物孚甲，種類分出也。又當陰陽相夾厠〔三〕。位於卯，二月。

仲吕，乾卦。言萬物盡旅而西行，又謂陽氣盛長，陰助成功也。位於巳，四月。

林鍾，遯卦。林，茂也，盛也，六月陽皆茂盛，積於林野。又林，衆也，萬物成就，種類衆盛也。位於未，六月。

南吕，觀卦。南，任也，謂時物皆秀，有懷姙之象。八月初，物皆含秀懷吐之象，陰任陽功，助陽成功也。位於酉，八月。

應鍾，坤卦。應，和也，謂歲功皆應，和陽功收而聚之也。又陽氣應，不用事，陰雜陽氣，閉塞萬物作種也。位於亥，十月。見《史記》。

愚按，六律六吕，律屬陽，吕屬陰，通謂之十二律。古稱黄帝所作，其名必亦黄帝所命，有理有象，大抵取諸聲氣云。夫聲以器出，氣由物形，非可騖論也。《國語》是先秦古書，但言其義與其用耳。《史記》所敘，兼及歷卦，而義衍居多，亦未指名其體爾。二書未詳本始果出於何人也。若毛、鄭以義説《詩》，而聲氣遂亡。漢儒之失，大概俱然。又按，黄帝初，斷十二篇以置律，蓋竹管也。《淮南子》謂律之數六，分爲雌雄，此與嶰谷之事合。又曰十二鍾以副十二月，則非徒取於義，而實有其器。本律名鍾者亦四，但古器毁闕，遂生後來紛紜之論。

揚子雲曰：『聲生於日，律生於辰，夫謂十二律爲十二辰可也。以十干并爲五，如甲、己爲角，以配五聲。』子雲之學，零星若此。

八音：金　石　絲　竹　匏　土　革　木

金之屬：鐘　棧鐘　鎛　錞于　鐃　鐲　鐸　方響　銅鼓　銅鈸

石之屬：磬　鑋

絲之屬：琴　瑟　筑　箏　琵琶　阮咸　箜篌

竹之屬：簫　管　篪　七星　籥　笛　篳篥　笳　角

匏之屬：笙　竽

土之屬：塤　缶

革之屬：鼓　齊鼓　擔鼓　羯鼓　都曇鼓　毛圓鼓　答臘鼓　雞樓鼓　正鼓　節鼓　撫拍　雅

木之屬：柷敔　舂牘　拍板

《通典》八音之外又有三：桃皮　貝　葉

舜時用八音，用金、石、絲、竹、匏、土、革、木，計用八百般樂器。至周時改用宮、商、角、徵、羽，用製五音，減樂器至五百般。至唐朝，又減樂器至三百般。太宗朝三百般樂器内挑絲、竹爲胡部，用宮、商、角、徵、羽，並分平、上、去、入四聲，其徵音有其聲無其調。見唐段安節《樂府雜録》〔四〕。

八音之中，金聲最高，竹、革之聲次之，匏音次之，絲音又次之，石音最低。

陽管六：黃鍾　太簇　姑洗　蕤賓　夷則　無射

陰管六：大吕　夾鍾　中吕　林鍾　南吕　應鍾

黃鍾爲宫，太簇爲商，姑洗爲角，林鍾爲徵，南吕爲羽。應鍾爲變宫，五百七十六數[五]；蕤賓爲變徵，五百一十二數。

子者，孳也，陽氣至此，更孳益而生，故謂之子。丑者，紐也，言居終始之際，故謂之丑。寅者，津也，津者，塗之義。正月之時，生萬物之津塗，故謂之寅。卯，茂也，言陽氣至此，物生孳茂也，故謂之卯。辰者，振動之義。此月物皆震動而長，故謂之辰。巳者，起也，物至此時，皆長而起也，故謂之巳。午者，長也，明物皆長，故謂之午。未者，味也，言時物向成，皆有氣味，故謂之未。申者，身也，言萬物皆身體而成就，故謂之申。酉者，猶縮之義。此月時物皆縮小而成也，故謂之酉。戌者，滅也，言時衰滅也，故謂之戌。亥者，劾也，言陰陽氣劾收萬物，故謂之亥。

漢儒十二辰解，蓋依月令而傅會之。若推之歲辰，又推之日辰，則窒礙矣。大撓作甲子，本於周天度數，以日爲主，故因日生時，積時爲日，積日爲月，積月爲歲，以其餘四分度之一推測盈虚置閏焉。用以起曆，冬至夜半乃曆元也。十二辰爲十二宫，蓋周天之位次耳。字書：日之所寺爲時。因日之所寺以紀昏明陰陽之候，如日在子宫爲子，在午宫爲午，餘以類推，未必可以義解也。

儼山外集卷三

河汾燕閒録上

杜詩『風吹滄江樹，雨洗石壁來』，自是以實字作虛字用。樹，樹立之樹。晦翁以爲誤字，欲更爲『去』，對『來』字，恐未然。東坡『有美堂詩』云『天外黑風吹海立，浙東飛雨過江來』，祖此，但長公不若老杜之簡雅遠矣。〔一〕

山西地寒。予六月初巡五臺，嶺頭澗底，層冰積雪皚皚，尚衣薄綿，再加一綿適可當。憲副陳汝止伯安兵備代州，爲予言北上雁門更寒，雲中更寒，然煖木實産其間，此陰中陽也。

水潤下，情也，性最上，故雨露自高降而露又高。凡水失其情，則潰決之禍甚烈，性上故也。

聞喜之裴，自後漢裴輯而下，葬北倉村，數里間，凡五十二人，皆尚書、侍郎、國公、將相，亦宇內之罕有也。

六月廿三日，予以傷足卧分司，承總司關會議救荒事。內申明弘治間南科給事中羅鑒建言，部議舉行，每十里以上，積糧一萬五千石，遞至八百里以下，積糧一十九萬石。此外遞增者旌擢，遞減者黜罰。是或可行之蘇、松等七府，亦爲彌文耳。若山西，則豈能奉行？山西州縣，多在山谷之間，路逕崎嶇，搬運極難，加以地瘠天寒，據豐稔之歲，十里之間，所收亦不滿一二萬，而先積一萬五千於官，則民無歲不飢矣。莫若約以十里之内，令其勤力耕種，每歲加收數千，官司增價糴入倉中，以備救荒。庶幾民貪於利而開墾日廣，則粟多而民自可給，乃是藏富之策，此勸農之官不可以不設也。信乎立法者以隨時通變爲難。

戴石屏詩『麥麨朝充食，松明夜當燈』，此是山西本色語。深山老松，心有油者如蠟，山西人多以代燭，謂之松明，頗不畏風。

《新唐書》：突厥圍煬帝雁門，煬從圍中以木繫詔書，投汾水而下，募兵赴援。今雁門近滹沱而不通太原，汾水絶遠，況稱圍中投之，失實。

一産而三，有至四者，皆陰氣盛而母道壯也。

唐制，以《禮記》《春秋左氏傳》爲大經，《詩》《周禮》《儀禮》爲中經，《易》《尚書》『春秋公、穀傳』爲小經，當是以簡帙繁簡爲次第爾。

唐制，宰相不正名。初因隋制，以中書令、侍中、尚書令共議國政，此宰相職也。其後以太宗嘗爲尚書令，臣下不敢居，由是僕射爲尚書省長官，與侍中、中書令皆號宰相。然不輕授，故常以他官居職，而假以他名。自太宗時，杜淹以吏部尚書參議朝政，魏徵以秘書監參預朝政，其後或曰參議得失、參知政事之類，皆宰相職也。貞觀八年，僕射李靖以疾辭位，詔疾小瘳，三兩日一至中書門下平章事，而平章事之名始於此。其後李勣以太子詹事同中書門下三品，謂同侍中、中書令也，而同三品之名始此。然二名不專用，而他官居職者，假他名猶故。自高宗已後，宰相必加同中書門下三品，雖品高者亦然，惟三公、三師、中書令則否。其後改易官名，而張文瓘以東臺侍郎同東西臺三品入銜，自文瓘始。永淳元年，以黄門侍郎郭舉、兵部侍郎岑長倩等同中書門下平章事。平章事入銜，自倩、舉等始。自是以後，終唐之世，訖不改焉。

李勘，字定臣，唐渤海王奉慈七世孫。好學，明六經，舉進士，就試禮部，吏唱名乃入，定臣恥之，遂隱居陽羡。常惡元、白詩體纖艷，乃集詩人之類古斷爲唐詩以譏正其失，其識超卓矣。惜其集不傳於世，無由考觀。

漢詔：死者不可復生，繼者不可復續。字書反繼爲絶，後乃更爲斷，失初意矣。

陳後山有一帖與山谷云：『邇來起居何如？不至乏絶否？何以自存？有相恤者否？令子能慰意否？風土不甚惡否？平居與誰相從？有可與語否？仕者不相陵否？何以遣日？亦著書否？近有人傳《謁金門》詞，讀之爽然，便如侍語，不知此生亦能復相從如前日否？朱時發能復相濟否？』備盡謫居意味，讀之慨然。但謂仕者相陵，意尤可憐。仕本同類，豈其初心？一爲人作鷹犬，亦何所不至。舒亶、李定輩，果何人耶？又柳子厚與蕭思謙書云：『飾知求仕者，更言僕以悅讎人之心，日爲新奇，務相喜可，自以速援引之路。而僕輩坐益困辱，萬罪橫生。』其言益可憐矣。嗟乎，人之禍福，雖所自取，而世態所從來，非一日矣。

隋文帝開皇十三年十二月八日，敕廢像遺經，悉令雕撰。此印書之始，又在馮瀛王先矣。

東白先生張公元禎以太常卿兼講學〔二〕，教乙丑科庶吉士。先生天順庚辰進士，以道學名世，嘗爲予言：自小子登朝，見士大夫凡三變。初登朝，見士大夫多講政事，遂有好政事，意蓋指李文達公輩也。再登朝，見士大夫多講文章，遂有好文章，意蓋指李文正公輩也。及今次登朝，見士大夫多講命，爲之微笑。是時靳少卿貴字充道、徐侍讀穆字舜和，皆好推星，而翰林諸先生，每會晤間，皆喜談五星三命。故術士遊京師者，多獲名利，亦一時之風尚也。予素不信其術，嘗有數説以闢之，同年間每以爲拗。顧學士鼎臣字九和，素善此，以爲汝不信自不信，命自是有。范文正公有言：士之進退，多言命運，而不言行業。明君在上，固當使人以行業而進。多言命運，是善惡不辨，而歸諸天地，豈國家之美事哉？其論則正大矣。

序記之系銘詩，本于漢書諸贊，如蒯通等贊云：昔子翬謀桓而魯隱危，欒書構郤而晉厲弒，豎牛奔仲叔孫卒，郈伯毁季昭公逐，費忌納女楚建走，宰嚭譖胥夫差喪，李園進妹春申斃，上官訴屈懷王執，趙高敗斯二世縊，伊戾坎盟宋痤死〔三〕，江充造蠱太子殺，息夫作姦東平誅。若減去首一二字，分明一篇七言古詩，特少韻爾。若東方朔贊云『首陽爲拙，柱下爲工。飽食安步，以仕易農。依隱玩世，詭時不逢』，則成韻語矣。

王荆公變法，大抵見於上神宗一疏云：『本朝累世因循末俗之弊，而無親友群臣之義。人君朝夕與處，不過宦官女子；出而視事，又不過有司之細故。未嘗如古大有爲之君，與學士大夫討論先王之法，以措之天下也。一切因任自然之理勢，而精神之運，有所不加，名實之間，有所不察。君子非不見貴，然小人亦得厠其間。正論非不見容，然邪説亦有時而用。以詩賦記誦求天下之士，而無學校養成之法；以科名資歷敍朝廷之位，而無官司課試之方。監司無點察之人，守將非選擇之吏。轉徙之亟，既難於考績；而游談之衆，因得以亂真。交私養望者多得顯官，獨立營職者或見排沮。故上下偷惰取容而已，雖有能者在職，亦無以異於庸人。農民壞於繇役，而未嘗特見救恤，又不爲之設官，以修其水土之利。兵士雜於疲老，而未嘗申飭訓練，又不爲之擇將，而久其疆埸之權。宿衛則聚卒伍無賴之人，而未有以變五代姑息羈縻之俗。宗室則無教訓選舉之實，而未有以合先王親疏隆殺之宜。其於理財，大抵無法，故雖儉約而民不富，雖憂勤而國不强。賴非夷狄昌熾之時，又無堯、湯水旱之變，故天下無事，過於百年。雖曰人事，亦天助也。』後來事功，不出於此。國監舊有《荆公文集》板，介谿嚴禮侍維中爲祭酒時重爲修補。予踵介谿爲祭酒，命典簿廳模印數部，以分遺朝士。時學録王玠署典簿，至廂房中，蹙額言曰：『好好世界，如何要將王安石文字通行，怕有做出王安石事業來。』予憮然，遂止。斯言固不可以人廢也。

《易》曰：『君不密則失臣，臣不密則失身，幾事不密則害成。』切詳密具數義，有縝密，有秘密，有隱密，有深密，有慎密，有微密，有機密，有茂密。此之謂密，對疏而言，蓋謂君臣之間，事機之際，皆須密。密而行令無滲漏罅隙可乘，非專主於隱秘也。趙清獻公晝之所爲，夜必焚香以告天，不敢告者不敢爲也，乃所謂密也。其密在不敢爲，非在不敢告。

世稱韓魏公之功業甚偉，《閱古堂記》所謂『幅巾坐嘯，恬然終日，予之所樂，惡有既乎』，觀此則知其所本。范文正公特舉《中庸》以示張子厚，皆在濂洛未興之前，真豪傑哉。

今衢州，古之太末，其山與武夷山石理大類。予未能周履其地，觀其起伏脉絡，意即一山所分也。曾子固記道山亭，亦謂粵之太末，吴之豫章，爲其通路。今廣信，古之豫章。上饒諸山，自武夷發，而龜峰尤類武夷，豈其左右臂耶？《記》曰：『路閩者陸出，則阸於兩山之間，山相屬無間斷，累數驛乃一得平地，小爲縣，大爲州，然其四顧亦山也。其塗或逆坂如緣絙，或垂崖如一髮，或側徑鉤出於不測之谿上，皆石芒峭發，擇地然後可投步。負戴者雖其土人，猶側足然後能進。非其土人，罕不躓也。其谿行，則水皆自高瀉下，石錯出其間，如林森立，如士騎滿野，千里上下，不見首尾。水行其隙間，或衡縮蟉糅，或逆走旁射，其狀若蚓結，若蟲鏤，其旋若輪，其激若矢。舟泝沿者，投便利，失毫分，輒破溺。』予入閩然後知其文之工也。

《禹貢》八州皆有貢物，而冀州獨無之。冀即今之山西，土瘠天寒，生物鮮少，蓋自古爲然。

石撰，平定州人，靖難死節。州志載，撰洪武中爲寧府左長史。太宗靖内難，諸郡縣皆下，在江西城獨爲守備。上怒，攻拔之，得撰，不爲屈，遂支解而死。此恐失實。按：寧始封，乃今之大寧，與太宗同起兵渡江，因不之國。江西之封，乃在永樂中，安得撰守備江西伏節？此當是約兵之日在大寧盡節，不當繫之江西。

共工氏之霸九州也，其子曰后土，能平后土，故祀以爲社。厲山氏之有天下也，其子曰農，能殖百穀。夏之衰也，周棄繼之，故祀以爲稷。此社稷之配祭所緣起也。按蔡墨曰，共工氏有子曰勾龍，爲后土，后土爲社，稷田正也。有烈山氏之子曰柱，爲稷。自夏以上祀之，周棄亦爲稷。自商以來祀之，則社稷本無定祀。至宋又嘗祀契爲稷，祀后土爲社。今制祀稷爲稷，仍祀勾龍氏爲社。按：共工氏有三，俱見《外紀》。其一稱共工爲太昊上相；其一稱諸侯共工氏，與祝融氏戰，不勝而怒，所謂頭觸不周山崩者也；其一曰共工氏作亂，振滔洪水以禍天下，女媧氏滅而誅之。五帝時文籍荒野，要不可據。以時代考之，疑即一人。又按《禮記》疏言，共工有子，謂後世子耳。然勾龍之爲后土，亦不知在於何代。《禮記》注亦稱后土官闕，又顓頊氏之子黎也。勾龍初爲后土，後祀以爲社。予以爲祭專報功，若稷爲稷，此萬世之通義。自古水土之功，莫大於禹，社宜祭禹。又兩聖人功德兼隆，最義之得者。漢平帝時，亦嘗以禹配社，以稷配稷，是亦未可以莽所嘗爲而非之也。唐制，社以勾龍配，稷以后土配，此義殊不可曉。勾龍、后土，據前説是一人。宋孝宗時，則以社爲后土勾芒氏，則又少異矣。

我朝準《周禮》建官，以吏、户、禮、兵、刑、工爲次第，在庭立班亦然。宋制雖不合，而轉遷之次亦同。畢仲游議官制云，工部遷刑部，刑部遷兵部，禮部遷户部，户部遷吏部，頗與今制同，獨不言兵部遷禮部。今制，禮部班出兵部上。而兵部資高，自宋時已然，豈禮與兵所職有不能相通與？

《綱目・凡例》曰，凡以國與人者，子弟曰傳，他人曰讓。此義恐未精。孔子稱泰伯三以天下讓，豈他人乎？堯傳之舜，舜傳之禹，豈子弟乎？予謂以國與人者，有正有變，當具二義乃備。

【校記】

〔一〕按：此條四庫全書本無。

〔二〕講學：原誤作『光學』，據四庫全書本改。

〔三〕宋�：原作『宋座』，據四庫全書本改。

儼山外集卷四

河汾燕閒録下

凡天下混一爲正統，恐亦未精。先輩方正學先生嘗論之，又似過繁。予意欲析而言之。蓋有正而不統者，若周之東遷是已，晉宋之南附之。統而不正者，若秦、晉、隋、元是已，新莽附之。三代而下，漢興甚正，唐次之，宋初與魏、晉無大相遠。後來功德過之，賢人輩出，惜乎輿地不完，而政教號令未徧於海宇，不應混一之義。由是觀之，惟我皇朝，功德土宇，有漢、唐之所不及者。史家正統，宜曰漢、唐、明，而宋不得與焉。

晉水澗行類閩、越，而悍濁怒號特甚。雖步可越處，輒起濤頭，作湖湃，源至高故也。夏秋間爲害不細，以無堰堨之具爾。予行三晉諸山間，嘗欲命緣水之地，聚諸亂石，倣閩、越間作灘，自源而下，審地高低，以爲疏密，則晉水皆利也。有司既不暇及此，而晉人簡惰，亦復不知所事，甚爲可恨。閩諺云，水無一點不爲利，誠然。亦由其先有豪傑之士作興，後來因而修舉之，遂成永世之業。故予謂閩水之爲利者，盈科後進；晉水之不爲利者，建瓴而下爾。

石炭即煤也，東北人謂之楂，上聲。南人謂之煤，山西人謂之石炭。平定所産尤勝，堅黑而光，極有火力。史稱女媧氏煉五色石以補天，今其遺竈在平定之東浮山。予謂此即後世燒煤之始。所謂天柱折、地維闕者，乃荒唐之説，不足深辯。天一氣爾，豈有損壞可補。謂之補天，猶曰代明云。予别自有記。

石守道作《怪説》，以譏楊大年之文體。吾鄉國初有王彝先生字宗常，作《文妖》以詆楊廉夫之制作。文章體裁，固當有辯，妖、怪之目誠過矣。

將相之材，尤貴度量，足以鎮物。若謝安石度量，已先勝矣，而將材尤難。宋稱狄青偉甚，只如却從行者一節，亦真不可及。嘗觀曾南豐所記云，有因貴望求從青行者，青延見，謂之曰：『君欲從青行，此青之所求也，何必因人言乎？然智高小寇，至遣青行，可以知事急矣。從青之士，能擊賊有功，朝廷有厚賞，青不敢不爲之請也。若往而不能擊賊，軍中法重，青不敢私也。君其思之。願行，則奏取君矣。非獨君也，君之親戚交遊之士，幸皆以青之此言告之。苟欲行者，皆青之所求也。』於是聞者大駭，無復敢言求從青行者。今每命將，託勢請行者無限。有將帥之任者，宜以此爲法可也。

劉恕，字道原，温公門人，宋儒中有史學者。嘗著《自訟》文，以爲平生有二十失、十八蔽，其悔過之勇、自知之明，寔前賢之高尚。顧其所謂失與蔽者，予皆有焉，又若爲予而發者，因録之以自警。平生有二十失：佻易卞急，遇事輒發；狷介剛直，忿不思難；泥古非今，不達時變；疑滯少斷，勞而無功；高自標置，擬倫勝己；疾惡太甚，不卹怨怒；事上方簡，御下苛察；直語自信，不遠嫌疑；執守小節，堅確不移；求備於人，不卹咎怨；多言不中節，高談無畔岸；臧否品藻，不掩人過惡；立事違衆，好更革；應事不揣己度德，過望無紀；交淺而言深，戲謔不知止；任性不避禍，議論多譏刺；臨事無機械，行己無規矩；人不忤己，而隨衆毀譽；事非禍患，而憂虞太過；以君子行義，責望小人。非惟二十失，又有十八蔽：言大而智小；好謀而闊論；劇談而不辨；慎密而漏言；尚風義而齷齪；樂善而不能行；與人和而好異議；不畏强禦而無勇；不貪權利而好躁；儉嗇而徒費；欲速而遲鈍；闇識而强料；事非法家而深刻；樂放縱而拘小禮；易樂而多憂；畏動而惡静；多思而處事乖忤；多疑而數爲人所欺。事往未嘗不悔，他日復然。自咎自笑，亦不自知其所以然也。其中惟苛察、深刻，予似可免。然賦性弛緩，而每欲示人以肺肝，亦不得不謂之失與蔽也。若夫事往未嘗不悔，他日復然者，則又中予之沈痼。循省之餘，輒復自笑。《詩》曰：『我思古人，實獲我心。』

《左傳》《國語》，並出丘明之手。如敍用田賦一事，《左傳》則曰：『季孫欲以田賦，使冉有訪諸仲尼。仲尼不對，而私於冉有曰：「君子之行也，度於禮：施取於厚，事舉其中，斂從其薄。如是，則以丘亦足矣。若不度於禮，而貪冒無厭，則雖以田賦，將又不足。且子季孫若欲行而法，則周公之典在；若欲苟而行，又何訪焉？」不聽。』《國語》則曰：『仲尼不對，而私於冉有曰：「先王制土，籍田以力，而砥其遠近；賦里以入，而量其有無；任力以夫，而議其老幼。於是乎有鰥、寡、孤、疾，有軍旅之出則徵之，無則已。其歲，收田一井，出稯禾、秉芻、缶米，不是過也，先王以爲足。若子季孫欲其法也，則有周公之籍；若欲犯法，則苟而賦，又何訪焉？」』不惟詞異，而事實亦不同，何也？若以文論，《國》不如《左》。

樂府中有『蘇幕遮』，乃高昌婦人所戴油帽。高昌，西域國西州也。

頃見盤瓠蠻誓狀云：『某等既充山職，今當鈐束男姪。男行持棒，女行把麻，任從出入，不得生事者。上有太陰，下有地宿。其翻背者，生兒成驢，生女成猪，舉家滅絶。不得翻面説好，背面説惡。不得偷寒送暖。上山同路，下水同船。男兒帶刀同一邊，一點一齊，同殺盜賊。不用此欵者，並依山例。』山例者，蠻言誅殺也。其言質野切直，粲然成文，有《僮約》之體裁，具載范文穆公《桂海虞衡志》。又有南詔乞書、藥文，其後曰：『古人有云，察實者不留聲，觀行者不識詞。知己之人，幸逢相謁，言音未同，情慮相契。吾聞夫子云：君子和而不同，小人同而不和。今兩國之人，不期而會，豈不習夫子之言哉？』便有華風。復附詩曰：『言音未會意相和，遠隔江山萬里多。』亦是唐律。夫天之生才，未嘗限量，而人能力學，何所不至，況區區藝文之末乎。夫子所以欲居九夷也。

馬端臨論圩田曰：『今之田，昔之湖。徒知湖中之水可涸以墾田，而不知湖外之田將胥而爲水也。』此數言極盡吾鄉泖湖之利害，當大書深刻，以示愚民之嗜利者。

吾鄉姚氏所藏錢譜，盡裒歷代之錢穴。紙譜之奇形異狀，無所不有，而各疏時代由來。前輩楊鐵崖維禎、錢艾衲鼒俱有論撰，予嘗閲之，亦博古之清玩也。或謂錢之通塞，頗繫人倫。予少時見民間所用，皆宋錢，雜以金、元錢，謂之好錢。唐錢間有開通元寶，偶忽不用。新鑄者謂之低錢，每以二文當好錢一文，人亦兩用之。弘治末，京師好錢復不行，而惟行新錢，謂之倒好。正德中，則有倒三倒四，而盜鑄者蜂起矣。嘉靖以來，有五六至九十者，而裁鉛剪紙之濫極矣。夫錢之用，本以權輕重，而世終難廢。若開元實爲輕重之中，鼓鑄者宜以爲準。然自賈誼通達大體，而錢議爲得要領。至南齊孔顗，則曰鑄錢不可以惜銅愛工。若不惜銅，則鑄錢無利；若不得利，則私鑄不敢起；私鑄不敢起，則斂散歸公上，鼓鑄權不下分，此其利之大者。斯乃不易之論。而伊川程子亦有權歸公上，而民不犯罪之説。其變通之道，亦略可覩矣。

世恒言韓、范、富、歐，固自有次第哉。歐不脱文人，宜列諸公之下。韓公嘗云，用兵先置勝負於度外。好水川之敗，爲范公所笑。范公亦有爲之自我者當如是，其成與敗不計之説。但韓公論兵，却是主張太早。在兵家所謂置勝負於度外者，先勝故也，若伊尹相湯以伐桀，太公、周公佐武王以伐紂是已。所謂聖人無死地者，韓公料勝未定，故范公得以因事笑之。范公英發，勘磨城郢，乃是閲歷少而議論多，故爲呂許公所困。後來解仇一事，未必然。忠宣父子之間，當有真見。歐公大體之言，恐非實録，晦庵固是懸斷耳。富文忠公嚴重，以英宗册立之事，頗憾魏公。後來致仕，鄭公居洛，魏公在相位。每歲魏公必遣人爲鄭公生朝慶壽，鄭公竟不報謝，但答曰老病無書而已。如是者十餘年。鄭公微傷於隘。歐陽公不信《易繫》，不喜《文中子》。魏公同在政府，見歐公未嘗道一書，其識量宏密，真天人也。王荆公與之並政，至詆之爲俗吏，又曰相公但相貌好耳。若魏公者，非徒才業過人，亦有福有德之士，後生何由一望其風範哉。觀其調和兩宫一事，真能包荒藏納，信非長厚者不能。若於義理，亦恐未合。賴英宗遷善改過，方成就此一段好事。魏公真有福哉。

沈存中《筆談》載兵部員外郎范祥爲鈔法，令商人就邊郡入錢四貫八百售一鈔，至解池請鹽二百斤，任其私賣，得錢以實塞下，省數十郡搬運之勞。此即今日開口給引之始。

北魏延興三年，秀容郡婦人一産四男，四産十六男。秀容，今太原之忻州。

曆家大抵以漏刻極長於六十，極短於四十。嘗聞前輩言，惟正統己巳官曆，晝刻三十九，夜刻六十一，以爲陰過，故有土木之變。元《授時曆》則長極於六十二刻，短極於三十八刻，以爲驗於燕，地稍偏北故然。外國有蒸羊脾未熟而天明者，則短又不止於三十八刻而已。豈漏刻隨日因地有不同者如此，初不全繫於陰陽之消長也。

世間靡費，惟黄金最多。自釋、老之教日盛，而寺觀裝飾之侈靡，已數倍於上下之制用。凡金作薄，皆一往不可復者。天地所産有限，甚可慮也。東坡號知事者，見後世金少，以爲寶貨神變不可知，復歸山澤。此何言與？按王莽敗時，省中黄金尚有六十萬斤。莽藉漢基，富有天下，固應有之。梁孝王死，亦有金四十萬斤。彼藩封，亦乃爾。至燕王劉澤，諸侯也，一賜田生金亦二百斤。何漢世之多金耶？二百斤當今之三千二百兩。使在今日，雖人主，一時亦有難者。

四明謝員，字友規，國初人，爲吏謫臨洮，卒年三十六。爲詩文有規矩，《水東日記》嘗載其事，録其《與速魯麻序别》《口神答》二文。其謫臨洮自泗洲，一時交游有詩文贈行，俱佳作。内華亭黄仲琪一首云：『九霄風翮舉清秋，萬里飄然汗漫遊。莫謂流離舍初志，即看登用納嘉猷。黄河太華供詞筆，紫鳳天吴在客裘。及早歸來拜家慶，故鄉終不似并州。』其詩亦壯浪可喜。而吾郡中遂不復知有此人也，當是袁景文一輩人，漫記于此訪之。

宋南渡諸將，韓世忠封蘄王，楊沂中封和王，張俊封循王。異姓眞王，俱饗富貴之極。而俊復善殖産，其罷兵而歸，歲收租米六十萬斛。今浙西豈能着此富家也。一隅偏安而有此，宋安得復興耶？

嘗見《三教平心論》一册，當是近時人書，稱静齋學士劉謐撰。本朝學士無所謂劉謐者，想亦一僧之辯而黠者所爲，託名以傳。其言拮据甚淺，頗類今世一種議論，甚可笑也。其所譏誚曆法有月建辰，在辰與建交錯貿易處。其在天體，似表裏然。

十一月建子，辰在星紀。　十二月建丑，辰在玄枵。

正月建寅，辰在娵訾。　二月建卯，辰在降婁。

三月建辰，辰在大梁。　四月建巳，辰在實沈。

五月建午，辰在鶉首。　六月建未，辰在鶉火。

七月建申，辰在鶉尾。　八月建酉，辰在壽星。

九月建戌，辰在大火。　十月建亥，辰在析木。

【校記】

〔一〕王仲孺：原作『王仲儒』，據四庫全書本改。

〔二〕治：四庫全書本作『滯』。

〔三〕厠：原作『則』，據四庫全書本改。

〔四〕段安節：原誤作『鄭安節』。

〔五〕『數』字原缺，據四庫全書本補。

者，程、張而下皆不免，於排韓尤力，次及歐而甚右柳。蓋其護法之論，皆不足深辯。獨謂處州孔子廟碑不屋而壇，以爲退之不知經義，自是公論。又謂上書媚于蝢，貶潮陽後〔二〕，勸憲宗封禪，作《毛仙翁序》，禱黃陵廟數事，雖出於仇讎忿怨之深文，然君子之處患難，安可以一事不謹而爲異端之人所指目耶？取以志戒。

今歲庚寅官曆，九、十、十一連三月皆大盡，冬至節在二十三日己酉申正一刻。明歲置閏，乃在六月。曆法莫問來年閏，便數冬至剩。剩謂餘也。今年十一月大盡，則冬至所餘正七日，而閏在六月，何與？氣朔生閏，豈所謂差一日者耶？

江南放債一事，滋豪右兼併之權，重貧民抑勒之氣，頗爲弊孔。然亦有不可廢者，何則？富者貧之母，貧者一旦有緩急，必資於富，而富者以歲月取贏，要在有司者處之得其道耳。只依今律例，子母之説而行各爲其主張，不使有偏，亦是救荒一策。正如人有兩手，貧富猶左右手也。養右以助左，足以便事。一等好功名官府，往往嚴禁放債之家。譬如戕右以均左，則爲廢人矣。宋高宗紹興二十三年，温州布衣萬春上書言，乞將民間有私債欠還息與未還息、及本與未及本者並除放。高宗謂輔臣曰，若止償本，則上户不肯放債，反爲細民害。乃詔私債還利過本者，並與依條除放。此最得公正之道。

宋孝宗乾道元年十二月，立皇太子，赦内一欵應爲人曾孫祖孫四世見在，特與免本身色役、二税、諸般科敷一年。前代恩典，曠蕩若此。

世恒言秦、隋不道，然不道莫甚於始、煬。後世有遵用其法過於堯舜者，稱皇帝、築長城、列郡縣是始皇所爲，進士科是煬帝所設。

天下之務，日開而未已。如茶古所無，今則不可闕。茶之用始於漢，著《茶經》始於陸羽，榷茶始於張滂。《爾雅》『檟，苦茶』，茶之名始見於此。《吴志》孫皓密賜韋曜茶茗以當酒，飲茶始見於此。《注》以早採者爲茶，以晚採者爲茗，又名荈云。

【校記】

〔一〕潮陽：原作『朝陽』，據四庫全書本改。

儼山外集卷五

春風堂隨筆

世傳花卉，凡以海名者，皆從海外來，理或當然。予家海上，園亭中喜種雜花，最佳者爲海棠。每欲取名花填小詞，使童歌之，有海紅花、海榴花，更欲采一種爲四闋，累年而不得。辛丑南歸，訪舊至南浦，見堂下盆中有樹，婆娑鬱茂。問之曰，此海桐花，即山礬也。因憶山谷賦水仙花云『山礬是弟梅是兄』，但白花耳，却有歲寒之意。

本朝畫手，當以錢唐戴文進爲第一。宣廟喜繪事，御製天縱，一時待詔有謝廷循、倪端、石銳、李在，皆有名。文進入京，衆工妒之。一日在仁智殿呈畫，文進以得意之筆上進。第一幅是《秋江獨釣圖》，畫一紅袍人，垂鉤於水次。畫家惟紅色最難著，文進獨得古法入妙。宣廟閱之。廷循從旁奏曰：『此畫甚好，但恨鄙野爾。』宣廟扣之，乃曰：『大紅是朝廷品官服色，却穿此去釣魚，甚失大體。』宣廟頷之，遂揮去其餘幅不視。故文進在京師頗窘迫。宋王士元畫《武王誓師獨夫崇飲圖》，識者以爲精慮入神，與六經合。孫四皓進之天子，下圖畫院品第。高文進妒之，定爲下品，止賜三十縑。古今忌才，雖曲藝亦然，可資浩歎。文進名亦偶同。

今世所用摺疊扇，亦名聚頭扇。吾鄉張東海先生以爲貢於東夷，永樂間始盛行於中國。予見南宋以來詩詞，咏聚扇者頗多。予收得楊妹子所寫絹扇面，摺痕尚存。東坡謂高麗白松扇，展之廣尺餘，合之止兩指許，正今摺扇，蓋自北宋已有之。倭人亦製爲泥金面、烏竹骨充貢，出自東夷果然。

『天地開闢，日月重光。遭遇際會，畢力遐方。將掃群穢，還過故鄉。肅清萬里，總齊八荒。告成歸老，待罪舞陽。』此司馬宣王《過温歌》，宜入《詩準》。

北齊文宣天保七年，築長城，東至於海。前後所築，東西凡三千餘里，率十里一戍，其要害，置州鎮，凡二十五所。是役頗大。明年，又於長城内築重城，自庫洛拔而東至於烏紇，凡四萬餘里。高洋備邊如此。

長子羊頭山秬黍，可以纍律；河内葭莩灰，可以布琯，非其地則無驗。今長子與河内，地相連屬，豈天地之氣鍾於此耶？

邢子才有書甚多，而不甚讎校。見人校書，常笑曰："何愚之甚！天下書至死讀不可遍，焉能始復校此。且誤書思之，更是一適。"《北齊書》。

元韶娶魏孝武帝后，魏室奇寶多隨后入韶家。有二玉鉢相盛，可轉而不可出。瑪瑙榼容三升，玉縫之，皆西域鬼作也。鬼作，即世所謂鬼工。

方言以十二生肖配十二辰，爲人命所屬，莫知所起。周宇文護母留齊，貽書護曰：『昔在武川鎮，生汝兄弟。大者屬鼠，次者屬兔，汝身屬蛇。』當時已有此語。北狄中，每以十二生肖配年爲號，所謂狗兒年、羊兒年者，豈此皆胡語耶？

知止而后有定，定而后能静，静而后能安，安而后能慮，慮而后能得。此一條自具《大學》始終節目，亦吾道異端之所以分也。如告子之學可謂定矣，而未能静。禪者之學可謂静矣，而未能安。惟其未能安，故資於神通。惟其未能慮，故失之誕謾。豈能有所得耶？

製筆之法，桀者居前，毳者居後，强者爲刃，要者爲輔，參之以檾，束之以管，固以漆液，澤以海藻，濡墨而試，直中繩，勾中鈎，方圓中規矩，終日握而不敗，故曰筆妙。此數言簡約，未知誰所爲，可題爲『筆經』。

唐代宗廣德二年七月，以國用不及，秋苗方青即征之，號爲青苗。荆公青苗之法雖不同，其爲虐政一也。

王忠肅公翺，字九皋，鹽山人。爲太宰時，每呼二侍郎爲崔家、尹家，至今相傳，以公爲朴直。此字亦有所本，蓋尊敬之詞。漢稱天子曰官家，石曼卿每呼韓魏公爲韓家。若今人，則爲輕鮮之詞矣。

仲尼之門，五尺童子羞稱五霸。古以二歲半爲一尺，言五尺，是十二歲以上，十五歲則稱六尺。若晏嬰，身不滿三尺，是以律起尺矣。周尺準今八寸，二尺四五寸豈成形體，當是極言其短耳。曹交九尺四寸以長，準今七尺五寸餘。

栝松百年，即有白衣如粉，《本草》謂之艾納香。吾鄉錢鬲先生號艾納，蓋取諸此。趙文敏公號松雪，乃是一琴名。若艾納香，亦可稱曰松雪。

宋至和三年正月六日，仁宗不豫，罷朝兩月餘。是時，儲嗣未立，中外人情不安。四月初，仁宗瘳，始御殿。時王堯臣、文彦博、劉沆、富弼四人同在中書，竊議曰：『方今朝廷根本，不可不早定，以安人心。』時未敢顯言，亦不暇與密院同謀。彦博謂堯臣曰：『必得賢嗣，以厭人心。』堯臣曰：『豈不知養育於宫中者耶？』彦博以指書案作『實』字，堯臣復以指抹下，作『貫』字。衆言無易此矣。至上前伏奏，若得請，不可如常例，退殿廬，令堂吏書聖旨。劉沆欲袖紙筆，當於上前親書。翌日，於垂拱殿共奏，仍引西漢故事，人主初即位建儲令，曰：『臣等既叨輔相之重，當任社稷之大計也。乞賜開納。』仁宗欣然加獎曰：『知卿等盡忠，然大事，朕更熟思之。』堯臣等再三論奏曰：『知臣莫若君，知子莫若父。料陛下必素垂意，嘗選賢者育於宫中，計無易此。』仁宗雖默而首肯之。四人拜賀且謝，乞聖旨明諭之，堯臣尤激切。仁宗曰：『既是大事，未可輕出。』翌日，當盡議時，五月天熱，且旰食不便，衆退。堯臣歸，密草詔意懷之。明日登對，復中前請。彥博在御榻左，弼次之，沆在右，堯臣次之。堯臣越次奏曰：『願陛下早定此議，付外施行。』仁宗曰：『朕意既已定矣，卿等無憂。』時亦旰昃，衆遂退。是年八月，召韓琦充樞密使，遂定策立之議。當時事體可謂慎且密矣。

昔人云讀《漢書》要取堂扁，合作者信難得。宋呂文靖《題鏡湖天花寺》一絶云：『賀家湖上天花寺，一一軒窗向水開。不用閉門防俗客，愛閒能有幾人來。』予欲取『愛閒』二字署山居一軒。

今世官司，各有俚語，以寓譏評。如在京兵部四司曰『武選武選，多恩多怨。職方職方，最窮最忙。車駕車駕，不上不下。武庫武庫，又閒又富』。聞他衙門中尚多，惜不得其詳。此語蓋自宋以來即有之，元豐時有曰『吏勳封考，筆頭不倒。户度金倉，日夜窮忙。禮祠主膳，不識判硯。兵職駕庫，典了襏袴。刑都比門，總是冤魂。工屯虞水，白日見鬼』。紹興後，時事不同，又爲之語曰『吏勳封考，三婆二嫂。户度金倉，細酒肥羊。禮祠主膳，淡喫虀麵。兵職駕庫，齩薑呷醋。刑都比門，人肉餛飩。工屯虞水，生身餓鬼』。本朝國子監自祖宗以來例不刷卷，故諺曰『金祭酒，銀典簿』。正德戊寅，予自編修轉司業時，適祭酒闕，予得旨遂署印。稽考錢糧，其實空虛，典簿廳至起息揭債。予問之前祭酒石熊峰邦彥先生，云自來如此。余遂舉劾典簿王勤者黜之。適送供堂皂隸銀數兩至，色如黑銅。予笑曰，正好謂之銅司業。聞者絶倒。

世目薄行人爲没前程，此語亦有所自。柳子厚作《非國語》，人以爲子厚平生作文得《國語》最深，因知其短長而持之，故謂子厚爲没前程。然則以夫子之道反害夫子，從古已然，可歎也。

丘文莊公仲深濬，近世最號博學强記。洛陽劉少師希賢健嘗戲之曰：『丘先生是有一屋散錢，却少一條索子。』文莊聞之曰：『劉先生有一屋索子，却少散錢。』蓋報之也。吾聞崔同年子鍾銑云。《訥齋嘉話》云：貫如散錢，一是索子。

武康石色黑而潤，文如波浪，人家園池疊假山，以此爲奇，大至尋丈者絶少。武康縣今屬湖州，山溪間多産此石。予行江南山中，亦見此類。有甚大者，或云出海島中，水洗而成文，海舶取以壓風者。往年入蜀，自棧道過鳳縣嶺，純是此石。人家用作短墻，有甚佳者，摺皺成文而方整可坐。其品格頗多，惟疊雪者爲甲，横文疊起如摺。有黑白層疊相間者；有白石作腰帶圍者，曰玉帶流水，其文皆豎。麻衣，如人衣麻之狀；錦犀，紅黄色相間成文；虎皮，大文圓嵌作黄黑色；麻皮，如畫家麻皮皴；海石，蒼黑色，面作礬頭紋；鬼面，石紋突出，而獰狠有透漏。如太湖石謂之湖石，武康嘗欲聚而作譜，恐未能悉其品也。粗記如此。

歙石製硯，識者以爲在端溪之上。予讀江賓暘《送姪售硯序》，因删次其語爲《歙硯志》：

唐開元間，獵人葉氏得石於長城里，琢爲硯，遂聞天下。山在羊鬭嶺之巘，兩水夾之，水盡處乃産硯石。有坑，一曰緊足，次曰羅紋，今呼爲舊坑，又次曰莊基。三坑相去百餘步，而石品夐異。舊坑又自爲三，曰泥漿，曰棗心，曰緑石。去舊坑纔數尺，而石品復異。自莊基北行二里，泝溪而上，曰眉子坑，則東坡所歌者，今在水底，不可斲矣。

舊坑絲石爲上，生在石中。斲者先去頑石，次得硯材，然極麤，工人名曰麤麻石。石心最緊處爲浪，出至慢處爲絲，愈慢處爲羅紋。故曰緊處爲浪，慢處爲絲。如木理然。

絲之品不一，曰刷絲，曰内裹絲，曰叢絲，曰馬尾絲。獨吐絲爲奇：正視之，疏疏見黑點如洒墨；側視之，刷絲粲然。工人謂之硯寶，蓋石之精云。惟棗心坑或有之，他產則劣。故三衢絲石黑而頑，南路絲石暗而黝，綿潭絲石浮而滑，夾路絲石紅而枯，水池山絲石枯而燥，皆不甚宜筆墨云。

宋謝堲知徽州時，嘗於舊坑取石，貢理宗。初，坑上嘗有五色雲氣如錦衾。郡檄隨雲所覆處斲之，得佳石。有白文繞兩舷，宛轉如二龍。既發爲硯，而雲氣不復見矣。

哥窑淺白斷紋，號百圾碎。宋時有章生一、生二兄弟，皆處州人，主龍泉之琉田窑。生二所陶青器純粹如美玉，爲世所貴，即官窑之類。生一所陶者色淡，故名哥窑。

儼山外集卷六

聖駕南巡日録

嘉靖十有八年己亥春二月望，聖駕巡幸承天，相度顯陵遷合。是行也，秉於上心之獨斷，諸凡機務咸躬親裁決，若册立東宫，分王裕、景，祭告郊廟，建置留守，遣使行邊，特設都護將軍、左右副將軍。由是臨軒掛印，内刺前驅，雷動風行，雅尚整峻。至於軍旗輦服之制一新，皆出夙辨，非臣工之所能與。嗚呼，大矣哉，聖人之作爲也。諸司印信次第掌署，乃發舊鑄行在印，以從特論。輔臣以深掌行在翰林院，充扈從，御筆親署爲翰林學士，抹落侍讀，聖眷厚矣。二月九日，禮部送至印文完好，作九疊三行，曰『行在翰林院印』，直欄爲紐，旁鏨小楷字曰『永樂十一年正月□日禮部造行在翰林院印』，自左向右作三行書，比今院印差大云。既有旨，十四日從官分程前行。至期，適宫僚命下，深得改詹事府詹事兼翰林院學士。是晚報名，明晨入謝畢，謁内閣出，由宣武門西行。

十五日甲寅也，午過盧溝橋，初作一詩。南行野田村落中，悠然有鄉思。未至良鄉，吏導入民舍，署曰公館，從官所止，略具一飯，從權宜也。日晡過舊店。夜向陰，乘月行至涿，已二鼓矣。亦入民舍，乃吾鄉崑山顧氏，父子出，拜候甚謹，宿。

十六日乙卯，曉發涿。出南郭，初望蕭殿甚整。行二十里餘，遇兵部右侍郎方山張公衍慶、仲承邀入寓次。時户部尚書蒲汀先生李公廷相、吏部尚書松臬許公讚、户部左侍郎静庵袁公宗儒繼至，方山留小酌。松臬先去，四人飯畢同行。已刻細雨，入定興，循例寓次，一飯而發。過同年王司徒南皋堯封家不遇。出南門，行五十餘里，過麒麟店。又南，土丘隆然，道旁刻石曰麒麟冢云。西抵安肅北門，有吏持木牌，上書『翰林院講、讀三位』來迎，寓次甚陋。又吏持牌曰『詹事府一位』，予曰此是也。返顧屋主曰：『屠、胡、陳三翰林至，善事之。』入城，寓楊生家。初，禮部儀注止定翰林講、讀三員，堂上不具。予以別諭從，故兵部文移有司者亦不具，迎候多誤。惟詹事府元不與扈從，不知此縣何據有此牌，予頗以爲訝。燈下，安州同知何城來候。城嘗爲庶吉士，以刑官謫此。予禮而慰之，因餽品物曰下程，予曰此有題准事例，彼此無益，峻却之而去。遂宿。

十七日丙辰，早發白溝驛。白溝在雄縣，土人云東去尚三十餘里。是日天氣和朗，西望郎山諸峰甚秀爽。南出郭，松臬自後來，予遜之先。松臬但曰悶悶，强拉同行並輿，得商確古今數事，酬答纏縷。予曰：『我輩此行，惟有早勸迴鑾爾。』松臬首肯曰：『然，然。』又南度蕭河石橋，始有水木之觀。抵保定北門，與松皋別。候吏導行濠上，自西而南，寓傅文毅公莊，門榜曰『少冢宰』。公名珪，武宗朝禮書，有氣節，予會試本房座主也。嘗許爲序其文集，未脱稿，爲之憮然。倦甚，就南牖下偃息。午飯後，漸山屠文升、前岡胡用夫至。頃之，方山、陳應和亦至矣，前後房宿。

十八日丁巳，早赴行宫候駕。巳刻，上乘馬入，宫眷從。從官朝于行殿，奏事如儀。退，偕三春坊，過内閣直廬起居。桂洲公云，明早當朝後發。先是，行宫前見傳帖，書保定、真定、鈞州、襄陽四處駐蹕，初定十處者改矣。午仍飯傅莊，唐甥鐢來候，以中書供事敕房，後至，乃出湯餅食之。時行李車已先發。是夜，卧土炕。夜半報免朝，遂發五更。騎至涇陽驛，二門閉，官吏皆避。與工部尚書石庵蔣公坐簷下，燎火而出，並馬行曉月中。

十九日戊午，晨抵慶都寓次，博野知縣張鳴岐來候，外姪也。騎行途中，馬爲車傷。午入定州北門，寓軍衛家暫憩。向晚，三春坊至，予就寢矣。

二十日己未，以新銜再發行牌，爲應付多錯也。乘月南發，懷表弟顧世安抱病，有詩。是曉寒甚，行二十五里入村店，燎薪吸湯而去。卯至新樂寓次。午過伏城，遇刑部尚書五華楊公志學同行。未至真定，入北門寓次。晚，三春坊見過，留小酌而去。是夜與方山中允同宿。

二十一日庚申晨出，行宫候駕。巳刻，朝于行殿，從官各有席次，頗可居。午後復入城，過大佛寺，登高閣，觀宋太祖畫像，與一老僧相對，若問道狀。在西閣之東壁，壁已頹圮，閣後觀八角井。殿前開皇碑，字帶隸體，尚完好可搨。東亭有端拱碑，已横裂，皆不及細讀而出。西過開元寺，寺已荒落，惟一殿是十八石柱，皆中斷，木作斗栱甚奇。古殿中東柱上刻寺始於元魏，似唐人書迹。西柱上有楷書《心經》，望之亦佳。遂與屠、陳南過陽和樓，樓下兩複道通衢，頗有偉觀。漸山云此樓雨不霑灑，四面隨風若避，故曰陽和。問之土人，曰然。遂相與飲王鑛家，鑛舊識也，迎送甚謹。予復至蓆寓宿候朝。

二十二日辛酉晨起〔一〕，燈下見御札，三侍郎高三峰、張方山、工部江瑞石曉以闕供先去，各取回行在。午易吉服，陪祭北嶽，祭所復覩一札。三更起行，衆皆欣躍，上欲兼程速回，甚盛德也。因命從官三品以上乘轎，聖恩厚矣。別定儀注從事。予騎行，南渡滹沱數里，見校尉馳馬宣吏部松皋返騎而北。晚至欒城，馮御史汝學彬過寓次，坐話別去。

二十三日壬戌〔二〕，月初出即上車。嚴介谿宗伯向予説，坐車可抵按摩。予憶弘治辛酉冬同介谿赴會試車行，屈指三十八年矣。曉抵趙州，次劉編修世盛家。世盛字子謙，丁丑進士，場屋舊識也，以心疾殀死。過柏林寺，趙州和尚道場也。殿後壁上有畫水二堵，作波濤狀，其起伏之勢，筆底凹凸，渦回流動，自側視之，平壁也，亦似近時手迹。西有古佛堂，東南所樹名透靈，碑石甚光潤而黝黑，一搠而出。南過石橋，車馬闐擁。又南二十里，入鋪舍小憩。遇右副都御史潁東党公守衡以平，與並行。過三十里鋪，高邑縣協濟吏治具帳次，同潁東小酌而出。又南過王莽城，午抵柏鄉寓次。自此見西山發脉，起伏層層，南望白浮橫截一縷如雲。頃至，乃河沙爾。復遇松皋，知昨宣爲散賞故也。夜至内丘，宿南城樓居，是夜大風有聲。

二十四日癸亥發内丘，地多浮沙，途中風塵甚高。午抵順德，覓寓不得，暫寄清軍御史寓次。屠、胡至，小酌。既而遷寓市樓小憩。騎出東門，行宫候駕。燈下還，瞿照磨鶴九皋來謁，少敘而去。三更復上車。

二十五日甲子，曉過沙河，聞車人苦沙深，而車中乃少安。辰抵臨洺寓次。午過邯鄲南行，西望趙王城叢臺故址。遇通政使鄭敬庵公佩紳同行，道旁見兩人折柳枝而捋之，云以充饑。入河南地界，見姚布政文清、樂參政護、龐廉使浩、王副使納言、胡都司永錫，皆舊識也。稍南，遇都憲可泉胡孝思纘宗以治河至，敬庵易廷用讚以巡撫至，巡按馮御史震、宋御史大本，偕入逆旅，茶話而别。暮至磁州寓次宿。

二十六日乙丑，曉發月中，辰臨漳河渡，自新橋旁結浮梁亦可渡。南岸行數里，遇趙王樓輿，拱候道左而過。巳抵彰德，過安陽石橋，河水涓涓流，即洹水是已。寓倉司，午飯。過學宫，訪三春坊。出自南門候駕。燈火下，與同年崔后渠子鍾立敘契闊。子鍾名銑，以南祭酒致仕，家居十餘年。昨選宫僚，遷少詹事兼侍讀學士，於此朝見，會介谿，講送親王還國之禮，始知深亦與焉，顧不知有御札爾。介谿第囑之曰：『從行三學士須不遠，亦不知有宣召之事。』過內閣直廬，桂洲云有御札，笑且賀曰：『昨御筆特稱卿，先生當又遷矣。』還寓次，復辦車行，三更遂發。

二十七日丙寅，曉至湯陰，寓察院早飯。發抵宜溝，入市居，供湯餅，遂行。遇高三峰，知張方山奪俸六月。騎行，申抵淇縣寓次，出東門候駕。會郭都尉景和，始見御筆稱卿事。蓋因户書、禮侍似以舊官入銜，蒙上記憶若此，敢不圖報，謹識之。會蒲汀、陽峰於內閣直廬，知敕止汝王遠迓。寓孫生家宿，三更車行。

二十八日丁卯，曉至衛源寓次，出邀蒲汀同至行宮候駕。午後駕至，汝王來朝。司禮監太監張佐自行宮東門引王入東蓆殿，上升座，文武官僚侍班。王由行殿東門入，至御前行五拜三叩頭禮，上避座受之，王叔行也。王退，復入東蓆殿，從官朝參如儀。后渠面見，賜酒飯。鴻臚劾彰德知府王旒失朝，有旨逮治。上退，王入內行禮。高三峰亦奪俸半年，怒旨參詰撫按官甚嚴，以闕之也。既乃命宗伯送王。予輩候得炕村祭河之命，還寓次。三更車行，途中望火光，已而知行殿災。

二十九日戊辰，曉抵新鄉，不下車而行。午至炕村候駕。鄭王朝于行殿。初儀注以是日酉時炕村祭河瀆，臨時太常牲品先往河濱。既有旨，以明日寅時臨河而祭。駕發，遂車行以從。

深夜始近行宮，乃騎行，昏黑失道，走至河濱還，覓得席寓小憩。

三月一日己巳，質明陪祭。禮畢，隨駕至河堧，奉上升舟。予得胡可泉官舫，與陳尚寶篪、胡御史守中同濟。觀龍舟少泊南岸，乃騎至滎澤寓次，宿小樓。河濱行殿亦災，衛輝之變焚燬法物甚多，後宮中貴受禍數輩。上怒，河南撫、按二司皆下詔獄，張方山亦就逮有司，有綁縛示衆者。兵書院長浚川王公子衡廷相被命於災所檢括。

二日庚午發滎澤，午抵鄭州，周世孫伊王來朝。申過郭店，少息樹陰。夜深抵新鄭寓次。三更出，行宮候駕，免朝，還寓宿。

三日辛未曉發〔三〕，午過姚店，入斗室中。朱署正守宣來謁，爲設豆飯。行途見饑民跪號者相續。未至鈞州，徽王來朝，從官朝于行殿如儀。前少保閣老南塢先生賈公詠迎駕失朝。可泉面謝河南巡撫之命。禮畢，陪祭中嶽。夜入鈞州城寓次，駕即發，乃騎從。自出京，是夕始隨駕後行。

四日壬申，曉過鹹寨，巳至襄城行宮候駕。會南塢，乙丑經房座主也，慰藉久之，乃有鐫落散官之命。視介谿疾，入城發。是日始行山麓，林木向榮。晚至葉縣寓次宿。

五日癸酉五更發，曉遇袁静庵同行，卯過昆陽城。是日大風，午抵保安寓次。未抵裕州，寓王生家，茅堂土壁，窗榻朴雅，庭中有竹篠松檜藥闌花塢，耳目頗適。蔬食後出行宮候駕，免朝，遂宿。是夜夫隸俱逃散，中宵車行聞雨聲。

初六日甲戌，曉抵博望寓次，朝飯。騎行途中，濃陰細雨，復車行過博望。未至南陽東關寓次，出候駕，過松皋席寓，聞回鑾有期，促工大峪。夜深駕至，從官俱候於門屏待旦。

七日乙亥辰，唐王來朝，免從官以出，有旨從官先行，遂發。是日風陰，途中遇京山侯崔公元同行，聞松皋奪俸三月，該司六月以推補有忤也。午抵林水，暮至新野縣寓次宿。

八日丙子發新野，過呂堰寓次。晚至樊城候駕，得旨切責，以失送親王也，與蒲汀、陽峰俱待罪。二更發襄陽，午過宜城，不及下車。既而蒲汀來約，乃騎追三十里及之，議上疏認罪。中夜行車至豐樂投進，吏、禮參處亦上。

九日丁丑，曉至承天藩邸西門，會工部侍郎東橋顧公華玉璘，與敍契闊，同飯，午後始得東關寓次宿。

十日戊寅，辰出南郭候駕，不至，還寓宿。

十一日己卯申刻駕至，入舊邸，免朝。

十二日庚辰，黎明入朝待罪，工部左侍郎方塘潘公希古鑑以督木至來訪，出答之。

十三日辛巳入朝，仍待罪。巳刻始得降俸兩級之命，喜懼交并，報名謝恩。是舉也，深資次稍後，追趨難前，可謂自負聖恩矣。及捧聖諭，嚴詞峻督，皆有至愛存焉。愧心之痛，慘於刑戮。

其間難處事，扈從諸公或有能知之者。是日聞上有擇地之行，抵夜有旨罷之。得閣老未齋顧公致北信至，發封得黃甥標手書，知京邸粗安。

十四日壬午入謝，禮成，湖廣撫、按來訪。巳刻駕謁顯陵，同蒲汀扈從，遇松皋。三人隨駕，樓轎聯接，平生親近，未有如此日者。既而退息柳陰下，以俟暮還寓次。二更入，陪祭龍飛殿、社稷、山川禮成，還寓就寢。

十五日癸未入朝，頒賞銀五兩。

十六日甲申，雨，謝過内閣直廬，議表賀。還過介谿，留酌，觀賜衣酒杯。適樂工至，奏伎，東橋、陽峰同席盡情。冒雨暮還，風雨益甚。更餘得旨，明晨午前後候旨上陵。

十七日乙酉入朝，頒賞銀七兩。未刻雨止，駕出，予輩從間道至陵，夜還宿。

十八日丙戌，楚王來朝，上御龍飛殿受之。出赴廖學士道南招，過孫尚書九峰先生交東城別業，遂訪孫憲副從一元敍舊。予丁酉春過承天，訪從一于里第，從一適檢得本朝内閣諸老歷官年月，云九峰所遺，復訪得之，漫録于此。

解學士縉永樂元年入，四年故。

黃文簡公淮永樂元年入，十三年罷；洪熙元年復入，尋卒。

胡文穆公廣永樂元年入，十七年故。

胡祭酒儼永樂元年入，十四年出。

楊文敏公榮永樂元年入，正統五年故。

楊文貞公士奇永樂元年入，正統九年故。

金文靖公幼孜永樂元年入。

楊文定公溥正統十一年故。

陳尚書山宣德九年入，四年去。

張尚書瑛宣德九年入，四年去。

馬學士愉正統五年入，十四年故。

曹文忠公鼐正統五年入，十四年故。

陳少保循正統八年入，景泰七年去。

高文義公穀正統十四年入，天順元年去。

王學士一寧

蕭尚書鎡景泰　年入，天順元年去。

苗文康公衷景泰元年入。

商文毅公輅景泰元年入，天順元年去，成化三年復入，十三年去。

彭文憲公時景泰元年入，本年去；天順元年復入，成化十年故。

王毅愍公文景泰三年入。

俞侍郎綱正統十四年辭，未入。

江學士淵正統十四年入。

張學士益

徐武功伯有貞天順元年入，本年去。

許侍郎彬天順元年入，二年去。

薛文清公瑄天順元年入，本年去。

李文達公賢天順元年入，成化二年故。

吴文懿公原天順元年入，六年去。

陳莊靖公文天順七年入，成化三年去。

岳修撰正天順二年入，五年去。

劉文安公定之成化二年入，五年故。

萬文康公安成化五年入，二十三年去。

劉文和公珝成化十一年入，二十一年去。

劉文穆公吉成化十一年入，弘治五年去。

尹文和公直成化二年入，二十三年去。

彭文思公華成化　年入。

徐文靖公溥成化二十三年入，弘治十一年去。

劉文靖公健成化二十三年入，正德元年去。

丘文莊公濬弘治四年入，八年故。

李文正公東陽弘治八年入，正德七年去。

謝文正公遷弘治八年入，正德元年去。

焦守靜芳正德元年入，五年去。

王文恪公鏊正德元年入，四年去。

楊石齋廷和正德二年入，十年守制，十二年復入。

劉尚書宇正德四年入，數日去。

曹尚書元正德五年入，本年去。

劉野亭忠正德五年入，六年去。

梁厚齋儲正德五年入，十六年去。

費文憲公宏正德六年入，九年去；十六年復入，本年去；嘉靖十四年復入。

靳文僖公貴正德元年入，十二年去。

楊邃庵一清正德十年入，十一年去。

蔣敬所冕正德十一年入。

毛礪庵紀正德十二年入。

袁榮襄公宗皋正德十六年入，尋故。

石文隱公珤　年入。

賈南塢詠嘉靖三年入。

張羅峰璁嘉靖六年入。

李序庵時嘉靖十年入。

翟石門鑾嘉靖六年入。

桂見山蕚嘉靖八年入。

方西樵獻夫嘉靖十一年入。

夏桂洲言嘉靖十六年入。

十九日丁亥，出答拜撫治鄖陽石岡王公以旂、巡撫湖廣石涇陸公杰、巡按御史朱君箎，因答榮府王長史正宗書。正宗字嫡夫，予丁丑會試所取士，以御史謫遷，遣人候問。

至二十日戊子，上御龍飛殿受賀，宣表禮成。午從上幸顯陵，暮還。

二十一日己丑有旨，從官先發。上以二十三日大駕北還。

【校記】

〔一〕辛酉：原誤作『庚申』。

〔二〕壬戌：原誤作『辛酉』。

〔三〕辛未：原誤作『辛巳』。

儼山外集卷七

大駕北還録

三月二十一日己丑[一]，早入謝賞。上御麗正門受朝，學士張君治以奉命，侍講學士廖君道南以接駕面見。退。予過内閣直廬，桂洲留飯，因示御製宣諭文，相與歎聖作高古，非近代帝王所及。因告先行，遂發。出循漢江而北，申抵豐樂宿。

二十二日庚寅曉發，筍輿步柳巷中，旭日清風，鶯花燕麥，殊令人忘疲。春衣映草色，脉沐若浮，亦歸途一樂也。辰度浮橋，迤北涉小澗，有側馬而告者曰：『公非學士儼山翁乎？』予方欲答，輒揚鞭言：『吾師宗林化去矣。』林僧號朽庵，涉文藝，以詩鳴于時，予嘗與游。爲之憮然問，復通姓名曰吕淮，異日修謁，當呈師偈頌文業，舉手而過。午入道傍民舍，飯脱粟。復跨馬行二十里，少憩柳陰。秦生兄弟供茶，指對面土坡而問曰：『此顧襄城，豈所謂鄀都者耶？』又北有古城，名鄀縣。又北過宋玉墓。未抵宜城寓。學宫二教官洪儒、陳生，予前歲赴京時識之，屈指丁酉三月，今復以三月過此，亦數也。宿。

二十三日辛卯，乘月北發，行二十里餘，過黄憲墓。又北過淳于髡墓。已抵灘口，入市居，邀馮䧁城少卿同飯而别。䧁城名惠，光禄舊僚也。已而追及於峴山之麓，與同過習池。少憩出，經羊叔子祠，遂登祭江亭，䧁城不能從焉。亭據江山之會，甚勝。下由襄陽南門轉西門，渡浮橋，次樊城舊寓宿。襄陽形勢，自蜀山一枝盡於此。三面阻江，而西峴結穴，雄鎮也。本在漢南而稱陽，夫山南曰陽，水北曰陽。對岸鹿門諸山，自嵩嶽發脉，一枝盡于安陸，今濳邸也。南爲沔陽、漢陽，皆在漢水之北。沔，方言漢也。

二十四日壬辰，晨起出候駕。過蒲汀，知龍湖張學士文邦鐫俸二級，遲至也。大雨，暮還，會龍湖，同三春坊小酌，宿。

二十五日癸巳，晴，曉出候駕，登挹秀樓以俟。漢江新晴，洲渚出没，青山城郭，宛宛在目。慨想宋元攻守之際，何其慘也。顧襄、樊脣齒，而樊城奢華，尤勝金湯，設險正當今急務，聊志之。得旨免朝先行。晚抵吕堰，與龍湖、漸山同飯，有贈龍湖詩，次趙光禄信臣韻。夜發，路旁燈火星聯，一望數十里，亦奇觀也。

二十六日甲午，曉至新野寓次，不暇梳沐而發。北緣白水江，江以光武名，所謂白水真人者即此。午飯林水。晚至南陽，渡江而北，宿舊寓中。夜聞駕行，跨馬馳三十餘里。

二十七日乙未，曉發博望，遇介谿於途，袖出武當笋分贈，云上賜也，品格俱絶佳。辰復隨駕騎行，午至裕州候朝，旨免。崇王來，有詔止之。午發裕州，過張釋之墓，晚至保安宿。

二十八日丙申，五更北發，辰至昆陽，鋪舍小坐，以俟飯夫秣馬。蓋古葉地，又舊縣基有葉公問政遺迹，又光武戰勝處城址猶存。外多土丘，高圓纍纍，土人謂之虛糧冢。東北有水南流，謂之渦河，合於淮，土人又謂之裹河。是日早晴，望四山皆有白雲羃其巔如畫。頃之，風甚急，趨葉縣，寓萬安寺，僧作筍蕨供。遡風北行二十餘里，過沙河，風水相激，凝沙里許，殊妨行。北岸鋪舍榜曰『汝墳』云。途中見芍藥花已盛開。申至襄城，旋發。深夜少休村店中，三更起行。

二十九日丁酉，黎明至鈞州，直抵行宫接駕，免朝。得旨，限月朔渡河。次日新鄉受朝，飯介谿蓆寓，不入城而行。夾路饑民老稚號乞，輒以錢與之，勢不能徧，有瞑目而過者。午至新鄭，過歐陽文忠墓，涉溱、洧。時新雨斷橋，乃知子産亦以地勢不能梁，故至今猶爾。入城寓董氏。飯後行細雨中，過吴正肅公墓，又北過陳文惠公墓。憶得正肅爲奎，文惠爲堯佐，皆宋名臣也。匆匆迫暝雨，不及瞻禮，昏黑抵村店投宿，再定寓次，聞桂洲諸公咸止此。是夜雨不歇，以一氊假寐。

四月一日戊戌，曉發北巷門。遇蒲汀，云候松臯同行。問駕所在，遂冒雨走四十餘里，入鄭州南郭。會朱銀臺小川，云適過裴晉公墓。予苦雨而行，遂不知，相與慰藉。小川名繼忠，通政參議也。寓南門沈周氏。午發鄭州，申至滎澤，借寓巡撫公館。晚晴渡河，抵北岸甚快。見松臯，議當接駕，留宿舟中。

二日己亥，晴。巳刻，上自滎澤渡北濟，從官候升輿，騎從趨亢村。申入蓆寓，飯畢先行。夜深至新鄉行宫候駕，免朝。入自東關，抵北門，宿王氏。

三日庚子晨發，詣行宫，免朝。會巡撫可泉胡公纘宗，爲言鈞州迤北至河，饑荒如許，速宜賑濟。可泉唯唯。京山侯崔公元邀入蓆寓，吏、户、刑、工四尚書、高户侍同飯。因及昨侍上舟中，與輔臣同以此事面聞，上爲之動容，傳發銀二萬兩備賑。天語復云：『活得萬人之命否？』上之盛德若此。又道伊王來見事由。辰發，午至衛輝寓次。得少宰學士甬川張公北信，知世安病愈，有詩。至暮，報諸公俱北去，予遂發。冒雨行二十里，聞前途叫號聲甚苦，即驅衆往，乃一内侍爲賊所劫，速令護應，當擒一人，衆皆奔散。内侍捧傷哀訴不已。縛賊於馬前。至頓坊鋪投村店，適及行李車，命止，呼地方與賊，使根究之。遂宿。

四日辛丑曉發，冒雨行。雨甚，少憩村店，秣馬飯夫。復即濘趨入一古祠避雨，觀其榜聯，似是張騫香火。以衆雜，復出雨行。向午入淇城南門，寓郭氏。雨中辱蒲汀惠《縛賊歌》，和答，遂宿。

五日壬寅，發淇縣，濘深，從間道行。過響河土橋，石岸屈曲盤轉，水流有聲，青山在目，頗似閩浙中山行。遇龍湖輩三四人於道旁，趙洪洋東指三山而告之曰：此濬縣地矣。此山出花板石，大工採之。申抵宜溝，同飯於蓆寓。北發，晚至湯陰。過李司空家，知后渠已北上，李主事繼先留酌。還寓次，與龍湖同宿。

六日癸卯，雨，發湯陰。辰抵彰德，寓次城隍廟。北發，午涉漳河，觀疑冢。自漳岸抵磁州二三十里間，土丘星散可數。相傳曹操爲此以誑人耳，恐操未必葬此一冢也。按銅雀妓望西陵松柏，想魏陵亦不遠，但河南北類此亦多，俱不若磁之密也。午抵磁寓次，過學宫，訪鄉人張學正抑而出。暮過車家關，見北直隸新撫、按諸君，一敍而别。夜深至邯鄲寓次宿。

七日甲辰，曉發邯鄲，辰過沙河縣。寓壁懸宋文貞公璟墓碑，顔魯公書，敍唐玄宗車駕幸洛陽，文貞拜迎道左，時已致仕，年七十矣。遂渡沙河，渺瀰經數里，杠梁舟楫皆不易施。大抵河南北諸水源高而漲暴，每遇發時，浪頭高數丈，有排山倒嶽之勢。雖然，可立而待，故俗以徒涉爲便。《詩》云『匏有苦葉，濟有深涉。深則厲，淺則揭』，蓋自古然矣。松皋嘗謂孟子不知子産乘輿之事，固亦有理。午抵順德，寓西天寧寺。瞿照磨九皋治具陪飯而别。未趨内丘，道中見土阜略如磁，豈亦操葬耶？意此中原古地，顯達富貴之人必多，卜葬崇高殷厚，一時鄰比，世遠而不知爲誰爾。曉過内丘，乘月北趨，三更抵柏鄉宿。

八日乙巳，晴，發北郭。遇錦衣指揮趙君佐、袁君天章，云已有旨，今日少駐柏鄉，上欲養人馬足力有此。蓋自湯陰起駕，兩日行五百餘里矣。巳抵趙州橋寓次。過石橋，觀驢迹，恐亦是石工所爲，或石上偶有此痕爾。入城。午過柏林寺，觀透靈碑者，亦無甚異，蓋元貞乙未棘人王詡撰寺記云。復觀畫水愈奇。一老僧云是宣德間定州何生所作，今何氏尚有能畫者。其言頗可信。定州有東坡雪浪石銘，具論畫水之法，生豈有得於是耶。申抵欒城，寓孫生西郭園居，韭畦黍廩、城堞井轤，頗有野趣。宿。

九日丙午，晴，曉發，孫生守正送之北郭。遇高三峰，聞御札改程，甚有憫恤之意。巳渡滹沱，入真定城，北出候駕。午朝行殿如儀，鴻臚面劾失儀官，有旨逮治。退，會松皋，慰予擒賊事，亦作長歌口誦之，予致謝。過内閣直廬，會桂洲，遂發。申過伏城，小憩即發。暮渡水，亦名沙河，至新樂寓次宿。

十日丁未，陰雨，發新樂，辰抵定州寓次，桂洲致書至。巳發，午後至慶都。申過涇陽，更餘至保定，復寓傅莊宿。

十一日戊申曉出，行宫候駕。過内閣直廬，議迴鑾表賀，桂洲留飯，遂過介谿。午，駕至，免朝。遂發，過劉伶墓。申至安肅，即發，乘月行。三鼓至定興，過南皋户書家，少敘而别，宿蕭氏。

十二日己酉，曉發定興，巳至涿寓次，午發，遇定國公徐公延德、禮部尚書託齋温公仁和，於道立敍，云令旨迎駕。北過琉璃河石橋，暮抵良鄉寓次宿。

十三日庚戌，良鄉新作行宫成，出候駕。月向午駕入，得旨免朝，還宿。

十四日辛亥，曉先發，午抵彰義門，光禄少卿草亭彭道顯邀於江氏園亭候駕，治具留宿。

十五日壬子，五更出候駕。居守來迎如儀，自宣武門入，過大明門。旭日初升，而車駕還宫矣。

是行也，往返凡六十日，驛路五千四百餘里云。

【校記】

〔一〕三月：原作『四月』，據前後文改。

儼山外集卷八

淮封日記

正德七年閏五月望戊子，是日晴。巳刻，上御奉天殿，設鹵簿，百官具朝服，傳制遣官行册封禮，充淮府副使。隔日偶感寒疾，黽勉成禮。隨節册由奉天門東偏而出，入東朝房更衣，往禮部領册還，至朝房别去。學子王繼祖、亢錦、葉相啜米飲小憩。王太常時陽來視疾，遂送予，迺趺坐與少語去。又别孫秀才崇先。崇先常從予學，是行也，百凡經理，與有力焉。闔户偃卧。過午，由崇文門南出。同館預設餞于八河莊姚寧定之園亭，至者易欽之、崔子鍾、景伯時、同鄉王時陽，少坐即往卧西齋，病始小間。諸君歡飲，薄暮而别。余凡三出都門矣：壬戌春以落第，戊辰冬以先孺人憂，及是更以疾云。是夕宿定之館。定之舊官中書，家有花木之勝，多交名流，自云善養生，數具問余病，不能盡答，蓋非深喻也，吐納而已。

十六日己丑〔一〕，晴，晨啜米飲，别定之。辰時入通州城察院暫息，午出東門，由水路而南，予尚未耐鞍馬也。申初抵張家灣，過座船，正使武平伯陳熹來訪，茶話而别。作京中報書，與欽之略云：『坐驛舟下潞河，行二十餘里，鳴金伐鼓，與棹歌互答。兩岸蒹葭楊柳渺然，極江湖之興。此後舟行，日念欲斷棄文藝舊業，甚有真趣，復恐成懶惰耳。其間更有用力處，當尋求之，聊以報足下。病不多及。』薄暮，方郎中學日升、顧郎中可學與成過余舟。二君皆同年，復同有事。與成攜酒殺過舟，予病斷葷，啖蔬相對。成主事周汝從自京至。汝從予鄉榜同年，以假還，約同行云。月下過與成舟，四人露坐散，余遂解維。

十七日庚寅，晴，辰發灣下，申抵和合驛，水澀，及吴員外期英鍾潤舟。鍾潤時充荆府副使。往來坐談，遂泊宿。是夕余始啖鵝蜡。

十八日辛卯[二]，晴，早涼發舟，附廬陵劉子書。午後，大風作，舟歇，遂宿葉清店。

十九日壬辰[三]，晴，早發，午抵河西務，鈔關謝主事廷瑞來訪，遂答拜。舊館人趙鉉來，云自賊退後，此中人心尚摇鼿也。微風，暮宿南蔡村。

二十日癸巳，微雨，巳過楊村驛，暮宿天津。是夕復小恙。

二十一日甲午，風雨，卧疾。午後過楊青驛，暮霽，宿静海縣。

二十二日乙未，晴。教諭王良佐，字良弼，吾松之能古文者，晚作校官，又罹兵荒，殊可念也，入舟力疾與坐。聞前路有警，乃以探馬先行。午後過流河驛，暮宿清縣。

二十三日丙申，晴，早發，巳過興濟乾寧驛，申抵滄州，聞賊在南皮，遂宿。

二十四日丁酉，晴熱，早發。院吏陳環送至此遣還，附徐子容諸君書。申過新橋驛，暮宿夏口。

二十五日戊戌，晴熱，辰過東光縣，午過單橋縣驛遞。河中結浮橋，云甯都堂兵過。午後風雨小作，旋收，抵安陵宿，晚雨。

二十六日己亥，雨，辰過良店驛。余去歲北上時，五月二十五日適過此，家人慶病殁，驛丞姚夔甚恭謹，託渠寄骨，今取去，而夔復來迎。余因問馬公中錫撫賊事，答之甚詳，云初馬公挾德州甯知州、河、關指揮廉往，劉六、劉七等四十餘人皆跪於驛前迎之，稱曰劉晨、劉寵等接老爺入驛堂，悉拜於庭。復扣頭曰：『老爺活我。』馬公諭之曰：『爾等改過爲好人，我與爾奏知朝廷。』皆應聲曰：『我等二千餘人，願布附近衛所，與朝廷殺賊。』公令一二人爲首者，與甯知州、關指揮定議，一人聊溫辭慰之。賊議欲充兖州護衛，甯答曰：『既然地方俱是朝廷地方，軍亦是朝廷軍。東西南北，想有處置。』乃命飯於庭樹下。適有兩驛馬至，劉七者以目瞬之，衆閧然而出，相視莫測。須臾，劉七復來曰：『適見探馬，疑有伏兵。』各出視無之，故來。『馬公亦慰之云：『我豈失信於爾輩。』劉七等曰：『老爺允了，朝廷允了，只是某人要殺我等。』馬公云：『此不由我。奈何，奈何。』於是衆賊變色喧譁，無復聽撫之意。甯知州、關指揮等始悔之，各退，回首而烟燄亘天矣。馬公卒坐此得罪。夔云衆賊唯劉七狡黠，後再至驛，擄二婦人一宿而去。晚晴，抵德州河下，始及盛檢討希道船。胡郎中濂宗周來謁，與希道同坐。宗周去，予辭以病，不能答禮，希道小酌舟中。甯知州河字伯東，予同年也，謝病在州。聞予至，亟出，遂留同坐，與談兵興以來事。指城而曰：此中曾供餉百萬官軍。所言馬公事略同，及暮而散。是夕予作腹痢。

二十七日庚子，晴熱。希道過船，爲予處方服之。午後過故城，暮宿鄭家口。

二十八日辛丑，晴熱。巳過甲馬營驛遞，申抵武城。河中結二浮橋，度許游擊泰軍而西。泰來訪，留坐，問勦賊事，泰唯引罪自歸，歷敍皮子崖、邳州、長垣大小戰陣，出示膝上箭痕，盛陳不敢逗留觀望，泰被總制所參故也。泰將家子，嘗舉武舉第一，都人以狀元呼之。事親孝，於諸將中最有名。觀其人材，稍涉文義，辭氣慷慨云。暮宿渡口驛。

二十九日壬寅，晴。腹疾稍間，辰過夏津，遇蕭縣丞滋部運而上，得家書。午後抵臨清閘，管閘裴主事繼芳紀功、柴給事奇德美、吴御史堂子升來訪。暮宿觀音嘴。

六月一日癸卯，晴。鈔關曾主事璵來訪，陸兵侍完全卿來訪，兵備副使趙繼爵世忠至，遂往答拜。留飲兵侍公館，與論諸將，以馮禎爲首，次郤永，次劉暉。至泰，許以大將之才，而責其見賊畏懦，及談寧夏前事。午後發舟，風雨作，遂泊南馬頭。

二日甲辰，陰，巳過魏家灣，雨，暮宿東昌。

三日乙巳，陰，吴太守大有入舟。金陵人也。微雨。遇劉都憲愷承華提軍護運，過舟坐談而別。暮宿安平鎮。

四日丙午，陰，微雨。午後過安山驛，雨甚小，留守備都司王祥入舟與坐。祥，保定人，喜談兵，識劉暉，頗能道暉爲偏裨時事。祥云暉女真人也。暮宿靳家口。

初五日丁未，微陰。午後過分水閘，暮宿安居。

初六日戊申，晴熱。早抵濟寧，管閘東主事郊希宋、兵備王僉事棟隆吉來訪。棟，戊辰進士，知開州，以軍功陞，有才名。知州張寧入舟。寧，大同人，善射，學乾象。留與語，道賊攻圍時，以死自誓，指衛官而罵之曰：『爾看吾面皆忠皮，故矢石難及。』其言可壯云。都司宗敏志學入舟，梁參將璽廷信來訪，俱不及答。是日聞賊掠瓜州，解維，暮宿魯橋，入遞運所作浴。

初七日己酉，微陰，午晴熱。申過沙河驛，與希道入驛小坐，暮宿廟道口。

初八日庚戌，微陰。辰過沛縣，阻風，同希道避暑于東嶽祠。王守約秀才來陪，共飯祠下。申解維，遇同年張御史承仁元德巡按浙江還，各泊舟相敍。遂登教場閱武，與元德較射，元德贈弓，遂留酌。訪以浙中人材，問章楓山先生起居。夜發，泊宿江漲中。

初九日辛亥，晴熱，辰過夾溝驛，午後抵徐州，管洪戴主事德孺子良偕管糧張主事孟中來訪，總兵官鎮遠侯顧仕隆來訪。晚，子良再至舟中，蓋同年也，小酌而別。暮宿漕廳前。

初十日壬子，晴熱，入城答拜，留酌段旲德光寓所。還赴子良，與謝都諫訥尚敏、希道三人共酌洪上廳。余登廳後層樓，觀江山，信所謂如玦而闕其西十二。徐故都會也，子良構樓，本以防寇，因問名於予。予未有以答，迺題其廳曰『濟川』，遂發徐州洪。午後過吕梁，焚劫之禍，無過此地，煨燼極目，令人憮然。管洪李主事楫來訪，遂發。夜過新安，遇沈仁甫憲副赴陝，欲取道溜溝，迺告以大水不可去之故，遂同返棹，將泝淮而上矣。五更抵邳州。

十一日癸丑，晴熱，知州周尚化入舟與語，尚化有聲治州者。舟至池頭灣，阻風，與希道、仁甫共飲淺鋪。暮解維，抵沙方，淺風復作，泊宿。

十二日甲寅，陰晦微雨，大風。卧將起，而予舟蕩風而南，舟人爲之失措。是日泊南岸，爲希道作《玉華十六詠》，出都以來始作詩云。遂宿。

十三日乙卯，陰晦。遡風抵直河驛，候希道、仁甫兩舟至，入驛俟風，飲驛中。暮解維，夜過宿遷驛遞。

十四日丙辰，陰風，少息，早過古城驛，辰過桃源驛遞，申渡淮，泊清江浦，與仁甫酌别，宿。

十五日丁巳，霧晴，抽分主事畢濟時來訪，故僚濟川汝舟弟也。别仁甫，途中遇同年胥主事文相士衡，時管鈔關，留酌公館。希道至，同坐。午後抵淮安，理刑顧主事棠良愛來訪，同年也。入城訪葉亞卿贇，良愛留酌而别。巡鹽御史朱冠來訪。馬推官圖入舟，同年馬太守卿尊翁也，留坐，談劉祥太守爲賊所虜事。入驛作浴，月下解維。

十六日戊午，晴，早過寶應，鄉同年范韶時美入舟，過湖而別。午過界首驛遞，晚過高郵。

十七日己未，晴，辰抵楊州，入城訪同年高滂穎之給事、王偉世英主事，留酌穎之，遂訪徐進士縉、俞吉士敦。還，訪張都憲俊朝用，問江上賊事，云已越金陵而上，數語而別。晚解維，宿瓜洲。

十八日庚申〔四〕，晴，早車壩，辰渡江，抵京口驛。武昌太守張愷並舟來訪，答禮。午後入城訪原御史公載、楊御史鳳文明，入楊承家宅小坐，出南門，原、楊二御史來訪。晚候驛關不至，月下發舟。

十九日辛酉〔五〕，早抵雲陽驛，再候京口關文不至，遂倒案參官別起關文而行。晚過呂城驛。

二十日壬戌〔六〕，晴，早抵常州毗陵驛，遇山東參政張津廣漢來訪，李太守嵩唯嶽偕推官粟登來訪，往答禮。酌廣漢舟中，遂赴唯嶽，招飲驛中而別。夜過無錫縣。

二十一日癸亥〔七〕，晴，辰刻過滸墅，鈔關主事鄭善夫繼之，同年中之最少者，好學績文，留酌鈔廳。遇同年丁儀文範持服南歸，與希道倡和數詩贈繼之而別，繼之復拏官舟送余。未、申驟雨，至楓橋，同訪毛少參珵貞夫，別繼之。貞夫坐余舟，送至閶門別去，遂宿閶門。

二十二日甲子〔八〕，早晴。貞夫再至舟中，與希道論金丹之事。楚儀賓王璹來訪，移舟至驛前。巳入城謁王公守谿少傅，公留酌園中，貞夫陪談。出，俞都憲諫良佐來訪，與坐驛中，論太乙數，主客大將，當以先動者爲主，《淘金歌》云。遂入城答訪劉太守悦以貞，訪沈良德宫諭。是夕宿竹堂寺，崑令方豪思道坐事病卧寺中，因訪之，不及，出城。

二十三日晴，往訪朱侍讀懋忠，至吴學士南夫家，訪楊君謙於南濠，小渡入舟，杜子開啓君謙來訪，遂解維，宿婁門。

【校記】

〔一〕十六日：原作『廿六日』，據前後文改。

〔二〕辛卯：原誤作『辛丑』。

〔三〕壬辰：原誤作『壬寅』。

〔四〕庚申：原誤作『己未』。

〔五〕辛酉：原誤作『庚申』。

〔六〕壬戌：原誤作『辛酉』。

〔七〕癸亥：原誤作『壬戌』。

〔八〕甲子：原誤作『己巳』。

儼山外集卷九

南遷日記

嘉靖己丑三月廿九日甲子，予曉自曹氏南園行，送者表弟顧世安、唐甥鏊、黄甥標。予即門與之别，午抵潞河。是日晴爽，不甚疲憊，入長船中小憩。少頃，兒女輩畢集。從行者姚文學時望、浦生澤别買一船同行。未刻，張編修衮字補之以三扇至，予爲寫舊作，答以小柬云。坐蓬窗，命兒子誦舊作，寫三扇頭，又一境界也。遂作書與新祭酒魏莊渠先生字子才，予同年也，蓋論監中錢穀事，併領俸隸應得之物，以佐路費。又書與林司業介立先生字懋易，促渠報公事文憑也。又書與馮博士冠曰：『查盤諸君近俱遷，惟正伯在耳。可速作報鄧典簿，老儒恐未易辦此。蓋危疑去國之人，不得不過爲之慮。聖明在上，必有能知之者。附回先師《傅文毅公文集》二册，還其子中舍棨，陳太僕雲章所著書五册還之。』是夜宿大通橋東。

三十日乙丑，晨起爲許刑侍寫二軸，是早朝詩，亦舊作也。許名讚，字廷美，號松臯，學士廷綸先生之弟。託諸子興主事還之。與嚴宗伯介谿先生書，致謝憫恤保全之意。答詹事顧未齋先生書曰：『此行愚戇，不意君臣朋友之間，一旦瓦解若此，此罪何止誅殛。未齋蓋有所報也。』又曰：『昨揲得「遯」意象，可知今當過家告墓，處置家事而後行。就禄一兩年，爲買田武夷九曲間，作終老計。緣故鄉薄惡，戈戟森然，一子幼弱，斷不可居。縱復聖明賜環，有日料理，氣血衰憊，不堪鞭策，徒自苦耳。故生還首丘，亦復割遣矣。此意非老兄不可告，亦不敢告也。亮之，亮之。』午飯後答劉南坦書，名麟，字元瑞，有貫書《吴記》之惠。《吴記》者，新刻《康齋日記》也。曰命之矣。晚，微雨滴滴，蓬窗有聲，再宿舊泊。

孟夏朔日丙寅，命童檢《博古圖》閲之，以其字大，便病目也。時望云昨從書肆見山西新刻極佳，爲之欣莞。此書是蔡京、王黼制作，但文字頗尚義理，以見宋之極盛。而宣、政君臣留意文玩若此，則南渡之禍重可歎也。第一卷商持刀父己鼎所論子職，極有精義。父癸兕、戈鼎，乃或未然。蓋古之祭祀，内事用柔，外事用剛。師、田外祭，謂之外事，將兕田而戈師耶？第二卷文王尊彝云云，想見紹述諸人，雖於一器之微，必欲取快，況天下事快心所極。爲之掩卷。周雝公緘鼎銘『十有四月』者，古器多有是文。疑『三』者即古『二』字，模刻時或重加筆，後或從省。古籀文增損不一，多可考見，至秦李斯漸歸一定。『霸』疑古『魄』字，或聲相近，或通用。『月既死霸』紀日月也，『十有四』紀年也，未知是否。䜌鼎『䜌』『女』疑是一字『孌』，蓋人名云。午後世安自城中至，得太宰方公惠書。南京少宰李先生蒲汀時在告，以三詩爲贈。是行得詩，自先生始。先生字夢弼，乙丑禮闈座主也。頃之，標甥移家至，與世安、時望、標小酌舟中，再宿舊泊。

二日丁卯，曉大風，送世安復入城，辰刻遂解維。標以馬端肅公三記來，一讀之。三記者，其一征討石城，其一撫安東夷，其一興復哈密。公諱文升，字負圖，河南鈞州人。予初舉進士，公以少師兼太子太師位冢宰，時年八十，眉宇清朗，聲吐如鐘。明年致仕，而時事一變矣。寔本朝名臣云。《博古圖》十卷樂司徒卣，樂非必姓氏，蓋司徒掌樂，猶云宗伯爲禮爾。十六卷周姜敦，敍稱岐陽十鼓雖存而文字剥闕，石不足恃，而君子有貴於銅焉，取其不爲燥濕寒暑所變也，意亦悲矣。殊不知金石同歸於盡，而淪落潛秘，不少概見於時，往往因文字以追考千古金石之珍麗如是書者，銅又安足恃耶。然秦銘魏刻，非無工也，而過者恧焉。蓋世果有足恃者，而不在於文字形器之末也。於是重爲之悲歎。十九卷『鬲鍑説』，謂鼎有義而鬲無義，恐未然。夫鬲之言隔也。《易》曰『水火不相射』，惟有物以隔之，乃相爲用。今以金隔火，而制水則飪，事濟而氣味和，故謂之鬲。夜宿李釋兒寺北里許，以水澀故也。

三日戊辰，晴，移舟甚艱。廿三卷周輔乳鐘，李照謂鐘之有乳，以節餘聲。夫乳取於養也，鼎乳以養口，鐘乳以養耳，皆養也。廿六卷『魯饑而臧文仲以玉磬告糴於齊』，恐只是泗濱浮磬，非誠玉也。孟子『金聲而玉振之』，蓋亦以石爲玉云。按：是書三十卷號稱博雅，禮樂文物之器賴是以觀三代之盛王。而王荊文公《字説》頗亦緒見於此。紹述之際，王學盛行，至與周、孔並，大抵有見於義理之故，而無究於神化之方。其失也，流而爲穿鑿，爲附會，用以禍天下而有餘。如是書所載，自相矛盾者亦多矣，聊記於此，以備參考。薄暮風沙遂息，是夜宿和合驛。

四日己巳，晴，曉發。世安自家中致十七史舊本至。偶發一簏，得《晉書》，讀《宣紀》，仲達能知孟德於始事，而竟爲之用，孟德能知仲達之終圖，而卒遺之資，英雄之可笑者如此。《文紀》庚寅奏書，《傳》所無。自古興亡何限，而是非之心不待有所愛惡而自在。報復之理，亦何必因親疏而始有哉。此帝王之所慎也。申刻抵葉清店。世安自城中遣出，報程齋盛希道先生復自講筵改秩。遂附薛助教僑書，曰《學庸原》望還之方太宰。夜大風怒號，波浪喧湃，遂泊店北。吹燈趺坐，恐恐至三更餘乃假寐。

五日庚午，早解維，舊隸陳資自城中致介谿、未齋、莊渠、介立并馮正伯報書，見報始知程齋爲科中所劾。程齋名端明，壬戌庶吉士，後予授檢討，博學有識量，與予出處進退極相類，念之慨然。監中所報公文亦到，而俸隸亦已領，南歸有濟矣。頃間風復作，泊。《元紀》宋典以策鞭帝馬而笑，與隸也不力事甚相類，典豈祖此。遂宿店之南。

六日辛未，小滿，晴，曉發，辰刻抵河西務，令人納鈔而後行。主事張君名承祚，廉知予舟，即爲放關，且投以刺。乃遣謝，辭遣二吏一隸還，報介立書。泊關南，遂宿。

七日壬申，晴，泊昏暮，二僕自京至。少師邃翁先生題畫爲贈，有曰卒然之别，黯然之情。少傅張羅峰先生寄會録，贐以文幣。遂宿。

八日癸酉，晴，早發。答邃翁書致謝，遣送隸還，與莊渠小柬。未過楊村，夜宿桃花市。新月遠水，始推篷一望。

九日甲戌，晴，早發，辰泊丁字沽，備舟楫之具，風復作。《李密傳》：『昔舜、禹、皋陶相與語，故得簡雅；《大誥》與凡人言〔一〕，宜碎。』君子之應世如此。令伯固通才也。晚宿天津，月有暈。

十日乙亥，微雲，顧募畢，揚帆而南。《晉書·隱逸傳》可無作。孫登忍死，隱潛憤生，何逸之有。是日讀《東漢書》，范曄論光武，歷稱符命，不及其他，此亦可見當時所崇尚如此。雷雨旋霽，風便舟行，夜深抵静海宿。

十一日丙子，早發，乘風行，未時過青縣。山西諸水，皆自此合流，其上接滹沱河，一名青口云。《郭皇后紀》盛稱其宗黨恩澤，蓋有深意。夜宿興濟縣。

十二日丁丑，晴，早發。《更始傳》論周漢之始事，亦是符命之説。《劉盆子傳》記吕母者，可謂女俠，立盆子事最可笑，探札得之。將午，過滄州。《隗囂傳》方望亦是西州豪傑，惜不知其所終。范史宜爲立傳。晚得風，舟行甚駛。予起露坐，月到天心，風來水面，又是一境界也。夜宿戚家堰。

十三日戊寅，晴，早發，辰刻抵新橋驛，俗名泊頭。舟停，乃有僕馬喧攘，云是本處巡檢詰予舟，勢甚張。令人告實，巡檢乃上馬去。若使昏夜遭之，家累輩爲之一恐。巡檢廉得山西人郭俊，儻不爲需索，乃能如此，亦幹吏也。竇融有文武才，而知略亦自拔出，《傳》稱其卑恭已甚，意必矜慎之士。及覽其疏曰：『臣融年五十三，有子年十五，教令恭肅畏事，恂恂循道，不願其有才能。』又何其長者也。予今年五十三，而兒楫適十五，讀之惕然，因指以示楫。已發數里，同年馮憲副子際名時雍，時致仕居墓所，以便服攜酒禮至。謝之再四，不獲，遂延入舟中茶話。是日予始以野服送客登岸，去京蓋五百餘里矣。《馬援傳》論援，謂觀物之知有餘，而反身之明不足，意太刻矣。向晚散步柳陰中里餘，過標船露坐，小酌行舟，與時望輩論十七史世代。抵東光縣宿。

十四日己卯，阻風泊。王丹孤介質直而理，西漢末乃有此人。王良就徵，過友人，友人不肯見，曰：『不有忠言奇謀而取大位，何其往來屑屑不憚煩也。』惜史失其姓名，恐亦是子陵等輩人。杜林雖有功業，宜傳《儒林》。桓譚典雅可愛，但其持論或不經，如《勸傅晏策》尤疏謬。夫刑罰不能加無罪，邪枉不能勝正人，此固未易以一言盡也。至謂士以才智要君，女以媚道求主，則邪罪大矣。郅惲所上王莽書，大是危言。莽固無道，竟不能殺。當時符讖罩人籠密若此，以光武之聖，猶不能脱。然姦人借一説以誤人主，如天書之類，可畏哉。午發，宿吳橋縣，地名連窩，月明。

十五日庚辰，早發，辰刻阻風野泊。鄧融不識廉范事亦奇。范節概高，史譏其倚竇憲，士之孤貞爲難。舟中頗暄，起坐柳陰納涼風，少息。未發。夜泊安陵覩月，高五丈許，忽見白氣自金星傍直射及月，如匹練，少頃方散。是日月宿於心，金躔在星。此氣自去歲立春之夕變見不常，司天者以爲長庚吐氣，今或似之。按天文書，自有長庚星如匹帛著天。

十六日辛巳，早發，有風滯行。《張純傳》筆力分曉可讀。《劉般傳》『束脩至行』，『束脩』二字，亦訓『謹束脩潔』。申末泊良店驛，地名桑園，遂宿。覩月出自陰雲中煜煜。吾鄉每以此夜月卜歲，凡陰翳則雨澤匀而有年，爲之欣然。顧陰晴氣候，千里自别，不知吾鄉所見何如。少焉朗霽風止。第五倫氏出諸田，徙園陵者多，故以次第稱。然他數未之前聞，何也。是夜警危，坐舟中備嚴。五更初聞雨，乃就寢。

十七日壬午，早發，雨甚，泊。舟中霑灑殆遍，枯篷驟雨，無復措手，家人輩爲之遷次，予亦移卧，僅免圖書而已。旋霽，風順行舟。袁安常稱曰：『凡學仕者，高則望宰相，下則希牧守。錮人於聖世，所不忍爲。』故未嘗以臟罪鞫人。史稱其爲陰德，覃及後昆，或恐未然。夫臟吏不除，雖堯、舜無以致治。故爲之地，則善人常少，而不善人常多，將安底極哉。《陳寵傳》有『十三月』文，猶云三陽之月，非數也，不稱正，亦無稱於十三云爾。寵稱人臣之義，苦不畏慎。自在樞機，謝遣門人，拒絶知友，唯在公家而已。安得此義復明於天下也。巡河楊郎中麗，予舊識也，告以道棘故，即命守備都司張某護送。張辭，甚倨。時推官李壽烜署州事，知之，即遣四騎來，予甚德之。夫盜賊縱横在城郭之外，而守備者忽焉，爲之坐歎。申刻，即泊宿德州城南。

十八日癸未，早發，晴。漢安帝詔樂成王萇曰『有靦其面，放逸其心』，此言見王澤，若後世便以爲小罪也。梁節王暢上疏質而切，甚有筆力。當時王國，亦自有人。兩漢人文章，匪但顯顯者。永寧元年，諫議大夫陳禪諫安帝觀西南夷樂，當時離席大言，非養素者不能。尚書陳忠劾奏，以爲廷訕朝政。帝雖勿收，猶左轉障尉，詔『敢不之官，上妻子從者名』。卓立之難，自古如此。禪既行而朝廷多訟之，國是猶在也。忠豈探上意而爲佞與？國事可知也。夫國是無救於國事，東漢之末是已。夜宿第十屯。未至下方遷數里，四騎者環舟而守。夜分，予猶起船面，與時望輩小坐。

十九日甲申，早發，卯大風，泊。《蔡邕傳》第五事所論，豈亦時文之弊哉？邕欲效法司馬遷，而竟因遷故以殺身，文藝果足恃耶？夜宿鄭家口，四鼓乃寢。

廿日乙酉，早發，有風滯行。荀文若死不可曉，孟德以子房待文若，意已可知。至文若爲孟德策，無一而非。高祖之事，何愛於九錫哉。當時史官盡失其情。遣還四騎，至甲馬營宿，仍夜深乃寢。

二十一日丙戌，芒種，晴，早發。《劉景升傳》韓嵩舉措，不似荆楚人。景升妻蔡能知嵩之賢，可謂難矣。而愛琮毁琦，卒成禍階，哲婦傾城信哉。連日考閲黨錮諸賢，具見東漢宦官之禍，其起始於立幼耳。夫立幼，勢不得不重母后；重母后，勢不得不任宦官。宦官之始，亦必有一二人忠勤者，以基其勢。勢成而利害判矣。由中以制外，倚親以謀疏，雖有忠賢，亦難措手。當是時，竇武、何進爲第一策，袁紹、董卓爲第二策，曹操爲第三策。三策用而漢祚移矣。范史每寓意於興廢之有數，而陰歎夫轉移者之無工，蓋其勢然也。故宦官之惡足以禍漢，而志不在於傾漢；群雄之力足以扶漢，而意已忘於興漢，亦其勢然也。故天下之受禍則同，而二釁之操術各異，大抵捄之在始。昏黑猶進舟，夜宿油坊，聞隔船瞽史，而夜警稍解矣。

廿二日丁亥，晴，早發，已抵臨清，得家信，見世安家南來人。閲諸帝紀，惟光武屢見英風偉氣，千載如新。《文苑傳》都無意義，如邊韶只寫却師生相嘲一段，酈炎真謬士也。主事譚君名淯以刺來，遣人挽予舟頂北牐泊。譚君與二主事阮君朝東、李君義壯同見訪，予辭以疾，修刺答之。《獨行傳》張武，吴郡由拳人也。按：由拳縣廢基，今在華亭泖中，則武當是松産。宿牐下，病齒，痛甚，不寐。

廿三日戊子，微陰，待牐泊。因憶去歲北上，亦以四月是日抵清源，人生去住，真有數也。

《李充傳》有言：『大丈夫居世，貴行其意，何能遠爲子孫計哉？』予他日身後，儻得附之《獨行》，足矣。《戴就傳》敍考掠慘酷，見漢法之嚴若此。『鋘斧』字疑有誤，或是『鐵斧』。當時止因太守贓罪，勢已若此，想見黨錮之禍尤烈。譚主政再至，楊正郎至，皆辭以疾，手柬謝楊護騎。天黄雨沙，晚霽，宿舊泊，夜齒痛。

廿四日己丑，晴，泊。《東夷傳》沃沮耆老言，嘗於海中得一布衣，其形如中人衣，而兩袖長三丈。此長臂國之始。槃瓠氏始末與鹽神女、夜郎竹、九隆皆怪誕，豈因玄鳥、巨人之事以神其先，將天地之初氣化有不測者耶？每欲著論以闢之。夜仍舊宿，齒病少甦。

廿五日庚寅，晴，泊。遣人納鈔，免之。《西羌傳》虞詡教任尚追尾掩截，釋者『尾』猶『尋』也，恐只是截其尾。今邊將悉用此以敵虜，亦古法也。《西羌論》反復委曲，三致意焉。近日甘肅兵議，恐亦不能出此。王嬙出嫁，范史描寫殆盡，何緣得有毛延壽圖畫事。東漢四夷，東夷巧詐，西北勁悍，固水土之所囿。夫水屬知，多明，其弊譎蕩；土屬信，多決，其弊狠忍。天地所不能違者乎。未時王户侍載卿先生舟至，遣人投刺，予報之，各辭以疾。載卿名軏，揚州人，以致仕南還，與聯宿牐下。

廿六日辛卯，晴，辰刻過牐，後二舟不能及，遂泊。是日，讀《史記》，修次《周紀》，宿牐裏。

廿七日壬辰，晴，泊。得汪天啓書。天啓名玄錫，予鄉試同年也，官太僕卿致仕。得友鄭廉宜簡書，錦衣百户黄鏈字良器爲予刻《戊航雜紀》寄至，良器能詩辭，皆徽産也。未過中閘，遂宿，待後舟。

廿八日癸巳，晴，泊。是日始題一絶句於扇，寄譚主政。答閻給事東，名閎，字尚友。晚，後舟始及，聯宿。

廿九日甲午，早發，晴，始過臨清馬頭，水澀滯行。修《吴世家》。野宿三里灣南。

五月朔日乙未，早微雨，陰，緩行，夜宿魏家灣。

二日丙申，雲陰，緩行，水澀，遂泊，野宿，警夜。

三日丁酉，晴，仍泊，待水，牽挽過一牐。午後家人自南來，得家信。野宿，夜大風。

四日戊戌，晴，泊，水漸涸，風，野宿。是夜甚警，無寐。蓋饑民屢來窺伺，將來甚可慮也，奈何奈何。

五日己亥，晴，泊，小酌于舟中，感節序也。午後家人知予南遷，弟輩令兩人迎，至得四月十五日家信。大風，晦冥，頃之雷電，仍野宿。夜嚴，五更雨。

六日庚子，晴，辰得水，遂發舟。數里過一牐，仍泊。方僕自京追及，得莊渠書，邃翁寄至新武舉録，知世安試字不諧。夜宿牐南，見月。

七日辛丑，夏至，晴，待水仍泊。午後大理卿陳宗獻先生得告南還至，投刺，予報以刺，各辭以疾。宗獻名璋，予同年也。夜宿舊泊，而警稍解矣。

八日壬寅，泊，大風，宿。

九日癸卯，晴，發舟觀漲，蓋阻滯之情爲之一慰。道遇富主事子敬起復北上，兩舟快馳，不及通問，爲致吴子儀同年書、酒，以酒還贈之而去。午過東昌，王太守汝陳修訪予，以疾辭。王名臬，金壇人，舊識也。予入别舟前行，道中見一長船泊西岸，數人坐舟面北望，云是祭酒船，皆有垂涎奮袂之意。予見之，始知果有尾予舟者，命家人輩嚴備。月下打七級牐，宿牐南。三更後，後船有聲，予親執弧矢以待，至五更乃静疊。予行北河垂三十年，所見盗賊不等，未有駕舟聚衆，不顧形迹如此者。自德州來，兩岸人家藉藉，頗知之。時亦有爲之虚張其勢者，竟無詰問追捕之人，何也？其人每夜皆來抛磚，或爬行作狗至水濱伺便。舟中呵護發聲，即急走去。蓋一時饑民之忘命，第不可長也，奈何奈何。

十日甲辰，晴，發舟，月下抵安平鎮宿。是夜復見白氣射月。

十一日乙巳，晴，早過浮橋，船户入報而後行。佟正郎應龍遣人護行，留舟欲相見，予辭，遂解維而南。須臾，聞三賊舟皆就擒，其指示蓋出於佟云。與兒女輩舉酒相慶，世路竟何如耶？夜宿安山牐，見白氣環月如暈，實非暈也。

十二日丙午，晴，早發，是日始安行。午後逢葛行人子芳，各投刺。乘月行，抵南旺北牐宿。

十三日丁未，晴，舟多次行，運船積水，泊牐南，以俟後舟。午後，鄭通府伯棟國子助教之任吾松，以舊屬來候，入舟敍談。晚，樊僉憲準改任雲南見訪，爲予談宣府滴水崖之獄，予以罪譴，不敢問時事，唯唯。樊甚慷慨有意氣，予舊知也。白氣環月，與前夜同。是夜家累始同舟，月下行至分水祠宿。

十四日戊申，晴，移舟，是日始順流矣。自發潞河，凡四十有二日。南行濡遲，惟此爲甚。晚抵濟寧馬頭宿。子女一舟，尚越在分水閘外，望之甚懸情。

十五日己酉，晴，泊驛前。李主政邦直來訪，潘亞卿行澗先生名希曾字仲魯來訪，留坐舟中。時以禱雨致齋，攜蔬具對飯，清言盡日而後去。晚，後舟始至，宿，雨作。

十六日庚戌，大雨，午後雨稍收，移舟，宿趙村閘。

十七日辛亥，晴，發。李主政遣人護行。晚，團月出高柳，碧天如洗。東岸遥山，隱隱列翠，西望平疇，麥黄初刈，若淡金在鎔。極目浮躍，微風新漲，聯舟而下，間以鼓吹，亦平生翫月最佳處也。宿魯橋驛。

十八日壬子，晴，早發，午過谷亭，轉八里灣。青山如畫，張帆下水，快事快事。至沙河驛，遣還護騎，待月船頭。行二十里，抵沛縣。甫泊而大風陡作，驚喜俱極，宿。

十九日癸丑，晴，發外河，順流東下，江風滯行。同年吴憲副德翼遣人迎至金溝。德翼名昂，時兵備徐州。午後風雨雷電交作，修柁，野宿。夜大雨。

廿日甲寅，移舟過夾溝驛，風雲冥冥，巳開發，午後抵徐州。于主政思睿來訪，舟中談敍。吳憲副來訪，晚再至，攜具舟中夜燕，爲予易一鎮江舟南去。命子壻謝之。

廿一日乙卯，雲陰微雨，放洪。德翼復攜酒送四十里外，古所謂知己之交，予再四引辭，遂悵望而别。巳刻，放吕梁洪。盧主政紳來訪，茶話久之，遂發，觀翔蝗蔽天下。抵邳州，待月行。晚過宿遷。

廿二日丙辰，行清河，甚駛。薄暮，乘微雨渡淮，甚安。宿新莊閘。

廿三日丁巳，小暑，陰雨，發，午抵淮陰。總帥楊希仁名宏，舊識也，入舟談敍。頃之，鄉人李主事尚絅名日章至，葛太守木字仁甫至，茶話而别。遂發，宿山陽平河橋。

廿四日戊午，早發，曉過寶應，微陰。太僕方寺丞宜來訪。遣弔范員外時美韶，鄉同年也。聞人知縣詮過舟，移舟。時美率子姪求銘其父墓，予諾焉。夜宿界首驛。

廿五日己未，早大雨，頃止，發舟，午過高郵。黄正郎兆見名行可來訪。黄知州士和過舟，遂解維。晚晴，北望夕陽遠水，頗有奇趣。暝泊烈女祠前，與時望、標步入祠下。相傳此地多蚊，有女子夜行，不肯傍人，爲蚊所噬，露筋以死，土人祀之。

廿六日庚申，陰，微雨，早發，午至維揚待閘。陶太守時莊來訪，名儼，嘉興人，舊知也。劉知縣良卿入舟，倪主政緝來訪，遂解維。御史朱君廷立令人留舟相見，予峻辭之。夜行抵瓜洲宿。

廿七日辛酉，早大雨，頃止，泊宿壩下。

廿八日壬戌，陰雨未定，待渡。申刻濟江，雲物山水皆佳，舟行金、焦之間，真畫圖也。晚入京口閘，與姜幼章正郎聯宿。姜名絅，金華人，南歸。

廿九日癸亥，晴，泊京口驛前，眠桅。劉太守名可來訪，與之借舟。楊尚寶承家名紹芳，邃翁子也，入舟中少敍。徐二守萬璧至，予國子門生也。過幼章舟，遂解維。夜抵丹陽宿。

六月朔甲子，晴，早發，有風甚涼，不類伏暑。二家人來迎至。午後過常州，太守張君大輪來訪，坐談江上之寇，甚有區畫，别去，遂解維。夜宿横林。

二日乙丑，晴，早發。辰過無錫，知縣鄧士魯名繼曾來訪。士魯，前吏科都給事中，謫官於此，舊知也。酉過滸墅，鈔關康主事河來訪。河，康修撰德涵從弟，爲問起居。夜抵閶門宿。

三日丙寅，陰。傅主事夢弼來訪，以監兑至。王郎中玄成大化來訪，以監窑至。巡按御史魏君伯深有本來訪，小坐，遂解維。韓希仁攜三子藎臣、鼎臣、俞臣來迎敍見。移舟過婁門，以待後舟。文學王槐攜畫至舟中，閲數軸别。遂宿。瞿甥舟至。

四日丁卯，晴，發。午過崑山，典史出候。夜抵太倉，宿西門。

五日戊辰，晴，曉過南門。舟行南岸，州官陳蒨放舟來候。時周君延以給事中言事謫判於此，入舟談敘別去。發舟，午後過嘉定，陳知縣宣入舟談敘，同年陳大理宗獻弟也。隨路有親故迎迓者續續，不勝出矣。夜過南翔，石橋礙舟，甚費推挽。夜宿江橋。

六日己巳，晴，由吳淞江行。弟輩并數親知從外江逆余，不可追者。午後抵家。連日親友相慰藉滿堂。越三日辛未，始得東渡，過家祠并謁諸墓矣。是行也，自發舟凡六十有二日。

【校記】

〔一〕故得簡雅：《大誥》與凡人言：原作『故得簡大雅誥與凡人言』，據《晉書》卷八十八《李密傳》改。

儼山外集卷十

知命録

嘉靖十四年二月廿一日入關，曉出揚州西門，過胡安定祠，入謁，乃舊司徒廟改作。其東别作司徒廟，未成。觀所謂蜀岡者，蓋地脉自西北來，一起一伏，皆成岡陵，《志》謂之廣陵。天長亦名廣陵，以與蜀通故云。

廿二日宿張公鋪。是夜風雨大作，抵曉未息。起坐，支折足鐺，煨生柴。當土牖，晨光煜然，甚有野意。因念得居田間，挾一二村童，當此境界，讀書以自適，願亦足矣。而奔波就老，爲之慨然。

盱眙縣今在山椒，背淮面野，不甚險塞。臧質守盱眙抗魏太武，古今之奇功也。其戰争處不復可見。或謂《臧質傳》宋文帝所爲，殆非實録。

蜈蚣畏雞，雞死而蜈蚣穴之，此有情無情報應之必然者。予觀五行生尅之數，亦有然者。今夫天一生水，水生木，木生火，火生土，土生金，金復生水。其次火生土，土生金，金生水，水生木，木復生火，推之皆然。水克火，火生土，土復克水；火克金，金生水，水復克火，餘亦復然。但生數疏而克數密，豈猶報恩者常難，而報怨者常易耶？人烏可以報恩之難而忽生生之德，可不以報怨之易而勇於釋怨耶？

未至洛陽東十五里小村店，道傍椿樹成列。内兩株相去一丈五尺餘，土剥露其下。西根一條，大可拱把，纖直如椽，長過東根，連綴如一，甚奇。木固有連理，今復見連根云。

張文潛舉《板》《蕩》詩篇名，其義不同，非也。《板》《蕩》之詩，同一亂世也。若單舉一字爲義，如堯稱『蕩蕩』云，則『板』豈可訓『亂』也？

都太僕玄敬嘗爲予言姚少師廣孝還吴中數事，内一事云，少師嘗與嘉定王太史彝同學，太史有姊，每晨爲少師總髻，撫之有恩，故少師事之如母。少師既貴，還欲拜之，姊不肯出甚堅。家人慫恿之，曰：『少師貴人也，且執禮恭，豈宜終拒。』姊不得已出，立堂中。少師望見之，即下拜，至第三拜，姊遂抽身入户，云：『我不要爾拜許多。那見做和尚不了底，是甚麽好人！』少師恬然受之。狄梁公有盧姨在午橋南别墅，梁公事之甚謹。偶雪中往候之，適姨子攜雉兔自外入，意甚輕簡。梁公啓姨曰：『某今爲相，表弟何樂，願悉力成之。』姨曰：『止一子爾，不欲令事女主。』公大慚。此二媪頗相類，可謂英烈矣。

予登華山，蓋至青柯坪焉，自此以上，則攀緣鐵索矣。小憩希夷峽，供菜飯，啓觀希夷蜕骨，作黯淡黃色，人手堅實而骨節頗長大，惟顱骨頂有二竅爲異。世云作粉紅色與異香，咸無之。時敍州守趙儒字廷文在傍，拈胸骨一板，云亦漸輕矣，蓋亦經歷五百餘年，信異人也。崔銑子鍾嘗謂余云，劉晦庵少師爲庶子時，奉命祭告。以六月登絶頂，顧其下白霧漲如大海。時見霧中作烟突狀，高低不一，而仰視赤日當天。同行亦有兩司官。下山始知大雷霹靂，驟雨如注，向所見煙突即雷也，而不聞聲。古云山頭只作小兒啼，豈謂此耶？凡聲自上下者也。

初夏望後，行役既倦，趁夕陽登驪山之麓。北望灞、滻，合流如練，東望則秦始皇之葬在焉，隱隱若山，當時可想矣。道傍海榴作花，繁英簇絳。擁輿東下，浴温泉甚適，起觀古石刻而還。

少師晦庵劉公健，字希賢，洛陽人也。今贈太師，謚文靖，葬北邙之麓。予往拜焉，觀買南塢閣老所撰墓碑，頗不稱公相業。還過其家，問其孫承學中書遺事，説公不甚言，九十四歲終時亦無疾。西過武功，會康修撰德涵道此，共惋惜之。相約各書所聞見，以裨家傳之闕。德涵云，往歲奔喪西歸，見公於洛陽里第，留人卧内，微揭幃帳示之，雙瞳炯然，童顔黑髮。自幃中語云：『往歲陳瀾編修借來俞琰《參同》，是汝批抹的，却是我幾被此書誤了。』既而相對，則一老翁也。大聲云：『我眼目已昏悶悶，見人休胡説。』丁寧再三。德涵以爲仙去，人斂時甚輕，惟夫人知之，故速舉入柩，人不甚傳云。

咸陽西三十里，馬嵬鎮在焉。又西四五里，即馬嵬坡楊妃葬處，夷然一壠。當路傍門之土人，云楊妃粉空土四尺餘可得，如礓砂石，研之可傅，想亦一時傅會之談。直南百步，有敗屋一區，即劉瑾所生之宅。劉本姓笪云。

漢中形勢絶佳，渭南諸山，深厚七百餘里，擁蔽其後。西南巴蜀，東接荆襄，不惟輓輸之易，而饒沃亦甲天下。曹洪謂三嶽三塗皆不及，非虚談也。異時亦一都會之地。

益門鎮在渭南二十里，而風景氣候與關陝迥别。秦漢界限，天地自然之理也。自此入連雲棧七百餘里，惟鳳縣嶺、雞頭關二處最險。鳳嶺則迤邐而高，雞關則陡峻而㠑。自入武關而南，棧閣始相連屬，有甚孤危處，真天下之險道也。武關以北，棧道才十一爾。按宋《大安軍圖經》云，橋閣共一萬九千二百一十八間，護險偏欄共四萬七千一百三十四間。本朝洪武間，普定侯所修連雲棧，橋凡四十五處，共九百六十七間。方正學《發褒城過七盤嶺宿獨架橋閣》詩，一橋至一百四十二間。今橋無數處，有一橋才十餘間，而行旅無阻，想漸次開闢矣。

武夷山形勝佳絶，品題者形容不能盡，獨所謂釣臺者，遠不及嚴灘之奇。褒城雞頭關北五六里，有山臨黑龍江，雙峰孤峭，大類子陵，但自高下趺，而嚴陵則對列若柱云。

山陰也，水陽也。陰氣凝結於西北，至東南而漸微；陽氣極盛於東南，而融液浩蕩。故崑崙在西北，瀛海在東南。文王後天之作用也。高行人澄京師人，與陳給事侃俱使琉球。高還，會於廣陵，與余言，海中風甚大，與中國風不同，湧浪有如山。故後天巽位亦置東南。巽，風也。

王摩詰詩云：『褒斜不容幰。』褒、斜，二谷名，即今棧道是也。寶雞以南曰斜谷，褒城出口曰褒谷。漢鄭子真耕於褒中，曰谷口。

洋縣在漢中府東一百二十里，居萬山中。宋文與可守洋州，即此地。篔簹谷與園池舊迹，東坡所爲題咏者，尚可考尋。按洋，字書从水从羊，本盛大之義，故曰汪洋。莊子曰『望洋』。吾上海東臨巨海之上，故亦曰上洋。不知山中何取以名。閩中凡山之險峻者，亦曰某洋某洋云。

洋縣之俗，每歲遇春第四日，居人遊江上，遇葛藤纏繞處，即解之，謂之解繳，豈古祓禊之遺耶？禪家謂人不能解脱者，亦謂之葛藤云。

金牛事載《蜀記》，胡曾詠之，前人多有辨其非者。今沔縣西百里，金牛驛在焉。西十里餘，人所謂五丁峽。峽本天成，斷非人力所能與，實漢水之源。至若險陡陀隘處，似有斧鑿如棧道者，或五丁所爲，傳疑可也。入峽二十里，東西相對，兩巖上有石鐘、石鼓，形像宛然。民間有謡如《地鈐》者曰：『石鐘對石鼓，金銀有萬五。若人識得破，買了興元府。』賈胡過其下，疑有寶，鑿之，金鐘形有殘闕焉。

寶雞南二十里，爲大散關，和尚原在焉。山自西來，即秦嶺一支，不獨爲秦、蜀之界，亦中國南北之界也。凡水在嶺南者南行，通名曰江；水在嶺北者北行，通名曰河。朱子釋河，亦曰北方流水之通名。字書江、河本諧聲。今屬之南北方言，似兼會意矣。

儼山外集卷十一

金臺紀聞上

孔子曰：『多聞擇其善者而從之，多見而識之。』夫聞見難矣，多又難也，多而能擇又難也，能擇而能從識之又難也。此非聖人之神不足以與此。予忝登朝爲史官，記載職也。偶有所得，輒漫書之。蓋自乙丑之夏，訖于戊辰九月，録爲二卷，題曰《金臺紀聞》。藏之，庶以便自考焉爾。江東陸深書于静勝軒。

弘治癸亥，蘭谿章先生德懋起爲南京國子祭酒。一見予，遂蒙顧待。嘗以事見，輒慰諭之曰：『大凡爲禮，貴敬而和，不必太促縮，令人氣索。孟子曰：「説大人，則藐之。」凡見一有爵位者，須自量吾胸中所有，若不在其人之下，何爲畏之哉？』比爲庶吉士，與座主劉學士司直忠先生偶道此，先生微哂曰：『此老失言矣。孟子所謂藐者，是藐其勢位。若如所云，是藐其人矣。』章公接引之至，劉公析理之精，前輩風度如此。

世所傳張僊像者，乃蜀王孟昶挾彈圖也。初，花蕊夫人入宋宫，念其故主，偶攜此圖，遂縣於壁，且祀之謹。一日太祖幸而見之，致詰焉。夫人跪答之曰：『此吾蜀中張僊神也，祀之能令人有子。』非實有所謂張僊也。蜀人劉希召秋官向余如此説。蘇老泉時去孟蜀近，不應不知其事也。

李少卿子陽旻自南京來，與余論《綱目》數事。其論書新莽云：『莽、操、温之徒，皆篡弑之賊。於魏書太祖，於梁書太祖，於新獨斥之莽者何？實録也。何以謂之實録？各因當時之文也。新者國也，莽者名也。魏、梁之繼世，皆有天下，廟號偃然。而莽死於亂兵之手，美惡無一定之謚，將從何書？書其國，繫之名爾，此《春秋》據事直書之舊例也。』其言有理。又謂：『「莽大夫揚雄死」，與「晉徵士陶潛卒」，則爲贅筆。《春秋》之法，大夫致仕，卒而不書。若曰借二人以爲漢、晉起例，則孔子何以不得卒於《春秋》云。』

北人驗時，以天明三星入地爲河凍之候。正德丙寅，冬至在十一月廿八日，都下寒最遲，而河亦遲凍。是月望日，與諸吉士早朝，共試觀之。黎明三星正入地，而河冰亦適合云。

天妃宫江淮閒濱海多有之，其神爲女子三人。俗傳神姓林氏，遂實以爲靈素三女。太虚之中，惟天爲大，地次之，故製字者謂一大爲天，二小爲示。故天稱皇，地稱后，海次於地者，宜稱妃耳。其數從三者，亦因一大二小之文。蓋所祀者，海神也。元用海運，故其祀爲重。司馬温公則謂水陰類也，其神當爲女子。此理或然。或云宋宣和中遣使高麗，挾閩商以往，中流遭風，賴神以免。使者路允迪上其事於朝，始有祀。《丘濬碑》。

東白先生張吏侍廷祥云：自余登朝，而内閣待中官之禮凡幾變。英廟天順間，李文達公賢爲首相，司禮監巨璫以議事至者，便服接見之。事畢，揖之而退。後彭文憲時繼之，門者來報，必衣冠見之。與之分列而坐，閣老面西，太監面東，太監第一人位對閣老第三人，常虚其上二位。後陳閣老文則送之出閣。後商閣老輅又送之下堦。後萬閣老安又送至内閣門矣。今凡調旨議事，則掌司禮者間出，其餘或使少監并用事者傳命而已。

牐口上以石鑿獸置兩傍，狀似蜥蜴，首下尾上，其名曰虭蝮。昔鴟鴞氏生三子：長曰蒲牢，好聲，以飾鐘，今之鐘紐是也；次曰鴟吻，好望，以飾屋，今之吻頭是也；次曰虭蝮，好飲，即今牐口所置是也。

鄘縣河灘上有亂石，隨手碎之，中有石魚，長可二三寸，天然鱗鬣，或雙或隻不等，云藏衣笥中能辟蠹魚。又平陽府侯馬驛澮河兩岸仄土上，皆婦人手迹，或掌或拳，儼然若印，削去之，其中復然。又大同山中有人骨，在山之腰，上下五六十丈皆石耳，惟中間一帶可四五尺，皆髑髏脛節齦齦然，關中之山數處亦爾。余聞之陝西舉人張守，後以訪之士大夫，云果然。造化變幻，何所不有也。

平江伯陳睿好飲涼酒，京師童謡曰『平江不飲熱酒怕火腮』。弘治庚申，北虜犯邊，其大酋號火箭，長偉赤頰，驍勇善戰，兵勢頗張。孝廟遣平江禦之，臨軒掛印。平江畏怯失措，跌而失印。孝廟不樂。後竟以逗留削爵家居，未幾卒。

正德二年六月二十九日，自翰林晚退，吏適來報，云明早入朝，俱須早赴，但云出院長劉先生仁仲之命叵測。明早奉天門駕退，中使宣旨，府、部堂上官、科、道掌印官、翰林院官皆待命闕下。未幾，左順門開出一朱櫃，中使六七人作傳宣狀。余等皆立内閣門外，北望洶洶。適敕房中舍過，云昨進呈《通鑑纂要》書札忤旨，今特布示。時西涯在告，焦、王二公皆請罪。須臾，中官復出，手持若詔旨，於是衆皆扣頭謝而退。即日，科、道官舉劾，而修書官自西涯以下皆待罪。明日有旨，内閣三公不問，外自禮侍劉公機、少卿費宏、學士劉春、侍讀徐穆、編修王瓚皆罰俸；書寫則光禄卿周文通等皆罰俸；中書沈世隆、吴瑶等二十餘人，悉放爲民。外議藉藉，以爲是舉也，意不出於主上，當有主之者。是時劉瑾正擅威福，力行之。時蔣諭德冕先期數日聞内艱，衆皆惜其不與進書之列。故事，書成奏御，必有恩賚，或遷官加俸。至是，蔣公獨得免。塞翁之喻，豈不誠然。

蚯蚓糞能治蜂螫。余少時摘黄柑，爲遊蜂所毒，急以井泉調蚯蚓糞塗之，其痛立止。聞之昔人納涼簷際，見石蜂爲蜘蛛所罥，蛛出取蜂，受螫而墮。少甦，爬沙牆角，以後足抵蚯蚓糞掩其傷。須臾健行，卒啖其蜂於網。信乎物亦有知也。沈存中《筆談》亦記一事，與此相類，但謂以芋梗耳。姑試之。

偷桃事有兩：一説王母獻桃於武帝，東方朔從旁竊視之。王母指之曰：『此兒已三度偷吾桃矣。』一説武帝時，東方之國貢小人至，使朔辨之。朔曰：『王母種桃，三千歲一結子。此兒已三度偷桃矣。』未知孰是。

正德二年八月十四日，加恩諸元老。内閣則西涯李公，時以少師兼太子太師、吏部尚書、華蓋殿大學士，加俸一級；守静焦公以太子太保、吏部尚書兼武英殿大學士，升少傅兼太子太傅、謹身殿大學士，吏書如故；守谿王公以户部尚書兼文淵閣大學士，升少傅兼太子太傅、武英殿大學士，户書如故；冢宰許公進、司馬劉公宇俱太子少保，宗伯李公傑、司寇屠公勳、司徒顧公佐、司空李公鐩，皆賜玉帶。余嘗聞前輩云，本朝文班，玉帶不過五條。余初登朝，所見亦止五條，爲内閣劉少師健、李東陽、謝遷二太保、冢宰馬少師文升、司寇閔太保珪，皆官至一品云。今上登極，明年五月，馬少師致仕。時守静焦公以吏侍進吏書，不久遂賜玉。十月，劉、謝二公致仕，焦公以吏書入閣，文班才三條。既而守谿公被賜，曾司空以進呈奉天殿毦毬被賜，復如五條之數。數日曾公卒，閲兩月閔公致仕，自是六卿無腰玉者。又三月，許冢宰、劉司馬同日被賜，復如五條之數。時四明屠公滽以太子太傅、吏書起復兼都察院左都御史，適過其數。今至十玉，盛矣哉。景泰初，九列皆加太子少保，而鹽山王公翺、泰和王公直並爲吏書，時有『滿朝皆少保、一部兩尚書』之語。弘治末，學士最多，而謝閣老木齋、鴻臚寺卿賈斌、太常寺卿崔志端俱帶禮書，時有『翰林十學士、禮部四尚書』之語。今可謂『六卿皆玉帶、吏部四尚書』矣。内閣李、焦二公與左都御史屠公俱吏書，但二王公並莅天官，而今則帶銜云。

《史記・司馬相如傳贊》云『揚雄所謂「曲終而奏雅」』云云。雄後遷，不應預引。余常疑此傳非遷之舊，不然此一贊必是班《書》竄入耳。遷《史》甚多無謂，若《武帝本紀》與《封禪書》不差一字，亦豈應然。且非紀體，疑别自有《武帝紀》而不傳，或以其爲謗書故耶。

儼山外集卷十二

金臺紀聞下

《公》《穀》文法悉著『何』字，嘗與汪檢討器之論及，必當時口相講授作答問語，而其徒録之者也。故其間文有極拙者，非必如左氏操觚爲之。近見元儒郝文忠經伯常《三傳折衷序》亦云，公、穀二氏口授其義，而爲之傳，故其文約，其辭切，其辨精。反復曲折，使聖人微婉之旨，可推而見云。乃知古人先有以此求之者。文忠又有《與友人論文法書》，亦前人所未道者。其書曰：『古之爲文，法在文成之後，辭由理出，文自辭生，法以文著，相因而成也，非先求法而作之也。後世之爲文也則不然，先求法度，然後措辭以求理，若握杼軸，求人之絲臬而織之，經營比次，絡繹接續，以求端緒，未措一辭，鈐制夭閼，惟恐其不工而無法。故後之爲文，法在文成之前，以理從辭，以辭從文，以文從法，資於人而無我。是以愈工而愈不工，愈有法而愈無法。祇爲近世之文，弗逮乎古矣。』

友人王瑄字瑩中，江浦人，與定山莊孔昜同里，嘗往來定山之門。爲余談白沙陳公甫來訪定山，定山挐舟送之。有維揚一士人，同汎數十里。士人素滑稽，是日極肆談鋒，盡衽席褻昵之事，人不堪聞，故以是爲二老困。定山怒不能忍，幾至厲聲色，迨明日餘恨猶未已。白沙則當其談時，若不聞其聲，及其既去，若不識其人。定山大服之。

孝廟人才之盛，好事者取其父子同朝作對聯云：『一雙探花父，兩箇狀元兒。』時張宗伯昇己丑狀元子恩，王禮侍華辛丑狀元子守仁，俱爲兵部主事。户部郎中劉鳳儀則己未探花龍之父，兵部員外李瓚則壬戌探花廷相之父也。一時稱梓，前此未之有也。

金華戴元禮，國初名醫。嘗被召至南京，見一醫家迎求溢户，酬應不閒。元禮意必深於術者，注目焉，按方發劑，皆無他異，退而怪之，日往觀焉。偶一人求藥者既去，追而告之曰，臨煎時下錫一塊，麾之去。元禮始大異之，念無以錫入煎劑法，特叩之。答曰，是古方爾。元禮求得其書，乃『餳』字耳。元禮急爲正之。嗚呼，不辨『錫』『餳』而醫者，世胡可以弗謹哉。

楊文貞公云，東坡之竹妙而不真，息齋之竹真而不妙。

嘗聞西域人算日月食者，謂日月與地同大，若地體正掩日輪上，則月爲之食。傳注家謂月蝕爲暗虚所射者，余未敢信以爲然。

袁凱字景文，別號海叟，有《海叟集》行于世，國初詩人之冠冕，吾鄉人。仕爲御史，太祖高皇帝嘗欲戮一人，皇太子懇釋之。召凱問曰：『朕欲刑之而東宫欲釋之，孰是？』凱對曰：『陛下刑之者法之正，東朝釋之者心之慈。』太祖怒，以爲凱持兩端，下之獄。凱下獄三日不食，太祖遣人勸之食，已而宥之。每臨朝見凱，嘗曰『是持兩端者』。凱一日趨朝過金水橋，詭得風疾仆不起。太祖曰：『風疾當不仁。』命以木鑽鑽之，凱忍死不爲動。以爲蹋茸不才，放歸田里。凱歸，以鐵索鎖項，自毁形骸。太祖每念之曰：『東海走却大鰻鱺，何處尋得？』遣使即其家，起爲本郡儒學教授，鄉飲爲大賓。凱瞠目熟視使者，唱《月兒高》一曲。使者復命，以爲凱誠風矣，遂置之。聞之都主事玄敬穆。余少聞故老談景文既以疾歸，使家人以炒麵攪沙糖從竹筒出之，狀類豬犬下，潛布於籬根水涯，景文匍匐往取食之。太祖使人覘知，以爲食不潔矣。豈所謂自免於禍者耶？

國初高啓季迪侍郎與袁海叟皆以詩名，而雲間與姑蘇近，殊不聞其還往唱酬，若不相識然，何也？玄敬嘗道，季迪有贈景文詩曰：『新清還似我，雄健不如他。』今其集不載是詩。玄敬得之史鑑明古，史得之朱應祥岐鳳。岐鳳，吾松人，以詩自豪於一時，爲序《在野集》者。其事雖無考，然兩言者，蓋實録云。

周元素，太倉人，善畫。太祖一日命畫天下江山圖於便殿壁，元素頓首曰：『臣粗能繪事，天下江山，非臣所諳。陛下東征西伐，熟知險易，請陛下規模大勢，臣從中潤色之。』太祖即援毫左右揮灑畢，顧元素成之。元素從殿下頓首賀曰：『陛下江山已定，臣無所措手矣。』太祖笑而頒之。

後唐明宗長興三年，令國子監校定九經，雕印賣之，其議出於馮道，此刻書之始也。石林葉少藴以爲雕板印書始馮道，此不然。但監本五經，道爲之爾。柳玭『訓序』言其在蜀時[二]，嘗閱書肆，云字書小學，率雕板印紙，則唐固有之矣。石林時印書以杭州爲上，蜀本次之，福建最下。京師比歲印板殆不減杭州，但紙不佳。蜀與福建多以柔木刻之，取其易成而速售，故不能工。福建本幾遍天下，然則建本之濫惡，蓋自宋已然矣。今杭絶無刻。國初蜀尚有板差勝建刻，今建益下，去永樂、宣德間又不逮矣。唯近日蘇州工匠稍追古作可觀。

古書多重手抄，東坡於《李氏山房》記之甚辨。比見石林一説云，唐以前凡書籍皆寫本，未有模印之法，人不多有，而藏者精於讎對，故往往有善本。學者以傳録之艱，故其誦讀亦精詳。五代時，馮道始奏請官鏤板印行。國朝淳化中，復以《史記》《前、後漢》付有司摹印。自是書籍刊鏤者益多，士大夫不復以藏書爲意，學者易於得書，其誦讀亦因滅裂。然板本初不是正，不無訛謬。世既一以板本爲正，而藏本日亡，其訛謬者遂不可正，甚可惜也。其説殆可與坡並傳。近時毘陵人用銅鉛爲活字，視板印尤巧便，而布置間訛謬尤易。夫印已不如録，猶有一定之義。移易分合，又何取焉。兹雖小故，可以觀變矣。

勝國時，郡縣俱有學田，其所入謂之學糧，以供師生廩餼，餘則刻書，以足一方之用。工大者則糾數處爲之，以互易成帙，故讎校刻畫頗有精者，初非圖鬻也。國朝下江南郡縣，悉收上國學。今南監『十七史』諸書，地里、歲月、勘校、工役並存，可識也。今學既無田，不復刻書，而有司間或刻之，然以充餽贐之用，其不工反出坊本下，工者不數見也。善乎胡致堂之論明宗曰：『命國子監以木本印書，所以一立義，去舛訛，使人不迷於所習善矣。頒之可也，鬻之不可也。或曰：天下學者甚衆，安得人人而頒之。曰：以監本爲正，俾郡邑皆得爲焉，何患於不給。國家浮費不可勝計，而獨靳於此哉。此馮道、趙鳳之失也。』

廷宴餘物懷歸，起於唐宣宗。時宴百官罷，拜舞，遺下果物，怪問，咸曰：歸獻父母，及遺小兒。上敕太官：今後大宴文武官，給食兩分，與父母，別給果子與男女，所食餘者聽以帕子懷歸。今此制尚存，然有以懷歸不盡而獲罪者。

魯司業鐸振之欲乞終養還，戊辰四月中即謀之，夜夢幞頭騎青羊乃去，占者以爲當乙未日得請。是時六月廿九日得乙未，振之屈指以爲是其期也。時禁方嚴，因循遂過其期。後乙未乃八月三十日，以爲不至是。八月六日已得旨矣，俄爲吏部覆寢，衆以前夢不驗。振之遂再請旨，從中許之，明日謝恩，適當八月之乙未。振之公服入直房待漏，衆共異之。

本朝輿地，前古無比，猗與盛哉。然有可疑者二事：堯、舜時以冀州爲皇畿，四方皆二千五百里。今冀州之北能幾何耶？三吴在古不入職方，其民皆斷髮文身，以與蛟龍雜處，若空其地然，爲最下也。今財賦日繁，而古之遺迹不異。其水不爲害者，天幸爾。萬一洚水，不知何以處之。區區開築，難以言善。

【校記】

〔一〕訓序：《新唐書》卷一百六十三《柳玭傳》「玭嘗述家訓以戒子孫曰」。

儼山外集卷十三

願豐堂漫書

南畿辛酉鄉試，少傅劉野亭先生忠以翰林侍講爲考試官，策問中有及宗室日繁而禄入不繼者。余當時才以恩義立説，謂恩之所不能周者，則當裁之以義，與其過於恩而非福，不若裁以義而無患。此特場屋體耳，漫無籌策，遂占首選。程文所刻，乃欲折鈔以當俸入，亦非通論。此事嘗往來於懷，常與朋僚講之。今制雖將軍殿下，亦歲給禄米二百石。金枝玉葉，日以廣衍，傳之千萬年之後，雖竭天下之力不足以供之，蓋坐困之道也。宋神宗時，王荆公安石作相，裁減宗室恩數。宗子相率訴馬前，荆公徐諭之曰：『祖宗親盡，亦須祧遷，何況賢輩。』宗子遂散去。其後宋宗室無論戚疏少長，皆仰食縣官。西南兩宗無賴者，至縱其婢與閭巷通，生子則冒爲己子，以利其請給，其醜若是。今太宰邃庵楊先生一清，謂宜自國王而下，以次制其妃嬪之數，蓋有見也。

凡圖畫雷形，作人間小鼓環而聯之，或畫其神，狀如飛鳥而鋭喙，肉翍赤色而人足。按：宋大觀間，大滌山人胡真隱居山間。一日忽聞有聲若鼉鼓數百，黑雲靉靆，間火毬相逐，已而迅雷烈風，移時乃止。夫陰陽相摶擊則爲雷，非若七政可以形象求也。雷若有象，則火毬近是霹靂斧，先儒所謂星隕而石之類，火能生土故也。晦庵劉少師健爲庶僚時，奉命往祀華山。正及夏日，晦庵與客高登，顧見山下白霧彌漫若大海，然而山頂赤日，了無纖翳，俯視突煙暴起，或丈餘，遞至尺許，亦無所聞，頗異之。從者以爲雨作也。及下山，村麓人云，適有驟雨，挾震雷數百，已過矣。向所見煙中突起者，悉雷也。凡聲自下聞之則震，自上聞之則否，所謂山頭只作小兒啼者是已。

周文襄公忱巡撫江南日，巨璫王振當國，慮其異己也。時振新作居第，今之京衛武學是已。公預令人度其齋閣，使松江作剪絨毯遺之，覆地不失尺寸。振極喜，以爲有才。公在江南，凡上利便事，振悉從中贊之。宋秦檜格天閣成，鄭仲爲蜀宣撫，遺錦地衣一鋪。檜命鋪閣上，廣袤無尺寸差，檜默然不樂，鄭竟得罪。二事極相類，一以見疑，一以見厚，豈其心術之微有不同耶？

楊髠發宋諸陵，有裒其骨葬之者。陶九成《輟耕録》所載以爲唐義士珏，瞿宗吉《歸田詩話》所載以爲林義士塾，周公謹《癸辛雜志》則以爲宋陵使羅銑者，蓋中宦云。

張莊懿公鎣仲子早卒，聘都城趙氏女。女聞夫卒，即輿至夫家守制，奉翁姑如婦禮，年五十餘矣。弘治間，宜春劉侯德資琬守松，上其事旌之，題曰『趙女張節婦』。顧侍讀士廉以爲言婦則無所附麗，言女則已去其母家，若不當旌者。錢修撰與謙奮臂起辨之，引張良、陶潛爲事類，至千餘言不罷，郡中一鬨。予時遊南雍還，心是士廉言，而與謙已病革矣。元余忠宣公闕爲中書吏部員外郎時，安西郭氏女受聘未行，會夫卒，自縊死。有司請旌其門，闕以爲過於中庸，不可以訓，格不下。惜當時禮官無引此以駁之者。

婦人首飾以髮爲之者曰假頭，亦曰假髻，作俑於晉太元中。弘治末，京師婦女悉反戴之，今漸傳四方矣，殆非佳兆。

正德壬申秋，自饒還，過蘭谿，拜楓山章先生懋於所居白露山下，因留一日，語間及吴徵士與弼康齋。先生云，昔見白沙陳公甫獻章，言公甫就學康齋時，忽一日晨光初動，窗外見康齋手自颺穀，其子從作，厲聲曰：『秀才恁地懶惰，只此如何到伊川門下，又如何到孟子門下！』又一日出穫，手爲鐮傷，流血不止，舉視傷處曰：『若血不即止而吾收之，即是爲爾所勝。』言已而穫如故。又往遊武夷，過逆旅，索宿錢至多三文，堅不與。或勸之，曰：『即此便是暴殄天物。』乃負擔而夜往焉。

儼山外集卷十四

谿山餘話

周諝延之，尤溪人，字希聖，宋熙、豐間人。知廣之新會縣，不肯奉行王安石新法，有寄子弟詩：『浪有虛名落世間，自慚無實骨毛寒。未年三十身先倦，才得一官心已闌。卜宅擬尋栽藥圃，買田宜近釣魚灘。他年子弟重相見，藜杖簑衣筍籜冠。』詩雖淺，頗不類宋，一時門人稱周夫子，其風致可想也。又著《孟子解義》《禮記説》，亦一博學之士。

嘉靖己丑，予謫延平，將以八月到任。故自七月冒暑渡浙江，沿途皆以疾謝遣人事。二十六日過蘭溪，謁楓山章文懿公祠堂。公諱懋，字德懋，是日始具衣冠。文懿家甚寥落，八十歲外生一子，時年已十五矣。祠中塑像乃公服，不甚肖似。爲賦一詩曰：大明啓運接虞唐，成化初年士氣昌。歲晚舊京施木鐸，日長過客奠椒漿。蓋棺論定知消長，節惠恩深識播揚。青眼門生今白首，敢於初志負升堂。』公丙戌會元，入翰林爲編修，因鼇山應制上疏諫止，遂謫外。是時羅一峰倫方論時相起復，後先就貶，士論翕然稱之。稍遷福建僉事，遂致仕，家居近三十年。孝廟末，始因論薦起爲南京國子祭酒。自祭酒遷南太常寺卿，不赴，再遷南禮侍，再不赴，復乞致仕，家居，復以論薦陞尚書。年八十六卒，賜祭，賜葬，賜謚，復廩食其幼子，皆異典也。深卒業南雍，極蒙公器待，時年二十六，今五十三矣。公和易，不事邊幅，喜爲後生輩談論講説，終日不倦。其言若不甚切深，而其應皆如影響，所謂國家之蓍蔡，若人是已。每爲諸生言甲子歲更，天下多事云云。乙丑，孝廟賓天，而劉瑾擅權，武宗朝事，無一不驗。所聞者非一人，世當有記之者。別有一二事，得於獨聞。因憶正德壬申秋，深以編修使淮府畢事還，經蘭溪，與今僉都御史唐虞佐龍同謁公於白露山下。公留飯於廳事，惟虞佐與深侍。公一一詢朝事，併及當道諸公。因曰：『萬一今上無嗣，則孝宗絶其繼承，云何？』深不敢對。又曰：『當論昭穆，昭穆亦有數説不同。若據《左傳》，曰文之昭也，武之穆也，則昭穆當視廟制。』深益不敢對。虞佐時以剡城尹持服，素喜議論，是時亦默默。公微笑，字謂深曰：『子淵意何如？』深遂避席對曰：『此非小臣所敢道。』公又笑曰：『官也不小。李綱在宋朝許大擔負，只是起居注耳，起居注正是今編修之官。』深遜謝，不省何謂。公亦遽以他語易之。深至杭，遂上疏移疾還家。丙子秋，告起，遷司業。辛巳奔先太史公喪還家，戊子始召遷祭酒。明年三月，以經筵面奏，再上疏，得旨降延平同知。其事頗與李忠定合。按：忠定字伯紀，梁溪人。梁溪，今之無錫縣。其生則在予華亭縣公廨，故至今有相公閣，以忠定故也。忠定在講筵，以面奏謫沙縣。沙縣，今隸延平。予亦以面奏得延平。雖文章勳業萬萬不敢望忠定，而事有偶然相類者，不知文懿當日何以特舉忠定爲深勵耶。古人何限，亦何必忠定。其有意耶，其無意耶，皆不可知也。漫書於南劍州之九峰吏隱處。

予爲庶吉士時，一日侍坐於少師洛陽劉公健，因問予章德懋可爲今日何官。予亦遜謝不敢對。公大聲曰：『以爾知德懋，故問。』予始起對曰：『恭而安，宜爲日講經筵官，以輔養聖德。』公摇手曰：『不得，不得。德懋居山林久，未閑講筵禮數。萬一山野，使人主不肯親近儒臣自此始。』同年崔子鍾銑聞之，曰：『此公私意，孰謂德懋不習禮度耶。』由今日觀之，深之去講筵也，雖所自取，亦以少誠意，無感悟之效。如盛庶子端明、魏祭酒校，皆以生疏改秩。半歲之間，屢有變動，聖心可想矣。乃知前輩練事久，自有長識，後生未易以一言斷也。

我朝君臣隔絶，寔以憲廟口吃之故。至孝宗末年，有意召見大臣與議機務，李西涯文正公東陽載在《燕對録》。比來南劍，聞之蕭少卿九成韶言，一日孝廟嘗問司禮監，祖宗時召見大臣，其禮如何，當在何處。蕭敬對云：『英宗多在文華殿。嘗見臨殿前楹，見吏部尚書王公翱，問對畢，王公辭去。顧見其衣後破損，再呼還，問衣破何不令家人補之。王公答曰：「今日偶服此到部，適聞命，不及更衣。」英廟撫掌笑，命賜一綺。』孝廟聞之曰：『朕不能如祖宗簡易若此。』數日間，遂召見兵部尚書劉公大夏，見後稱『好，好』。向見邃庵楊公一清，亦談一事，云時甘肅闕總兵官，會推恭順侯吴瑾，英廟以爲得人。召問王公如何，王公以爲不可用。英廟遽曰：『老王執拗。外庭皆道此人好，獨爾以爲不好，何也？』王公叩頭曰：『吴瑾是色目人，甘肅地近西域，多回回雜處，豈不笑我中國之人？』英廟即撫掌曰：『還是老王有見識。』即命另推。祖宗時君臣之間契會如此。孝廟有意修復，真聖政也。

户部尚書杳岡李公瓚嘗爲兵部主事，言東山劉公大夏當孝宗之朝最爲得君，公亦以天下爲任，議汰冗食，凡軍職皆以軍功爲準，通查裁革。既得旨行之，而一時侍衛、將軍、力士之流，皆以才藝選，初無軍功，該司失於照詳，類行報罷，一時鬨然。時駙馬都尉樊凱管紅盔將軍，特過兵部，爲言此輩不宜裁革，東山概拒之。凱積不平，適當駕陞殿，凱立午門外，語諸人曰：『爾輩不用了，昨已奉旨裁革，雖我亦無地位矣。』蓋激之也。衆人遂散出。孝宗上殿，平昔執瓜帶刀之人皆不在，儀衛簡寂，恐恐不安，屢顧左右問故。既退，遂宣樊駙馬面究。凱奏昨兵部已行裁革去矣。孝宗大聲曰：『劉大夏敢如此。』玉色不怡。復宣兵部，東山至，走急氣促，不能了了，而裁革之事悉罷，聖眷遂衰矣。夫以東山之公忠，與孝廟之有爲，事機一失，乃至於此。信乎臣不密則失身，一時疏略，甚可惜也。該司可謂無人矣。諺云『倖門如鼠穴』，此言可以諭大。

嘗記宋時漕運，自荆湖南、北米至真、揚交卸，舟人皆市私鹽以歸，每得厚利。故舟人以船爲家，一有損漏，旋即補葺，久而不壞，運道亦通。太宗嘗謂侍臣曰：『篙工柁師有少販鬻，但無妨公，不必究問。』真帝王之度哉。

宋詩自道學諸公又一變，多主於義理，而興寄體裁則鄙之爲末事。如明道詩極有佳者，合作處何下唐人。龜山詩筆自好，大篇如《岳陽書事》，開闔轉换，妙得蹊徑，如『湖光上下天水融，中以日月分西東』之句，尤爲奇偉，具見筆力；小詩如『隔雨樓臺半有無』，興致藹藹，描寫甚工。

亡國之君多善文辭，如隋煬帝、陳、李二後主，使與詞人才子争長，亦居優列，豈浮華者無實用耶？南漢劉鋹疑鴆，對宋太祖曰：『臣承祖父基業，違拒朝廷，煩王師致討，罪在不赦。陛下既待臣以不死，願爲大梁布衣，觀太平之盛，未敢飲此酒也。』其文章質直，有西漢風骨。不知五代衰亂，僻在南服，何以能此。此豈有才質耶？〔一〕

羅仲素云，《中庸》之書，孔子傳之曾子，曾子傳之子思，分明是有一本書相傳到子思，却云述所授之言著于篇。朱晦庵作《大學章句》，又説『經』是孔子之言而曾子述之，『傳』是曾子之意而門人記之。如仲素所謂述而成書，猶有可言。若謂不得其言，徒記其意，遂乃支分節解，以不失本書之旨微，恐於理有礙。誠如所云，則曾子有此門人，不應無聞也。是二家之説，不免學者之疑。畢竟《大學》《中庸》却有原書，不若程子只説『《大學》，孔氏之遺書也』恰好。

今東南之田有二則，曰官田，曰民田。然官田未必盡重，而民田未必盡輕也。存諸册籍有此異同，其在耕種各有肥瘠高下，而官、民之名，若於田無與者，非如輕重二則之有利害也。惟編審差徭，則官田輕而民田重，故受田之家，亦嘗校論官、民之則。然官田之得名，莫能推求所始。或指爲近世抄没之田，或以爲賈似道所買之田。偶見李忠定公奏議中，已有東南官田之説。元豐間，檢正中書五房公事，畢仲衍投進《中書備對》，所述四京十八路田税數目，已見官田，則西北並有之。又熙寧八年詔，凡官田及已佃而或佃租違期應刬佃者，别召佃，悉籍之官。當時又有『總領措置官田所』名目之設。其所從來遠矣，拈出以俟參考。

宋林艾軒先生名光朝，字謙之，謚文節，與朱晦庵、張南軒、吕東萊、陸象山皆在乾、淳間以道學名，而艾軒年最長。平生不喜著述，喜讀書，以解會爲樂。嘗曰：『每一開卷，便覺眼明。』又曰：『終日在案頭翻故書，以此爲實歷日子。』又曰：『某老去無他念，惟讀書緣想，過如廿年前時，不候杯飯足，不管他兒女之累，但見空屋數椽，去城稍遠，便可讀書。』又有柬與友人論葺屋云：『百刻中得過半對書卷，有時杯飯且放過，如何得心情及此事。空山聽雨，是人生如意事。聽雨須是空山，破寺中可以燒生柴、煨雜芋。』觀此尚可想見其清嚴也。亦喜作詩以自豪，論詩極有卓識。文集十卷，近刻在莆田。

鄧肅字志宏，沙縣人，别號栟櫚，有《栟櫚先生文集》。栟櫚山水奇絶，今屬永安縣。志宏有文行，與朱韋齋先生交好。一日韋齋觴客，栟櫚以冠帶寓之，醉起，韋齋曰：『留以質紙筆。』明日如約，韋齋受筆還冠，而以紙少留帶，曰：『儻無千幅竟不還。』栟櫚爲寄一詩曰：『歸帽納毫真得策，要賤留帶計還疏。公如買菜苦求益，我已忘腰何用渠。閉户羽衣聊自適，推窗柿葉對人書。帝都聲價君知否，寄付新傳折檻朱。』前輩風流調笑，藹藹若此。

天下水各不同，而篙師柁工不相爲用。鄧栟櫚稱閩水曲折行亂石間，鼎烹雪噴相應而起。親見之，方知其工。

晉共太子曰：『君安驪姬，是我傷公之志也。』其言如此，異世悲之。我朝憲廟最寵萬貴妃，萬嘗得罪孝廟，外傳萬自盡。嘗見一中官，説萬體豐肥，一日以拂子撻一宫人，怒甚，遂痰厥而死，蓋卒疾云。内人傳報，憲廟玉色憮然，云萬使長去，我也待要去也。不久遂賓天。鍾情之傷若此，申生之言益信。清心寡欲，自是人主壽命之源，可不慎哉。

吴文恪公訥，吾鄉常熟人，所著《文章辯體》一書，號爲精博。自真文忠公《正宗》之後，未能過之。但『聯句小序』謂聯句始著於陶靖節，而盛於東野、退之，則失考矣。若論聯句，寔始於《賡歌》，而《柏梁》之作，其體著矣。

歌辭代各不同，而聲亦易亡。元人變爲曲子，今世踵襲。大抵分爲二調，曰南曲，曰北曲。胡致堂所謂綺羅香澤之態，綢繆宛轉之度，正今日之南詞也。登高望遠，舉首高歌，而逸懷浩氣，使人超乎塵垢之表者，近於今日之北詞也。

宋柳耆卿、蘇長公各以填詞名，而二家不同。當時士論，各有所主。東坡一日問一優人曰：『我詞何如柳學士？』優曰：『學士那比得相公。』坡驚曰：『如何？』優曰：『相公詞，須用丈二將軍銅琵琶鐵綽板，唱相公的「大江東去」，柳學士却着十七十八女郎唱「楊柳外，曉風殘月」』。坡爲之撫掌大笑。優人之言，便具褒彈。

予嘗謂張子房之出處，其後有李泌：，韓退之之文筆，惟陸宣公可敵。

己丑十一月九日，予聞山西之命，以明年夏四月六日入太原。李忠定公起用即往援太原事，亦頗類章公之言。予益以愧無所酧云。

【校記】

〔一〕按：此條四庫全書本無。

儼山外集卷十五

玉堂漫筆卷上

薛文清公觀崖石，每層有紋横界，而層層相沓。謂爲天地之初，陰陽磨盪而成，若水之漾沙，一層復一層也。殊不知實是水所漾耳。蓋天地之初，混沌一物，惟有水火二者。開闢之際，火日升，水日降，而天地分矣。凡山阜皆從水中洗出，觀江河間沙洲可見。余嘗謂水天下之至高者也，山天下之至卑者也。故海底有石，而山顛有水。然水亦實至高，霜、露、雨、雪是也。

《孟子》『塞乎天地之間』，『塞』字與『吾往矣』字相應，是充然不撓屈之義，與『塞天地、貫金石』語微不同。雖横渠亦有『天地之塞，吾其體』之言，恐與孟子之意不同。

『性』字從心從生，若以耳、目、口、鼻、手、足動静爲性，此近於作用之説。釋氏嘗曰『狗子有佛性』是也。然釋氏之所謂性，其義亦與吾儒不同。

薛文清公與吴康齋嘗言夢見朱子、孔子，二公皆質實人。雖無妄語，然不書亦可也。

釋氏之所謂心，吾儒之所謂氣也。所謂性，似吾儒之所謂心者。命名取義，各有宗旨，不必比而議之可也。

昔人謂月體無光，借日爲光。朱子亦有粉丸之喻。故新月之闕向東，殘月之闕向西，此之謂映日可也。惟望後之月闕亦向西，似與映日之説稍礙。戊戌正月十九日，予寓東長安。是夜客散，適見闕月初升，闕處乃西向，疑之。明日，晉陽諸生來見，因舉予《月影辨》，因識之。

虞伯生集《題耕織圖》大意，謂元有中原，置十道勸農使，總於大司農，皆慎擇老成重厚之君子，親歷原野，安輯而教訓之。功成省歸憲司，憲司置四僉事，其二乃勸農之官。由是天下守令皆以勸農繫銜，憲司以耕桑之事上大司農，至郡縣大門兩壁皆畫耕織圖。此意甚好。我朝立法最爲周密，似少此耳。

漢哀帝時，王舜、劉歆議天子三昭三穆，與大祖之廟而七。七者其正法數，可常數者也，宗不在此數中。宗，變也，苟有功德則宗之，不可預爲設數，殷之三宗是已。宗無數也，所以勸帝者之功德博矣。又云宗其道而毁其廟，此皆據統一之君而論。又曰迭毁之禮，親疏相推。祖宗之序，多少之數，經傳無明文。漢儒之説，不過如此，似涉傅會，姑録出。

天包地外，水在地中，恐名理亦未盡。天包水外，水包地外，地、水皆在天中。《晉志》述黄帝書曰『天在地外，水在天外，水浮天而載地』，恐亦難據。使天果有外，恐只是氣耳，豈容有水耶？氣無窮，理亦無窮，却倒説。

嘗見閩閎尚有憲副云，『龍袖嬌民』爲我文皇帝白溝之役時事。歐陽圭齋《南詞》中已有此語。想是元時方言，不知是何等也。

圭齋論『風、雅』取名最有理，前輩説詩者之所不及也。其言曰：『風即「風以動之」之風，雅即「雅烏」之雅，以其聲能動物也。』又曰：『風、雅惟其聲，不必惟其辭。故有聲而無辭者有之，無聲而有辭者無有也。』

月光生於日之所照，魄生於日之所蔽；當日則光盈，就日則光盡，此張衡《靈憲》『生魄、生明』之説也。嘉靖戊戌九月，望在十六，十四日晨入朝，有事於太廟，見月西墜，而闕處向東南，此時日在寅宮矣。廿二日晨起，見月闕正向西。《周髀》步日，自東而南而西而北；穹天所論日繞辰極，没西而還東，不出入地中，恐亦有理。

予登乙丑科，今三十六年矣，浮沉中外六十有三歲。己亥蒙御筆親題，以學士掌行在翰林院印，扈從南巡。時同年在朝者九人掌十印，亦盛事也。内閣未齋顧公居守，賜關防；石門翟公新起行邊，改兵部尚書兼都察院右都御史，鑄關防；禮部行在則介溪嚴公；兵部尚書則東瀛張公；禮部印則甬川張公，兼掌翰林院印；刑部印則南塘宋公；户部右侍郎三峰高公出辦糧草，亦給關防以行；順天府尹則石峰郜公云。

俞貞木，洞庭人，石澗先生之孫，年九十六而卒。嘗見其題趙仲穆畫馬一絶，頗有風致：

『房星方墮墨池中，飛出蒲稍八尺龍。想像開元張太僕，朝回騎過午門東。』

楊文貞公跋《玉海》，云松江府學有刻板。蓋得之傳聞，其實無之。

聞前輩翰林先生嘗道，抑庵先生王文端公直爲吏部尚書，頗致憾於楊文貞公，蓋以爲擠之也。今《抑庵集》中有《東里翰墨卷引》正記其事。其序《楊文敏公集》謂『直在翰林三十七年，其出也，惟公深惜之，而反爲忌者病焉』，意亦有所指。又《題梁用之詩後》，謂内閣在東角門内，常人所不能到，其外爲文淵閣，則翰林諸公之所處也。今内閣榜『文淵』而不在東角門之内，諸學士所處者，則在左順門之南廊，而榜爲『東閣』云。

漢制：以本官任他職者曰兼，常惠以右將軍兼典屬國是也；以高官攝卑職者曰領，劉向以光禄大夫領校書是也。唐制有曰攝者，如侍中之攝吏部是也；又有行、守、試之别：職事高者爲守，職事卑者爲行，未正名命者爲試。宋制則高一品爲行，下一品爲守，下二等爲試。元祐以後，又置權官，如以侍郎權尚書之類。漢制趙充國爲假司馬，則又有假職矣。

宋制：以翰林學士帶知制誥，謂之内制；以他職帶知制誥，謂之外制。

今制：惟翰林列銜散官署於職事之下，未聞所據。獨楊文貞公以爲故事。南京太學碑文，學士宋公訥奉敕撰，散官書於職事之上。

本朝開科，自洪武四年辛亥始。後至十七年甲子，復設乙丑會試。楊文貞謂國初三科，猶循元制，作『經疑』。至二十一年戊辰，始定今三場之制，刻録。

揚州漕河東岸有墓道，題曰『复國公』。『复』音虔。與『夏』字相類，少一發筆，下作『乂』，行人遂訛呼爲『夏國公』。蓋鎮遠侯顧公王之賜葬也。王丙申歲歸太祖，累立戰功。靖難師起，輔仁宗居守北京。内難平論功，封鎮遠侯。年八十有五，永樂十二年卒，國初功臣未有壽考如王者也。王最有功於貴州，出鎮貴州時，辭仁宗於文華殿曰：『殿下於事君父、恤兵民，素行有誠。惟於小人，當置度外。凡事有天理，不足計。』意爲漢府，然其辭指温厚，亦武臣中之難得者，獨與姚少師論兵不合云。

金陵陳先生遇，字中行，自少篤學，仕元爲温州路學教授。時兵亂，棄官歸隱，閒居一室，署曰『静誠』。每夙興焚香叩天，願生聖主以救世。我太祖克金陵，南臺侍御史秦元之薦於上，即日召見，與語大悦，稱先生而不名。既定鼎，贊畫寔多。命爲翰林學士者再，皆辭。又命爲禮部侍郎，又辭。又除爲禮部尚書，又固辭。上嘉獎連稱君子，數諭之曰：『卿即老不欲仕，有子令帶刀侍衛。』亦叩首以子幼辭。洪武甲子，年七十二卒，董倫誌其墓。

石首劉永清，永樂辛丑進士，庶吉士授檢討，修『五經』『四書』成，陞侍講。正統初，陞廣東左布政。陳莊靖文自及第，以侍講陞雲南右布政。

宋太祖北征，因河東諜者語劉承鈞曰：『君家與周世讎，宜其不屈。今我與爾無間，何爲重困此一方之民。』承鈞復命曰：『河東土地甲兵，不足以當中國之什一。然承鈞家世非叛者，區區守此，蓋懼漢氏之不血食也。』自漢、魏以來，詞命簡潔，未有其比。

儀銘，郕府長史，在景皇監國時，忠知可觀。即文簡公智之季子，父子可謂克肖者矣。

陳束字約之，以翰林編修出官二司。今以參議捧表入京，過余，問近世詩體，予未及答。明日以所作《高子業集序》爲贄，其持論甚當。但詩貴性情，要從胸次中流出。近時李獻吉、何仲默最工。姑自其近體論之，似落人格套，雖謂之擬作亦可也。楊載有云，詩當取裁漢、魏，而音節以唐爲宗，殆名言也。

己亥八月，當六年考察，予循例自陳，俟命閒居。少宰張先生甬川以《革朝遺忠録》見貽，題其緘曰『及謝客時一覽』。予閉關讀之，義例蕪雜，似是稿草。前有三序文，不知誰所爲，觀其引用，亦近日之作也。予嘗有意整齊其事，在國子時嘗作編年未就，今日就衰退，恐無成矣。

國初書法以詹孟舉希原爲第一，奕棋以江陰相子先爲國手。奉化胡廷鉉與孟舉同書『千文』，太祖以廷鉉書法過孟舉，令書皇陵碑。鄞人樓得達亦累勝子先，得賜冠帶。都南濠亦記一僧屢勝子先云。

儼山外集卷十六

玉堂漫筆卷中

相傳永樂初，遣胡忠安公巡行天下，以訪邋遢張仙人，即張三丰，名通，號玄玄子，天師之後，寓居鳳翔寶雞縣之金臺觀修煉。洪武壬申，嘗應蜀獻王之召，辭還山，金時人也。都太僕玄敬嘗爲予言，蘇城人家有三丰手筆，蓋與劉太保秉中、冷協律起敬同學於沙門海雲者。南陽張朝用嘗記三丰遺迹，云三丰陝西寶雞人，元時於鹿邑之太清宮學道，與朝用高祖毅相識，往來其家爲親密，亦愛朝用之父叔廉。元末兵亂，叔廉避地寶雞。洪武中，三丰亦來寶雞，與西關李道士白雲先生交契相厚。朝用時方年十三，三丰見之，問曰：『汝誰家子？』答曰：『吾父柘城張叔廉也，兵亂徙家於此。』三丰曰：『我張玄玄也。昔柘城時，多擾汝家名毅者爲誰？』答曰：『吾高祖也。』三丰曰：『吾曾見其始生時。童子其勉力讀書，後當官至三品。』越月，朝用與李白雲送之北去，見其行足不履地云。朝用官詹事府主簿，忠安公以其嘗識三丰，薦之爲均州知州，與同往尋訪，竟無所遇而還。十五年，文皇再遣寶雞醫官蘇欽等賫香書遍訪名山求之。又遣龍虎山道士奉書云：『皇帝致書真仙張三丰先生足下：朕久仰真仙，渴思親承儀範。嘗遣使致香奉書，遍詣名山虔請。真仙道德崇高，超乎萬有，體合自然，神妙莫測。朕才質疏庸，德行菲薄，而至誠願見之心，夙夜不忘。敬再遣龍虎山道士，謹致香奉書虔請，拱候雲車夙駕惠然降臨，以副朕拳拳仰慕之懷。敬奉書。』或云此舉實託之以別有所爲，忠安行事有密敕云。又淮安王宗道字景雲學仙，嘗與三丰往來游從。永樂三年，國子助教王達善以宗道識三丰薦，文皇召見文華殿，賜金冠鶴氅，奉書香徧訪於天下名山。越十年，足迹滿天下，竟無所遇而還復命。近見《都公談纂》記三丰在洪武、永樂中事三則，祝希哲《野記》冷謙作《仙奕圖》以遺三丰一條，此不録。

洪武二十八年，户部節奉太祖聖旨：山東、河南民人除已入額田地照舊徵外，新開荒的田地，不問多少，永遠不要起科，有氣力的儘他種。按此可爲各邊屯田之法。

《彭惠安集》有云：天時不同，地利亦異。亢旱則低處得過，而高處全無。水澇則高處或可，而低處不熟。按此可論吾縣東西鄉之利害。

國初，歲遣監察御史巡按方隅，大災重患，乃遣廷臣行視，謂之巡撫，事迄而止，無定員。宣德間，以關中、江南地大而要，始命官吏代巡撫，不復罷去。正統末，南北兵興，於是内省邊隅徧置巡撫官矣。今惟浙江、福建無巡撫，時設巡視。陝西一省則有四巡撫，北直隸則有兩巡撫云。

丁酉歲，予自四川左轄召爲光禄，入朝面見，候五日乃罷，因免朝故也。後轉太常兼讀學、詹事兼學士，皆不得面恩。當時敍庵李公時在内閣，曾與論請行午朝禮，敍庵以爲難。彭惠安公詔弘治初因彗星上疏云：『臣獲隨午朝，竊念日奏尋常起數，於事無補，但於祖宗勤政之典，乞師其意可也。臣願今午朝，惟議經邦急務。如吏部有大陞除，禮部有大災異，户部、兵部有緊急錢糧、邊報，工部、法司有緊關工程、囚犯之類，許令先期開具事由奏乞。聖駕定日出御左順門，侍衛一如午朝之儀事。該各衙門會議者，各官就於御前公同計議。如吏部陞除大臣，明言某官才德堪任，某官資望未可之類，内閣輔臣亦同議可否。事體既定，就行口奏，取旨奉行，次日補本備照。若係本衙門自行者，亦就御前逐一陳説有無故事，兩疑情由，請旨定奪。若是事體重大，一時難決者，聽各官先行博議於下，候至朝時再議奏行。仍乞温顔俯詢曲折，如此不惟世事日熟，而聖明耳目開達，群臣高下邪正亦自可見。有事則行，不分寒暑；無事則止，勿勞聖駕。既不廢午朝之典，又可率群臣興事，則凡時政得失，軍民利病，自可次第弛張矣。』其議如此。若用之今日，尤切事宜。老成先見，可敬可服。己亥南巡還，有旨各衙門俱嚴公座，仍許禮部、都察院參劾。予掌詹事印，日往衙門與崔少詹後渠坐堂，復至東閣畫會，一時冷局爲之振作。時見左順門陳御座，設黄幄於上，將朝廷欲修午朝故事耶？因讀惠安《新集》，備記於此。

張文潛以水喻作文之法，至謂『激溝瀆而求水之奇，此無見於理，而欲以言語句讀爲奇，反覆咀嚼，卒亦無有，文之陋也』，此言切中今日之弊。

太祖時，南京官僚想用傘蓋，襲封誠意伯劉廌有《華蓋殿侍宴退朝》詩云『團團褐羅傘，被服金文章』可見[二]。

《史記·扁鵲傳》：『飲以上池之水。』上池水，竹木上未到地水。

宋高宗南渡，建炎初有臣僚召對，所陳劄子首曰：『恭惟陛下歲二月東巡狩，至於錢塘。』吕頤浩當國，見之笑曰：『秀才家識甚好惡。』文章之弊一至於此，爲之浩歎。

柘湖，今在華亭縣南六十五里，本海鹽縣地，王莽時改曰展武，因陷爲湖。

扈瀆，今在上海縣北十里，本海鹽之東堰，晉袁崧築壘以禦孫恩者。

上海縣，元末割華亭東北之五鄉分置，唐天寶初割海鹽之北境置華亭縣。

至正十六年，張士誠陷姑蘇，據浙西五郡。十九年，發松江、嘉興、湖州、杭州民夫築杭州城。

松江人皇朝，當在龍鳳年間。吴元年，上海錢鶴皋平。

静安寺在縣西北十里，中有赤烏碑、陳朝檜。

永定二年，割海鹽、鹽官隸海寧郡，上海又嘗屬錢塘矣。

蘇丑字叔武，歙人，易簡之後，年八十餘，正統間卒。以隱逸自高，性愛古法書名畫，不惜萬金購之，曰：『此足養心性，非他玩好可比。』其人品亦可謂博雅矣。近時江南人家有好古玩物，至於敗家亡身者，此又可爲監戒也。

懷素《自敘帖》近刻石於蘇州，兼刻古今題跋，出於文徵明父子之手，爛然可觀。內蘇欒城一跋云『予兄和仲』，蓋謂東坡，自題曰『蘇轍同叔』，在紹聖三年三月謫高安時所寫，豈有所諱耶？將別有字行，而子瞻、子由特顯著者耶？其印仍曰『子由』。李西涯跋云『舊聞秘閣有石本，今不及見』，在弘治十一年九月所寫。時已入閣，似指今內閣而言。空青曾紆紹興三年三月曾跋一過，而文徵明所引曾空青云馮當世本後歸上方，而石刻爲內閣本，此指宋內閣而言。按：宋無內閣，而本朝無秘閣，用字微有不同，而制度當考。釋文虛『蕩』字，細觀刻本，當是『薄』字草法稍作轉摺爾。若『蕩』字亦可通，不若『薄』義爲順也。『建業文房』之印，當是徐鼎臣兄弟，筆意尚存繆篆之體爾。嘉靖庚子四月廿日，晨起偶觀，柳書所疑[二]，南窗下兩目作花，投筆浩歎。

張戶侍西磐潤字汝霖，山西平陽人。一日過予，與論薛文清公。西磐云曾聞劉少師晦庵言，《讀書録》乃公記每日所得，故不厭重詞複說，以資尋繹玩味，最可觀。後來爲人分類剖析作著述之體，殊非本旨。近樊御史得仁所寄重刻本，則又決裂破碎矣。不但著書之難，而傳書之難如此。

全椒樂韶鳳，洪武中以兵部尚書轉翰林院大學士，以病免，起爲國子司業。

永州府《舊志》：李應宗，零陵人，洪武五年進士；蔣獎，洪武八年進士，亦零陵人。道州李克遜，洪武丁卯科進士。丁卯爲十九年，皆不開科，當有誤。唐福領，永樂乙酉科。永樂進士有丙戌，亦無乙酉科。

國朝進士科始於洪武四年辛亥，吴伯宗爲狀元。自後罷試，至十八年乙丑爲丁顯榜，二十一年戊辰爲任亨泰榜，二十四年辛未爲許觀榜，是年五月重試，則韓克忠爲狀元。二十七年甲戌爲張信榜。洪武中又有張顯忠、花綸，皆稱狀元。《送花狀元歸娶詩》見《練子寧集》。丁丑年有陳安榜，庚辰則胡靖也。

衡山後生竹最大，名曰南竹。土人截取其筒以爲甑，節處可製盥盆。然在深山中人蹟不到之處。

世傳《七賢過關圖》，或以爲即竹林七賢爾。屢有人持其畫來求題跋，漫無所據。觀其畫衣冠騎從，當是晉、魏間人物。意態若將避地者，或謂即《論語》『作者七人』像而爲畫爾。姜南舉人云是開元間冬雪後，張説、張九齡、李白、李華、王維、鄭虔、孟浩然出藍田關，遊龍門寺，鄭虔圖之。虞伯生有《題孟浩然像》詩：『風雪空堂破帽温，七人圖裏一人存。』又有槎溪張輅詩：『二李清狂狎二張，吟鞭遥指孟襄陽。鄭虔筆底春風滿，摩詰圖中詩興長。』是必有所傳云。

元高德基云，吴人尚奢争勝，所事不切，廣置田宅，計較微利，不知異時反貽子孫不肖之害，故謂之『蘇州獃』。自今觀之，獃豈獨蘇哉？

【校記】

〔一〕劉鷹：『鷹』字原缺，據《明詩紀事》乙籤卷十五『劉鷹』條補。

〔二〕柳：疑當作『聊』，四庫全書本作『因』。

儼山外集卷十七

玉堂漫筆卷下

富韓公嚴重，每言辭皆厲。《邵氏聞見録》記其一則曰：「弼嘗病今之作文字無所發明，但模稜依違而已。人之爲善不易，人之爲惡，必用奸謀，以逃刑戮。君子爲小人所勝，不過禄位耳。惟有三四寸竹管子，向口角頭褒善貶惡，使善者貴，惡者賤，須是由我始得，不可更有畏怯也。」

世言《大藏經》五千四十八卷，此自唐開元間總結經、律、論之目。至貞元間，又增新經二百餘卷。宋至道以後，惟净所譯新經又九千五百餘卷。予見南宋藏經與元藏亦不同，而本朝藏經又添入元僧以後諸人文字，而卷數仍舊，豈亦有添減歟？

《襄陽大堤曲》有『倒着接䍦花下迷』，蓋用白紗作巾。南朝雖帝王亦服白紗帽，沈攸之所謂『大事若克，白紗帽共着耳』。又别有白疊巾、白綸巾。後世惟凶服乃用白。

王文端公抑庵知制誥幾廿年，其出也，楊文貞公爲之也。初，文端與文貞同閈里且聯姻，文貞雅重其人，欲留以代己。文貞之子稷惡狀已盈，中朝士大夫皆知而不敢言，於是慫恿文端言。

文端直諒人也，遂言於文貞。文貞甚德之，歎謝以爲非君不能聞。文貞不久遂有省墓之行，實欲制其子也。稷之狡猾，已陰得文端之言而爲之備。驛遞中皆先置所親，譽稷之賢，復颺言曰：『人皆忌其功名之盛，故謗稷耳。』反以是中文端。文貞歷數處皆然。稷復逆於數百里外，氈帽、蠟油靴、舊青衫，朴訥循理，儼然謹愿人也。家中惟圖書蕭然，爲惡之具悉屏去，而親戚皆畏稷，交譽之。文貞遂不信文端之言，并以疑其妒己。及還朝，遂出之於吏部。初，仁廟時官爵最不輕授。陳德遵循以狀元滿三考，仁廟最愛之，欲陞侍講學士。文貞以爲太驟，止與侍講。仁廟面諭德遵以故，猶以許之，德遵遂銜文貞。未幾，仁廟賓天，德遵已失遭逢之會，遂鬱鬱移疾還，日夜嗾其鄉人告稷惡狀。鄉人皆畏其宰相之子，不敢發。會建安楊文敏公既卒，鄉人訴其子於朝。中官王振持其奏言於閣下曰：『楊先生肉未寒而遂受誣若此，何以處之？』初，文敏與文貞同事，頗不相能，及是遂曰：『既然，須與別其是非。』中官曰：『當下撫、按耳。』文貞以爲不可使宰相之子而辱於撫、按之手，須錦衣官校提來，實欲辱之也。既來，白其辜，坐告人以罪，朝廷與其子爲尚寶官而去。德遵聞之，遂言於鄉人曰：『汝以爲宰相之子，朝廷務姑息之。文敏公獨非宰相乎？』具稾速其來上。王振得之，遂不告於文貞，而以文敏故事處之。逮來獄成，議置重典。初，仁廟與三楊君臣俱泣曰：『汝必輔朕子孫，朕亦貸汝子孫死。』故三楊子孫皆有敕。稷之敢於爲惡，亦有所恃也。稷既繫獄，文貞得疾，猶欲援敕以贖稷死，命次子導檢敕。導密秘之，託以稷先持去，遂弗及救。余聞之丹徒靳宫諭云。

予遊金陵，觀大功坊回龍巷，想見當時君臣之際焉，大將軍爲人謙謙不伐。又從父老問大將軍時事，其蹙元帝於開平也，闕其圍一角使逸去。常開平怒亡大功，大將軍言：『是雖夷狄，然嘗久帝天下，吾主上又何加焉。將裂地而封之乎，抑遂甘心也？既皆不可，則縱之固便。』開平且未然。嗚呼深遠矣。

文章貴簡明。王伯厚甫嘗稱歐陽公『劉、柳無稱於事業，姚、宋不見於文章』，過於唐人所云『周勃、霍光雖有勳伐，而不知儒術；枚皋、嚴忌善爲文章，而不知巖廊』。終不若漢人所謂『絳、灌無文，隨、陸無武』，尤爲痛快也。

宋徽宗宣和六年，禮部試進士至萬五千人，是年賜第八百餘人。宋朝故事，每廷試，前十名御藥院先以文卷奏，御定高下。高宗建炎間始曰：取士當務至公，考官自足憑信，豈容以一人之意，更自升降？自今勿先進卷子。此真帝王之體。古所謂君明樂官、不明樂音者，正如此。

晉悼公入告群臣之詞，《左氏》《國語》並載，而不若《左氏》之簡嚴也。《左氏》曰：『孤始願不及此。雖及此，豈非天乎？』《國語》作『孤之及此，天也』，惟此語勝《左氏》。

古之言天者三家：曰宣夜，曰蓋天，曰渾天。宣夜無傳，《周髀》蓋天考驗多失，獨渾天近理。其言曰：天如雞卵，地如卵黄，天大地小。天表裏有水。天地各乘氣而立，載水而浮。天轉如車轂之運。

周天三百六十五度四分度之一。天本無度，因日一晝夜所躔闊狹而名。蓋日之行也，三百六十五日之外，又行四分日之一。一年而一周，天以一日所行爲一度，故分爲三百六十五度四分度之一。星辰之相去，月、五星之行躔，皆以其度度焉。蓋天之有度，猶地之有里也。一度略廣三千里，周天大略一百一十萬里，上下四方徑各三十六萬里。《後漢・地里志》度各二千九百三十二里，周天積一百七萬九百一十三里，徑三十五萬六千九百七十一里。又按《學林》云，地與星辰四游升降於三萬里之中，則地至天萬五千里爾。按《唐書》一行、梁令瓚候之，度廣四百餘里，上下四方徑各五萬餘里，周天實一十六萬里，地上地下各八萬里。天道幽遠，術家各持一説，宜並存之。

天圓如倚蓋，半覆地上，半隱地下。北極出地三十六度，繞極七十二度，常見者謂之上規。南極入地三十六度，繞極亦七十二度，常隱者謂之下規。

文曜麗乎天，其動者有七，日、月、五星是也，其不動者二十八宿是也。日爲陽精，月爲陰精，五行之精爲五星，布於四方，二十八舍爲宿。咸列布於天，運行纏次，用示吉凶焉。

天道左旋，七政右轉。一云日月本東行，天西旋入於海。牽之以西，如蟻行磨上，磨左蟻右，磨疾蟻遲。天一晝一夜而一周又過一度，日一晝一夜而行一度，月行十三度十九分度之七。一云月行速日一度。月十三度有奇，積二十七日强而周天，又二日半强而後與日會。

二十八宿之度，本因日行所躔而名，本無度也。度之最多者莫如東井，至有三十四度；其最少者莫如觜觿，才一度。何則？井、斗不與日躔相當，其度不得不闊；觜、鬼與日躔纔相及，其度不得不狹也。

日所行謂之黄道，本無道，況色乎？曆家入筭，姑以色標識之。黄色之中，日道居中故也。月行青、朱、白、黑者，春木、夏火、秋金、冬水，四方色也。《傳》曰，朱道一出黄道南，蓋指南陸而名之。不曰赤而曰朱，何也？赤道分南北之中，古今不易。南陸稱朱，所以避之也。黄道出入於赤道之内外，赤道横而黄道斜，斜長於横，故黄道爲之增。若赤道居中，黄道旁出，旁狹於中，故黄道爲之減。此自然之數也。

日行黄道，七政循黄道左右而行。冬至日去北極最遠者百一十五度半弱，夏至日去北極最近者六十七度半弱二分，去北極九十一度半弱。

日行黄道，月行九道。日月行相去最遠者二十四度，最近者六度。青道二出黄道東，朱道二出黄道南，白道二出黄道西，黑道二出黄道北。此其交也，必由於黄道而出入，故兼而言之曰九道也。

月行黄道内謂之陰曆，行黄道外謂之陽曆。東方青龍七宿謂之東陸，西方白虎七宿謂之西陸，南方朱雀七宿謂之南陸，北方玄武七宿謂之北陸。總之二十八宿，而天體周矣。

日行舒，月行速。當其同度，謂之合朔；舒先速後，近一遠三，謂之弦；相與爲衡，分天之中，謂之望；以速及舒，光盡體伏，謂之晦。

凡日月無光曰薄，虧毁曰蝕，虹蜺曰暈，氣在日上曰戴，旁對曰珥，半環在旁向曰抱，背曰背。

凡五星所行，同舍曰合，變祆曰散，五寸之内光芒相及曰犯，相冒而過曰陵，掩之曰食，自下往觸曰犯，居其宿曰守，經之曰歷，相擊曰鬭，環之曰勾，繞之曰巳，早出曰贏，晚出曰縮。

凡星常明者百有二十四，可名者三百二十，爲星二千五百，微星之數蓋萬一千五百二十。太史總甘、石、巫咸之星凡二百八十三官，一千四百六十四星。

儼山外集卷十八

停驂録

宿州有睢陽驛，凡以睢水在其南也。然古睢陽乃今歸德州，即張、許死節之地。予過而問焉，屢更河患，亦既漫漶矣。正統間，予同縣人衛君庸知州事，嘗採輯史傳文集爲《唐忠臣録》，己巳年刻之，後正德己巳翻刊，人以爲有數。正統有土木之變，正德逆瑾之變，在明年庚午八月，蓋六十之數云。夫文獻之廢興，非特有數，抑亦有世道焉。

予觀唐之盛，莫過於貞觀、開元。其時文章則燕、許、沈、宋，字畫則歐、虞、褚、薛，皆温潤藻麗，有太平氣象。天寶以後，多事之日，則杜工部、顔魯公出焉。其辭翰非不雄偉俊拔也，而流離死亡之禍具見。弘治末，予初登朝，士大夫之賢者皆喜習顔書，學杜詩。每與亡友王韋欽佩論之，欽佩以爲非佳兆。孝皇賓天，逆瑾亂政。辛未、壬申之間，霸州盜起，攻城破縣，殺戮甚慘，至煩兩路用兵。而川蜀之盜尤烈，竭天下之力僅能克之。於是魯公之忠節、工部之詩史，亦略彷彿覩矣。嗚呼，學術可不慎哉？

李憲副夢陽字獻吉，號空同子，弘、正間名士，與予交好。嘗約獻吉遊吳卜居，予將入梁訪族，二十餘年未酬也。嘉靖己丑秋，獻吉尋醫渡江，留京、潤一兩月，予適有延平之行。是歲除日，獻吉下世。予赴晉陽，以庚寅三月二十一日經汴城，而西望几筵，一慟而已。其子枝，字伯材，以《空同子》八篇來貺，燃燈讀之，重爲之流涕。内《論學下篇》一條，書劉閣老言李、杜事，微失旨。劉名健，字希賢，號晦庵，洛陽人，相孝廟首尾二十年，相業甚可觀，素以理學自負。予乙丑登第爲庶吉士，與衆同謁公於安福里第。公告諸吉士曰：『人學問有三事：第一是尋繹義理以消融胸次，第二是考求典故以經綸天下，第三却是文章。好笑後生輩，才得科第，却去學做詩。做詩何用？好是李、杜，李、杜也只是兩箇醉漢。撇下許多好人不學，却去學醉漢。』其言如此，雖抑揚之間不能無過，然意則深遠矣。

予爲庶吉士時，謁東山先生劉公大夏時雍，公誨予曰：『初入仕，不可受人知，知己多，難立朝矣。只如朋友，若兩三人得力者，自可了一生，過多則晚年受累。』今五十有四，髮種種矣，益知其言之有味。嘗見周密公謹所記趙德莊誨趙忠定曰：『今日於上前得一二語獎諭，明日於宰相處得一二語褒拂，往往喪其所守者多矣。』乃知古人造就後進者每如此。

予自延平赴山西，過潤。時邃翁南歸未久，相見勞苦，外無他語，但道：『子行得無受炎涼乎？』予笑曰：『不至是。小人炎涼之態可處，君子禍福之心可憐。』翁首肯之曰：『有是。

有是。』

吾松姚蒙先生善醫。時鄒都堂來學巡撫江南，訪而召之，以醫生見。鄒公素嚴重，姚有口眼歪斜發動疾，公心輕之。問曰：『汝亦有疾。』對曰：『有風疾。』曰：『既有風疾，何不醫之？』曰：『是胎風。』公即引手令其診脉，姚退却不前。再命之，再却。公始曰：『診脉須坐。』呼座坐之，姚乃方脉。既畢，公問之，姚敍病源一二，公亦知醫，頷之。最後姚曰：『大人根器上別有一竅出汗水。』公大驚曰：『此予隱疾，甚秘。汝何由知？』姚跪曰：『以脉得之。左手關脉滑而緩，肝第四葉有漏洞下。』相通既久，公始改容謝之，乃求藥。姚曰：『不須藥，只到南京便好。』以手策之曰：『今是初七，得十二日可到。』公曰：『知之矣。』即治行。果十二日晨抵南京，入會同館而卒。吁，亦神哉。其孫舉人湘字清之，向在長安爲予道此，可見前輩技能難及。

宋楊彦瞻守三衢，以書答狀元留夢炎，略云：嘗聞前輩之言，吾鄉昔有第奉常而歸，旗者、鼓者、饋者、迓者、往來而觀者闐路駢陌如堵墻。既而閨門賀焉，宗族賀焉，姻者、友者、客者交賀焉，至於𩞄者，亦茹恥含愧而賀且謝焉。獨鄰居一室扃鐍遠引，若避寇然。余因怪而問之，愀然曰：『所貴乎衣錦之榮者，謂其得時行道也，將有以庇吾鄉里也。今也或竊一名、得一官，即起朝富暮貴之想。名愈高，官愈穹，而用心愈繆。武斷者有之，庇姦慝持州縣者有之，是一身之榮，一害之增也。其居日以廣，鄰居日以蹙。吾將入山林深密之地以避之。是可弔，何以賀爲？』予感其言，録之以自警。異日歸田，當榜諸廳事，以警子孫。

召佃之名，亦自宋賈似道公田始。咸淳戊辰正月，改官田爲召佃，召人承佃，自耕自種，自運自納。與今法雖不同，而其來有所自矣。

文潞公富貴福壽，古今無比。致仕歸洛時，年已八十。神宗見其康强，問：『卿攝生亦有道乎？』潞公對：『無他。臣但能任意自適，不以外物傷和氣，不敢做過當事，酌中恰好即止。』神宗以爲名言。夫有所享者必有所養。燈籠錦事，想亦出於傾陷者所爲。予鄉前輩陳晚莊先生名肅，字惟敬，清修之士。一日衣緋窄袖袍會席，一士大夫素豪侈，攬之曰：『何不改作？』先生正色曰：『我福薄，恐難勝。』其人曰：『文潞公如何？』是豈知有所享者必有所養也？

『加耗』二字，起於後唐明宗，入倉見受納主吏折閲，乃令石取二升爲『鼠雀耗』。我太祖則每斗起耗七合，石爲七升，蓋中制也。江南糧税每石加耗已至七、八斗，蓋併入雜辦，通謂之『耗』，意不止於鼠雀爲也。近時巡撫乃於田畝上加耗，則漸失初意矣。五季漢隱帝時，王章爲三司使，始令更輸二斗，謂之『省耗』。當時人怨之，史亦謂章聚斂刻急。胡致堂推本其殺身，以爲興利之戒。

儼山外集卷十九

續停驂録卷上

季札觀於周樂，爲之辯微徹理，信美矣。頗疑《左氏》之傅會，未必實有斯事也。又疑《左氏》亦爲後人所傅會，未必盡出於左氏也。何以言之？按《論語》『吾自衛反魯，然後樂正，《雅》《頌》各得其所』，事在哀公十一年，時孔子年已六十五矣。前此詩樂蓋嘗散亂，存十一於千百。比其篇什，正其體裁，然後謂之一經，用以被弦歌而合律吕，此三百五篇之大指也。季札聘魯，事在襄公二十九年，是時夫子生方八歲，安得樂工之所肄習與季子之所審定者，皆吾夫子《國風》《雅》《頌》之新編也？疑《左氏》之傅會以此。又季子之所論，皆概其既往，聆音尋義，或有據依。獨於歌《秦》，則推其方來。是於音義皆何所取，而於列國若異例焉。疑後人之傅會《左氏》者以此。先儒以爲《左傳》出於劉歆父子，而『君子曰』皆漢儒之文，豈固有所辨耶？

鄭漁仲謂樂以詩爲本，詩以聲爲用；又謂古之詩，今之詞曲也。若不能歌之，但能誦其文而説其義可乎？不幸世儒義理之説日勝，而聲歌之學日微。馬貴與則謂義理布在方册，聲則湮没無聞。其言皆有見。而朱文公亦謂聲氣之和，有不可得聞者。此讀詩之所以難也。夫樂之義理，詩詞是也，而聲歌猶後世之腔調也。兩者俱諧，乃爲大成。漁仲又謂樂之失，自漢武始，蓋言亡其聲耳。漢世樂府如《朱鷺》《君馬黄》《雉子斑》等曲，其辭皆存而不可讀。想當時自有節拍，短長高下，故可合于律吕，後來擬作者但詠其名物，詞雖有倫，恐非樂府之全也。且唐世之樂章，即今之律詩。而李太白立進《清平調》，與王維之《陽關曲》，于今皆在，不知何以被之弦索。宋之小詞，今人亦不能歌矣。今人能歌元曲，南、北詞皆有腔拍，如《月兒高》《黄鶯兒》之類，亦有律吕可按，一入于耳，即能辯之。恐後世一失其聲，亦但詠月、詠鶯而已。此樂之所以難也。求元審聲、宿悟神解者，世合有異材。

本朝五嶽、五鎮之祀，多因前代，其來遠矣。泰山爲東嶽，在今山東泰安州。東鎮爲沂山，在今青州府臨朐縣。華山爲西嶽，在今陜西華陰縣。吴山爲西鎮，在今隴州。衡山爲南嶽，在今湖廣衡山縣。南鎮爲會稽山，在今浙江山陰縣。北嶽爲恒山，在今大同府渾源州。醫巫閭山爲北鎮，在今遼東廣寧衛。中嶽爲嵩山，在今河南府登封縣。霍山爲中鎮，在今山西霍州。東、西嶽、鎮相去不遠，北嶽、北鎮相望千里而山脉一帶。惟南嶽去南鎮三千餘里，雖同在江南，而間隔絶不相屬。中嶽、中鎮南北對峙，而黄河界之。今京師正當北嶽、北鎮之中，東西亦匀停。而華山稍南於泰山，若龍虎然。南嶽在西南，南鎮在東南。五嶺爲案，而江、河兩水爲襟帶，嶺南諸山爲朝拜，嶺南之南則南海，爲外明堂。我朝形勝，真天造地設哉。

至正二十六年丙午，中山武寧王將兵二十萬，開平忠武王副之，以取浙西。十一月，由太湖直趨湖州，士誠悉發境中兵及赤龍船親軍，戰毗山，戰舊館，戰皂林、烏鎮，相繼而敗，生禽其兵六萬。十四日取吴江，士誠遣鋭卒迎戰于尹山橋，康蘄公持戟督戰，鋭卒盡覆。乃進圍蘇城，塞其六門，刀劍林立，金鼓雷震，將士盡降，城中食盡，至煑靴以充饑。凡十閲月，城陷。時吴元年丁未九月也。王封府庫，縛士誠送京師，籍其兵二十有五萬。檄曰：『總兵官准中書省咨，敬奉令旨：余聞伐罪救民，王者之師，考之往古，世代昭然。軒轅氏誅蚩尤，成湯征葛伯，文王伐崇侯，三聖人之起兵也，非富天下，本爲救民。近覩有元之末，主居深宫，臣操威福，官以賄成，罪以情免，臺憲舉親而劾仇，有司差貧而優富。廟堂不以爲憂，方添冗官，又改鈔法，役數十萬民，湮塞黄河，死者枕籍于道，哀苦聲聞于天。致使愚民誤中妖術，不解偈言之妄誕，酷信彌勒之真有，冀其治世以蘇其苦，聚爲燒香之黨，根據汝、潁，蔓延河、洛。妖言既行，兇謀遂逞，焚蕩城郭，殺戮士夫，荼毒生靈，無端萬狀。元以天下錢糧兵馬大勢而討之，略無功效，愈見倡獗，終不能濟世安民。是以有志之士，旁觀熟慮，乘勢而起，或假元氏爲名，或託香軍爲號，或以孤軍獨立，皆欲自爲，由是天下土崩瓦解。余本濠梁之民，初列行伍，漸至提兵，灼見妖言不能成事，又度胡運難與立功，遂引兵渡江。賴天地祖宗之靈及將相之力，一鼓而有江左，再戰而定浙東。

陳氏稱號，據我上游，興問罪之師，彭蠡交兵，元惡授首，其父子兄弟，面縛輿櫬。既待以不死，又封以列爵，將相皆置于朝班，民庶各安于田里，荆、湘、湖、廣，盡入版圖，雖德化未及，而政令頗修。惟兹姑蘇張士誠，爲民則私販鹽貨，行劫于江湖；興兵則首聚兇徒，負固于海島，其罪一也。又恐海隅一區，難抗天下全勢，詐降于元，坑其參政趙璉，囚其待制孫撝，其罪二也。厥後掩襲浙西，兵不滿萬數，地不足千里，僭號改元，其罪三也。初寇我邊，一戰生擒其親弟，再犯浙省，楊苗直擣其近郊，首尾畏縮，又乃詐降于元，其罪四也。陽受元朝之名，陰行假王之令，挾制達丞相，謀害楊左丞，其罪五也。占據浙江錢糧，十年不貢，其罪六也。知元綱已墜，公然害其丞相達失帖木兒、南臺大夫普化帖木兒，其罪七也。恃其地險食足，誘我叛將，掠我邊氓，其罪八也。凡此八罪，有甚於蚩尤、葛伯、崇侯，雖黄帝、湯、文與之同世，亦所不容，理宜征討，以靖天下，以安斯民。爰命中書左丞相徐達，總率馬步舟師，分道並進，攻取浙西諸處城池。已行戒飭軍將，征討所到，殲厥渠魁，脅從罔治，備有條章。凡我逋逃臣民、被陷軍士，悔悟來歸，咸宥其罪。其爾張氏臣僚，果能明哲識時，或全城附順，或棄刃投降，名爵賞賜，余所不吝。凡爾百姓，果能安業不動，即我良民。舊有田産房屋，仍前爲生，依額納糧，以供軍儲，餘無科取，使汝等永保鄉里，以全室家。此興師之故也。敢有千百相聚，旅拒王師，即當移兵勦滅，遷徙宗族于五溪、兩廣，永離鄉土，以禦邊戎。凡余之言，信如皎日，咨爾臣庶，毋或自疑。敬此。除敬遵外，合備榜曉諭，通知須至榜者。』按，此檄簡質昌大，廟勝已卜於此，固不待擒士誠而後爲烈也。檄中所指『官以賄成，罪以情免，臺諫舉親而劾仇，有司差貧而優富』，此元之末造啓聖之資也。《詩》稱『殷鑒』，又安得吾輩不蹶然有省於斯。初，至正庚寅間，參議賈魯以當承平之時，無所垂名，欲立事功於世。首勸脱脱開河墾田，所費不訾；又勸造至正交鈔，物貨騰滯；又勸求禹故道，使黄河北行，起集丁夫二十六萬，河夫多怨。瀏陽有彭和尚，能爲偈頌，勸人念彌勒佛號，遇夜燃香，愚民信之，遂作亂。蘄州有徐真一，本湖南人，姿狀庬厚，以販布爲業。一日浴於鹽塘水中，身有光怪，妖彭之衆推立爲帝，以據漢、沔。欒城有寒山童，詐稱徽宗九世孫，起徐州，其倡言亦云彌勒佛下生，以紅巾爲號。未幾，討誅之。其黨毛會、田豐、杜遵道等復奉其子爲主，寇掠汝、潁、淮、泗之間，遂陷汴梁，稱帝，改姓韓，國號宋，改元龍鳳。一云至正十五年乙未，劉福通等自碭山夾河迎韓林兒爲小明王，都亳州，改元龍鳳。豈林兒即山童子耶？審爾至正二十六年，乃龍鳳十一年也。明年，我太祖稱吴元年，又明年，改洪武元年。劉福通先爲張士誠將吕珍所殺，檄中所謂『掠我邊氓』者，蓋指此。『誘我叛將』，當是指諸暨謝再興也。按，張士誠本泰州白駒場人，兄弟三人，士德、士貴，以行稱九四、九五、九六。先是，中原上馬賊剽掠淮、汴間，朝齊暮趙，元不能制。士誠爲鹽場綱司牙儈，以官鹽夾帶私鹽，並緣爲姦，然資性輕財好施，甚得其下之心。當時鹽丁苦於官役，遂推爲主，據高郵以叛。元命脱脱討之，師號百萬，聲勢甚盛，衆謂平在晷刻。及抵城下，毛胡蘆已有登其城者矣。疾其功者曰：『不得總兵官命令，如何輒自先登。』召還。及再攻之，不下。會脱脱貶，師遂潰叛。乙未，士誠汎海，以數千人陷平江。一云自福山港濟，由常熟以入，海運遂絶。後元力不能制，以詔招之，累官至司徒。自號成王，改元天祐，據有平江、嘉興、杭州、紹興五路之地凡十年。

初，脱脱之總師南伐也，丞相亞麻讒之，謂天下怨脱脱，貶之可不煩兵而定。遂詔散其兵而竄之。適駐高郵，師遂大潰，而爲盜有。先是，脱脱有弟野先不花爲中臺御史大夫，董師三十萬南伐，兵敗汝寧。脱脱匿其罪，反以捷聞。西臺彈劾，脱脱奏臺憲不許建言，違者坐罪，天下事遂不可爲矣。亞麻矯詔酖殺之。後亞麻事覺，亦杖死。

陳友諒者，本沔陽人，爲縣貼書。及從爲盜，弟兄四五人，好兵而狡。庚子歲，遂殺其君徐真一，稱帝於采石五聖廟，僭號曰漢，改元大義。我太祖親征之，大戰鄱陽，前後八十餘日，友諒兵敗，中流矢死。其下復立其子理於武昌，改元德壽。進兵攻圍一年，理出降。

竇儼《水論》一曰數，二曰政。大略謂水之行，紀於九六。凡千有七百二十八歲，爲浩浩之會。當其時，雖堯、舜在上，亦不能弭。過此以往，則係於時政。以貞元之水，乃唐德宗任用裴延齡、棄黜陸宣公之應。告君如此，可謂探本之論矣。然大禹疏導之功，抑豈可少哉？近予西來，魏太常莊渠會於吴門，夜論河事，亦以爲水災常逢六數，每六十年或六年必有變云。六，陰數也，理或宜然。

歐陽文忠謂：『余嘗患文士不能有所發明，以警未悟，而好爲新奇以自異，欲以怪而取名，如元結之徒是也。至於樊宗師，遂不勝其弊矣。』宗師今世所傳《絳守居園池記》之外，别無文字。往年綿州金檢討皋鶴卿惠予一碑，與《園池》之作頗類。文章至此，誠弊矣。元次山有集，予嘗借抄於王文恪公守谿先生家，同年湛元明刻之嶺南，簡質古朴，如《中興頌》則典嚴法度矣，歐公尚猶歎之。使公在今日，又當如何爲歎耶。

予嘗謂後世文章之快暢者，若《阿房》、『亂辭』、『陽冰篆贊』，可謂千古如新，百過不厭者也。贊曰：『斯去千載，冰生唐時。冰今又去，後來者誰？後千年有人，吾誰能待之？後千年無人，篆止於斯。嗚呼郡人，爲吾寶之。』此劉中山禹錫之作，姚鉉《文粹》所編有之。歐陽公《集古録》乃謂不知作者爲誰，豈公偶未之考爾〔一〕。

讖緯起於哀、平之間，相傳總八十一篇，如《尚書考靈耀》《河圖帝覽嬉》《春秋元命苞》《孝經援神契》《春秋合成圖》《洛書甄曜度》《孝經鈎命訣》《春秋考異郵》《尚書璇璣鈐》之類，紀載雖異，名命略同，疑皆一時術士隱叟所爲，故出一轍。漢光武以赤伏符受命，尤所尊信其書，曰《河圖會昌符》。自此以後，風流漸靡而文體一變矣。魏伯陽作《周易參同契》，亦本緯書。今世傳者文字結構頗爲古質，時作韻語，多所根據，顧有過於文人華靡之作，豈其本於行持心思之密者，非口耳比也。明帝時釋典東來，其文字又別出矣。嘗見石趙時，麻襦與佛圖澄語曰：『西戎受玄命，絶曆終有期。金離銷于壤，邊荒不能尊。驅除靈期迹，莫己己之苗裔。〔二〕』澄答曰：『九木水爲難，無可以術寧。玄哲雖存世，莫能基必頽。久遊閻浮利，擾擾多此患。行登淩雲宇，會於虛遊間。』言多隱寓，有不可解，視《參同》之文一類也。宋儒謂《大藏》翻譯多中國文士助筆，亦恐或然。將二竺亦自有授受耶？蓋不獨道有異端，而亦有異端之文矣。

王雱字元澤，荆公子。世傳荆公與明道論新法時，元澤囚首跣足，攜婦人冠以出，大聲曰：『梟韓琦、富弼之首于市，法乃得行。』其氣象舉措，是一紈袴無賴子弟。熙寧中，神宗再召荆公，衆問荆公來否。元澤乃言，大人亦不敢不來，然未有一居處。衆言居處何難。元澤曰：『不然。大人之意，乃欲與司馬十二丈卜鄰，以其修身齊家，事事可爲子弟法也。』其雅馴謹厚又如此，豈二人耶？又嘗聞荆公每獨處，論量天下人才，首屈指于元澤曰，大哥是一箇。其次即吕吉甫、章子厚、蔡元度兄弟以下十餘人，皆至宰相，而元澤以早亡。荆公雖偏褊，不至溺愛。豈毀譽成敗，皆未足以盡人耶？

漏水之製，以銅作四櫃：一夜天池，二日天池，三平壺，四方分壺。自上而下，一層低一層，以次注水入海。浮箭刻分而上，每刻計水二斤八兩。二箭當一氣，每氣率差二分半，四十八箭周二十四氣。其漏箭以百刻分十二時，每時八刻二十分，每刻六十分，初初、正初各十分。故每時共五百分，十二時總計六千分，歲統二百一十六萬分，悉刻之於箭。以今尺度箭之刻分，尺之一分準刻之十分。初初、正初如尺之一分，初一、正一如尺之六分。此其大略也。議者謂冬寒水澀，不能如法流行。近有以鐵九圜轉代流水者，亦一法也。又元朝立簡儀，爲圓室一間，平置地盤二十四位於其下，屋背中間作圓竅，以漏日光，可以不出户而知天運。此與日晷之用正同，才可施之晴晝爾。此外別有燈漏、沙漏，色目人又有玲瓏儀，皆巧製也。

馬嵬坡題詠甚多，惟杜佺一首極爲婉麗：『楊柳依依水拍堤，春晴茅屋燕爭泥。海棠正好東風惡，狼籍殘紅襯馬蹄。』

唐姚合嘗令武功，有《縣居詩》十首。壬辰歲，平定閒居，讀之甚愛，乃盡録之。將求能畫者分段爲圖，懸之山居以娱目。

縣去京城遠，爲官與隱齊。馬隨山鹿放，雞雜野禽棲。連舍惟藤架，侵堦是藥畦。更師嵇叔夜，不擬作詩題。

久屈天然性，爲官世事疏。惟尋向山路，不寄入城書。因病方收藥，緣殘學釣魚。養身誠好事，此外望空虚。

微官如馬足，袛是在泥塵。到處貧隨我，終年老趂人。簿書銷眼力，杯酒耗心神。早作歸休計，深居過此身。

簿書多不會，薄俸亦難銷。醉卧慵開眼，閒行懶繫腰。移花兼蝶至，買石得雲饒。本自心中樂，從他笑寂寥。

曉鍾驚睡覺，世事便相關。小市柴薪貴，貧家砧杵閒。讀書多旋忘，賒酒數空還。常羨劉伶醉，高眠出世間。

自下青山路，三年着緑衣。官卑食肉僭，才短昧人非。閒客教長醉，高僧勸早歸。不知何計是，免與本心違。

作吏荒城裏，窮愁欲不勝。病多唯識鬼，年老漸親僧。夢覺空堂月，詩成滿硯冰。故人多得路，寂寞不相稱。

誰念東山客，栖栖守印床。何年得事盡，終日逐人忙。醉卧唯知倦，閒書不正行。人間尚疏簡，與此豈相當。

窮達應天與，人間事不論。微官長似客，遠縣豈勝村。竟日多無食，連宵不閉門。齋心調筆硯，惟寫五千言。

閉門風雨裏，落葉與堦齊。野客嫌杯淺，山翁喜枕低。聽琴知道性，採藥得詩題。誰更能騎馬，閒行只杖藜。

詩中多佳句，有畫手難畫處。但『三年緑衣』與『故人得路』之句，似欠胸次。然仕宦之不得意者，亦是本色語爾。唐都長安，武功密邇，首題曰『縣去京城遠』，又曰『遠縣』，斯豈實録耶。

【校記】

〔一〕按：『陽冰篆贊』，歐陽修《集古録》卷七疑爲賈耽所作，董逌《廣川書跋》卷八、趙明誠《金石録》卷二十八、閻若璩《潛邱劄記》卷一、《唐文粹》卷七十七均認爲出自唐舒元輿的《玉筯篆志》。《全唐詩》卷八百七十三收録，亦題舒元輿作。上述材料引用的贊詞大體一致，個别字句有差異。

〔二〕『驅除』以下，《晉書》卷九十五『麻襦』條作：『驅除靈期迹，莫己已之懿。裔苗業繁，其來方積。休期於何期，永以歎之。』

儼山外集卷二十

續停驂録卷中

宋章楶知渭州，請城葫蘆河川以偪夏，朝廷許之。遂合熙河、秦鳳、環慶、鄜延四路之師，陽繕他砦數十以示怯，而陰具版築守戰之備，築二砦于石門峽江口、好水川之陰。凡二旬有二日城成，名曰平夏城、靈平砦。章惇因請絶夏人歲賜，而命沿邊相繼築城于要害，進拓境土凡五十餘里，由是夏人遂衰。按，范文正公亦城大順。禦戎之法，此爲上策。予意今河套之地，倣而爲之，宜無不可。如遼東二十五衛之設，當爲永利。若先城花馬池，以次或可修舉也。

石城滿四名俊，人以滿四呼之。其先元末有滿氏把丁者，雄長西陲，國初款附，太祖高皇帝斥平凉、固原荒地，俾之耕牧，入隸版圖。以騎射獵逐爲利，號滿家營。生聚日蕃，有衆數千人。成化元年，遂據石城以叛。石城四面陡崖深溝，極險固。俊以火四、火能爲腹心，馬冀、南斗爲股肱，咬哥、保哥爲爪牙，滿能、滿玉爲羽翼。先是掘地，得行元帥府事銅印，以是部署帳下而反，勢甚猖獗。命都御史項公忠、馬公文升討平之。馬自有記。

地綱，吳璘作於天水、長道二縣之間。於平地鑿渠，每渠八尺，深丈餘，連綿不斷，如布綱然，以礙虜騎，亦能制勝。湖州士人仰臣，字思忠，喜談兵。嘗與余議，以鐵作三矛鑽，刺地如鍤，散列以陷馬足。予爲名之曰『土鑽』。

少林寺有達磨面壁庵，壁上有達磨身影透入。人有屢磨之，不能去。宋仁宗嘗作一贊云：『坤之上，乾之下，中間一寶難酬價。十萬里來作證明，面壁九年不説話。如何贊，如何畫。一回提起一回怕。』此金丹之説，不知仁宗御製耶，抑代言也。

蕭齊衡陽王鈞好學，嘗細書五經置巾箱中，謂之『巾箱五經』。宋博學宏辭科許士子持書入試，故巾箱板行，其書甚多。巾箱蓋始於六朝。

道鄉先生鄒志完敘遷上表有云：『昏昏瘴霧，信爲提耳之師；兀兀愁居，因得致身之道。』古人所謂經患益能、遭蹶得便者，意蓋如此。雖然，苟非踐此實境，終爲未能深知。蘇東坡有表云：『嘗對便殿，親聞德音。似蒙聖知，不在人後。而狂狷妄發，上負恩私。既有司皆以爲可誅，雖明主不得而獨赦。一從吏議，坐廢五年。』又云：『受性剛褊，賦命奇窮。既獲罪於天，又無助於下。怨仇交積，罪惡横生。群言或起於愛憎，孤忠遂陷於疑似。中雖無愧，不敢自明。向非人主獨賜保全，則臣之微生豈有今日。』此語使他人聞之，或未知其工也。惟予讀之，則有悲喜交集者矣。古人謂不行萬里道，不讀萬卷書，看不得杜詩。有以哉。

洮河緑石出洮州衛上，關西與西番接境。唐以來，名人多採之以製硯。宋失其地，故士夫尤貴重之。色有淺深，體有老嫩。猿頭斑瓜皮黄蚤子紋者爲佳，雪花無景者不足貴。今泯州亦産硯石，似一類云。

清明前三日謂之寒食節，天下皆然。其事出於介子推，山西尤重。王惲有詩云：『晉人熟食一月節，店舍無烟竈厨冷。』

山西三關比諸邊爲弱，一被虜患，當事者皆甘心得罪，勢不得不然也。若蒙恬之累土爲山，植榆爲塞，因地形制險，最爲上策。近有栽柳之法，尤便易於榆。按，古人之成法可用於三邊者，若趙充國之屯田；李牧用軍市之租，日椎牛享士；趙奢爲將，所得賞賜盡與軍吏；魏尚守雲中，出私養錢以享賓客、軍吏：皆要策也。夫謂之賓客，所該甚廣，凡游説探諜之人皆是。宋田錫亦謂厚賜將帥，使之賞用足充供億。若在今日，能使將帥不尅減軍士，抑亦可矣。

唐武后崩，將合葬乾陵。給事中嚴善思建言：尊者先葬，則卑者不得入。又曰：合葬非古也。漢世皇后别起陵墓，魏、晉始合。又曰：葬得其所則神安，而後嗣昌；失其宜則神危，而後嗣損。又以漢祚長而魏、晉短乃合葬之驗。其言頗流於術家。至謂使神有知，無所不通；若其無知，合亦何益。山川精氣，上爲列星，乃爲至論。

沉香出林邑。土人破斷之，積以歲年，朽爛而心節獨在，置水中則沉，故曰沉香。不沉者曰檖香，乃是一種木耳。

金鋼鑽可以刻玉，其質類水晶而色微黄。出西域，土人於鳥糞中得之。生極高峰巒，鷹鶻之屬打食於上，遂吞而復出，其大者極難得。一云生百丈水底盤石上，如鍾乳。扶南人没水取之，竟日乃得。二説未知孰是云。畏羚羊角則同。

火浣布出西域，火鼠毛織之。一云漲海中有燃火洲，其上有樹生火中。土人剥取其皮，紡作布。若垢污，投火中燒之，復精潔。余嘗得方寸，作白色，乃蕉麻之類，疑後説近之。又南海中有穀焚洲〔一〕，有獸名狤猫，狀如水獺。其頭身及他處了無毛，惟從鼻上竟脊至尾廣寸許有毛青色，長三四分。土人捕得之，投烈火中，薪盡而此獸不傷。見《抱朴子》。豈火鼠類耶？

吕申公晦叔當國時，嘗籍記人才已用、未用姓名，事件當行、已行條目，謂之掌記。聞之前輩云。我朝楊文貞公士奇當國時，亦有手摺子，書知府已上名姓，懷之袖中，暇即展閲。

李邕字泰和，江都人，仕至北海太守，世稱李北海。杜子美所指『李邕欣識面』者〔二〕，即其人也。其父名善，注《文選》。《文選》有五臣者，吕延濟、劉良、張銑、吕向、李周翰，并李善爲六臣，皆唐人也。意當時奉旨注釋，故稱臣。唐又有中散大夫李邕，撰《金谷園記》者，不知即一人不耶？

予昨記後唐明宗與我太祖加耗，以爲仁政。按，周世宗顯德中，每石與耗一斗，此出之於官，以資轉運，非謂取之於民也。胡致堂論之曰：受挽而取耗，未嘗爲耗用，直多取以實倉廪耳。又謂不宜取而取者，省耗是也。當與而未嘗與者，漕耗是也。其意善矣。我太宗定鼎燕都，轉漕江南，較之汴宋，其費宜倍。今運軍給耗，每石已至三斗餘。而漕政疲弊，蓋有兩端：京、通交納監督者太多，運官部領刻剥者至巧。東坡知揚州，上言謂：『祖宗以來，通許綱運攬載物貨，既免征税，而脚錢又輕，故物貨流通。緣路雖失商税，而京師坐獲富庶。』按，此事想古所不禁。若今日更有法以通融之，亦漕運之一利也。

司馬温公《救荒疏》謂：『富室有蓄積者，官給印曆，聽其舉貸，量出利息，候豐熟日，官爲收索，示以必信，不可誑誘。』按，此今日救荒之上策，要在得人行之，勝於官粥賑濟多矣。

朱文公爲浙東提舉時，與丞相王季海書曰：『今上自執政，下及庶僚，内而侍從，外而牧守，皆可以交結附託而得。明公不此之愛，而顧愛此迪功、文學、承信、校尉十數人之賞，以爲重惜名器之計，愚亦不知其何説也。大抵朝廷愛民之心，不如惜費之甚，是以不肯爲極力救民之事；明公憂國之念，不如愛身之切，是以但務爲阿諛順旨之計。此其自謀，可謂盡矣。然自旁觀論之，則亦可謂不思之甚也。』吁，可謂危言矣。當時猶能容之，季海殆未易及也。

蘇黄門《古史序》曰：『古之帝王，其必爲善，如火之必熱，水之必寒。其不爲不善，如騶虞之不殺，竊脂之不穀。』晦翁極歎服之，以爲非子長所及。東坡《范文正公集序》亦曰：『其於仁義、禮樂、忠信、孝弟，蓋如饑渴之於飲食，如火之熱，水之濕，蓋其天性有不得不然者。』其言如出一轍。若其名理，則當以水之瀑爲勝。世有温泉、湯泉，寒固不足以盡水也。

林竹溪論歐、曾、老蘇、東坡所以絶出於唐以後者，以其詞必己出，不蹈襲前人，而又自然也。蹈襲者，非剽竊言語，但體製相類，筆力相似，皆是也。斯言甚足以救今日之弊。

劉原父嘗謂歐九不甚讀書，歐陽公亦謂原父文章未佳。古人各以其短相箴規，其長自見耳，非後世相傾之謂。嘗讀原父所行修書制詞，可謂高出一代。相傳食頃草九制，各得其體，豈獨長於此耳。

宋朝王氏文章之盛出於一時者，臨川王安石介甫、王安禮和甫、王安國平甫、介甫之子雱元澤、侯官王回深父、王向子直、王冏容季，皆一家。又有揚州王令逢原，並稱大家。又有王鞏定國、王詵晉卿、王無咎補之。稍後有王適子立，蘇穎濱壻也。

自古典籍廢興，隋牛弘謂仲尼之後，凡有五厄。大約謂秦火爲一厄，王莽之亂爲一厄，漢末爲一厄，永嘉南渡爲一厄，周師入郢爲一厄。雖然，經史具存，與孔壁、汲冢之復出，見於劉向父子之所輯略者，爲書凡三萬三千九十卷。孔氏之舊，蓋未嘗亡也。至隋嘉則殿乃有書三十七萬卷，可謂富矣。柳顧言等之所校定，才七萬七千餘卷，則是重復猥雜，張其數耳。《七略》之外，所增才倍之，而諸史群撰具焉。南朝盛時，梁武之世，公私典籍七萬餘卷，尚有重本，則傳世之書，惟存舊數而已。散亡之極，猶不失萬卷。唐世分爲四庫，開元著録者五萬三千九百一十五卷。魏、晉所增與釋、老之編雜出其間，亦不過三萬餘卷。而唐之學者自爲之書，又二萬八千四百六十九卷。自是日有所益矣。安史亂後，備加搜採，而四庫之書復完。黄巢之禍，兩京蕩然。宋建隆初，三館有書萬二千餘卷。自後削平諸國，盡收圖籍，重以購募。太平興國初，六庫書籍正副本凡八萬卷，固半實爾。慶曆《崇文總目》之書三萬六百六十九卷，校之《七略》，顧有不及。參互乘除，所亡益者何等書耶。洪容齋謂《御覽》引用一千六百九十種書，十亡八九。而姚鉉所類文集，亦多不存。因以爲歎。然經史子集之舊，宋亦未嘗闕焉。宣和訪求，一日之内，三詔並下，四方奇書，由此間出。見於著録者，溢出二萬五千二百五十四卷，以充館閣。高宗渡江，書籍散逸，加意訪求。淳熙間，類次見書凡四萬四千四百八十六卷，其數雖過於《崇文》，而新籍兼之。至于紹定之災，而書復闕矣。元氏亦有儲蓄。至我朝，文獻日新。今秘閣所有者，多宋、元之舊，間有手抄。予初入館時，見所蓄甚富，若《文苑英華》大書尚有數部。正德間，梁厚齋在内閣，援用監生入官，始以校正爲名，而官書乃大散逸于外矣。爲之浩歎，因記歷代故實于左。

蕭何入秦收圖籍。

漢興，大收篇籍，廣開獻書之路。

景帝末年，募求天下遺書，藏之秘府。

魯共王壞孔子故宅，得古文科斗《尚書》《孝經》《論語》等書。

武帝建藏書之策，置寫書之官。

成帝使謁者陳農求天下遺書，詔光禄大夫劉向等校定。每一書畢，向輒條其篇目，據其指意録而奏之。

光武中興，日不暇給，而入洛之書二千餘兩。後於東觀及仁壽閣集新書，校書郎班固、傅毅等典掌焉。

明帝大會諸儒於白虎觀，考詳同異，連月乃罷。

靈帝詔諸儒正定五經，刊於石碑，爲古文、篆、隸三體書法，樹之學門。

魏道武命郡縣大收書籍，悉送平城。

隋文帝分遣使人搜討異本，每書一卷賞絹一疋，校寫既定，本即歸主。

煬帝於東都觀文殿東西廂構屋貯書，東屋藏甲、乙，西屋藏丙、丁。

唐貞觀中，魏徵、虞世南、顔師古繼爲秘書監，請購天下書。選五品以上子孫工書者爲書手繕寫，藏于内庫，以宫人掌之。

玄宗幸東都，議借民間異本傳録。及還京師，遷書東宫麗正殿，置修書院於著作院，歲給紙墨筆材。元載爲相，奏以千錢購書一卷。又命拾遺苗發等使江淮括訪。

後唐莊宗同光中，募民獻書，及三百卷授以試銜。其選調之官，每百卷減一選。

明宗長興中，初令國子監校定九經，雕印賣之。

後漢乾祐中，禮部郎司徒調請開獻書之路。凡儒學之士、衣冠舊族，有以三館亡書來上者，計其卷帙，賜之金帛，數多者授秩。

周世宗銳意求訪，凡獻書者悉加優賜，以誘致之。民間之書傳寫舛誤，乃選常參官校讎刊正，令於卷末署其名銜焉。

宋太祖乾德四年，下詔購募亡書。『三禮』涉弼、『三傳』彭幹、學究朱載等皆詣闕獻書，合千二百二十八卷。詔分置書府，弼等並賜以科名。閏八月，又詔史館，凡吏民有以書籍來獻，當視其篇目，館中所無者收之。獻書人送學士院試問吏理，堪任職官者，具以名聞。

太宗太平興國初，搆崇文院以藏書。院之東廊爲昭文書庫，南廊爲集賢書庫，西廊分經、史、子、集四庫，爲史館書庫，謂之六庫。九年，又詔以館閣所闕書，中外購募。自以亡書來上及三百卷，當議甄録酬奬；餘第卷帙之數，等級優賜；不願送官者，借本寫畢還之。

仁宗嘉祐中，詔中外士庶，並許上館閣闕書，卷支絹一疋，五百卷與文資官。

神宗熙寧中，成都府進士郭友直及其子大亨，獻書三千七百七十九卷，得秘閣所無者五百三卷。詔官大亨爲將作監主簿。

徽宗宣和中，詔令郡縣諭旨訪求秘書，許士民以家藏書所在自陳，不以卷帙多寡，先具篇目申提舉秘書省以聞，聽旨遞進。可備收録，當優與支賜。或有所闕未見之書，有足觀采，即命以官，議加崇奬給還。於是滎州助教張頤所進二百二十五卷，李東一百六十卷，皆係闕遺。詔賜頤進士出身，東補迪功郎。又取到王闡、張宿等家藏書，以三館秘閣書目比對，所無者凡六百五十八部，二千四百一十七卷悉善本，比前後所進書數稍多。詔闡補承務郎，宿補迪功郎。

高宗渡江，獻書有賞。故官家藏，或命就録，鬻者悉市之。又令監司郡守各諭所部，悉上送官，多者優賞。又復置補寫所，令秘書省提舉掌求遺書，定獻書賞格。

元世祖至元庚辰，以許衡言，遣使至杭州等處，取在官書籍版刻至京師。

我太祖高皇帝於至正丙午秋，命求遺書。

太宗文皇帝遷都北京，敕翰林院，凡南京文淵閣所貯古今一切書籍，自一部至有百部以上，各取一部送京。

牛弘購求遺書，劉炫遂造僞書百餘卷，題爲《連山易》《魯史記》等録上送官取賞。後事覺，坐除名。

秦始皇三十四年，燒詩書百家語。

按：秦焚書所不去者，醫藥、卜筮、種樹之書。説者謂《易》以卜筮傳。若醫藥，惟《素》《難》最古，其次《本草》。雖稱黄帝，然皆漢人以後之書，不知先秦所遺者，今果何書耶。

【校記】

〔一〕彀：原作『彀』，據四庫全書本改。

〔二〕欣：四部叢刊景宋刊本《分門集注杜工部詩》卷十七等杜甫詩版本均作『求』。

儼山外集卷二十一

續停驂録卷下

《史記》列傳詳於戰國而略於春秋，或以爲《左氏》後出，子長所未見故爾。然諸儒明言采《世本》《左氏》《國語》《戰國策》諸書，豈子長自有深意耶？宋眉山王當嘗爲《列國諸臣傳》，效遷史凡一百三十有四人，十萬餘言，亦有贊論。人稱其議論純正、文辭簡古，則子産、叔向諸公當無憾矣。特今世少傳其書爾。

《春秋》比諸經尤難讀，簡嚴而宏大。惟其簡嚴，故立論易刻；惟其宏大，故諸説皆通。聖人筆削之旨隱矣。事按《左氏》之的，義取《公》《穀》之精，此兩言乃讀《春秋》之要法。

司馬子長有言：『左丘失明，厥有《國語》。』似是未嘗見《左傳》者。

葉石林有《春秋傳》，其序謂『《左氏》不知經，《公》《穀》不知史』，其論過矣。大抵《左氏》以事傳經，故詳於史而義略；《公》《穀》以義釋經，故深於義而事略。各名一家之書也。故『三傳』難於獨行，而可以兼考。丹陽洪興祖有言：『學者獨求於義，則其失迂而鑿；獨求於例，則其失拘而淺。』斯言得之矣。

《孟子》『爲長者折枝』，『枝』當解作『肢體』之『肢』，猶云折腰也。『枝』『支』字〔一〕，古或通用。〔二〕

類書起於六朝而盛於唐、宋，本以簡約便於文字之營搆。今其書頗多煩碎不該，反覺費力。齊、梁間士夫之俗，喜徵事以爲其學淺深之候，若梁武帝與沈休文徵栗事之類。唐、宋之間，則以資科舉應試，尤便於詩賦韻脚與剪裁餖飣之用。故先輩嗤之，以爲《韻府群玉》秀才是也。

朱子注《楚詞》，在今餘干之東山，其意蓋爲趙汝愚作也。復爲『後語』，以選古人之辭。世有議其去取之未當者，蓋楚詞之文，至東漢而病矣，況後世乎？文公之旨，則以無心而冥會，賢於不病而呻吟者爾。此爲第一義也。

中山劉禹錫敍《韋處厚文集》曰：『公未爲近臣以前所著詞賦、贊、論、記、述、銘、志，皆文士之詞也，以才麗爲主。自入爲學士至宰相以往，所執筆皆經綸制置，財成潤色之詞也，以識度爲宗。觀其發德音、福生人，沛然如時雨；褒元老、論功臣，穆然如景風。命相之册和而莊，命將之誥昭而毅。薦賢能，其氣似孔文舉；論經學，其博似劉子駿；發十難以摧言利，其辯似管夷吾。』其推賞甚盛矣。今處厚之集人間少見，信如所序，當居陸宣公、韓文公之右矣。然述其所論次者，亦可爲摛文之典要也。

高似孫《子略》摘取《文子》精語云：『神者智之淵，神清則知明；智者心之府，智公則心平。』似有見者，但論知却是倒説，當曰：『心者智之府，心平則智公。』

馬《記》班《書》，並爲史家冠冕。後有作者，不能是過。然毁譽之言，殆非一家，聊記人倫之鑑。其稱馬者則曰：太史公書，指意之深遠，寄興之悠長，微而顯，絶而續，正而變，文見於此而義起於彼，有若魚龍之變化，不可得蹤迹者矣。非之者曰：以三千年之史籍，而跼蹐於七八種之書，所可爲遷恨者，博不足也；全用舊文，間以俚俗，所可爲遷恨者，雅不足也。譽班者則曰：西漢著書，制作之工，如《英》《莖》《咸》《韶》，音節超詣。後之作者，莫能及其彷彿。罵之者曰：六帝之前，盡竊遷書，既不以爲慚；六世之後，資於賈逵、劉歆，復不以爲恥。不但互相短長而已，學者將孰據耶？

自三代以來，廟制各不同。按《喪服小記》，王者立四廟。《禮緯》又謂夏無太祖，宗禹而已，則五廟。殷人祖契而宗湯，則六廟。周祖后稷而宗文、武，則七廟。故天子七廟，有其人則七，無其人則五。若諸侯廟制，雖有其人，不得過五，王肅謂君臣同制者，非也。夫禹之父鯀，嘗郊矣而不廟；文王猶事殷也，而百世不遷。然則親親尊尊何説耶？

文公論昭穆，亦具二説。按昭之爲言朝也，取其向明也；穆之爲言北也，取其深遠也。古者宫室皆東向，故昭穆之義起於南北，而無取於東西也。文公謂群廟之列，則左爲昭，右爲穆；

祫祭之位，則北爲昭而南爲穆。故《中庸章句》亦謂之『左昭右穆』云。其論太祖特廟，則云生居九重，窮極壯麗，没祭一室，不過尋丈之間，以爲孝子順孫之心有所不安。若然，則秦皇、漢武之所爲厚葬猶爲合理歟？恐於幽明人鬼之義，皆爲未精，豈一時有爲之言耶？

《曾子問》：『尸，神象也。』〔三〕此言極有意義。古人用尸以象神，正是欲收斂生者之精神以奉祭，與思成羨墻之義合。文公謂古人用尸，本與死者是一氣。又以生人精神去交感他那精神，是會附着他歆享。此近於巫覡之説。

班固贊漢帝系曰：『涉魏而東，遂爲豐公。』豐公即太上皇。自豐公已上無聞焉。其後申屠嘉等議以高帝爲太祖之廟，文帝爲太宗之廟。漢之廟制如此，未嘗上推，最近朴實。

婁敬説高祖都關中，其論美矣，雖子房亦亟是之。所謂阻三面而守一隅，以制東諸侯。此亦乘秦之弊而言爾，其詳於内而略於外甚矣。山東諸侯，皆吾中原故土，施德行仁，文經武緯，何所不可。自今觀之，關中形勝，乃當西北二虜。故漢、唐都長安，數有虜患，皆慘於東諸侯，正難以執一論也。

唐張齊賢曰：『始封之君，謂之太祖。太祖之廟，百世不遷。』漢高起布衣，無始封祖，即高祖爲太祖。魏、晉亦然。想當時，無禘祭，有祫祭而已。商、周之稷、契，正如人家門第，偶自有人。苟無其人，何必模倣以自誣其上世也。

姚崇、宋璟，並號名相。當玄宗將幸東都，適太廟四室壞。宋璟則曰：『陛下三年之制未終，遽爾行幸，恐未契天心，災異爲戒。願且停車駕。』姚崇則曰：『太廟屋材，皆苻堅時物〔四〕。歲久朽腐而壞，適與行期相會，何足異也。且王者以四海爲家，陛下以關中不稔幸東都，百官供擬已備，不可失信。但應遷神主於太極殿，更修太廟。如期自行耳。』玄宗大喜，從之。褚無亮以爲隋文富有天下，遷都之日，豈取苻氏舊材以立太廟乎？此諂諛之言耳，玄宗亦弗聽。自古帝王樂於適己，況玄宗乎？但姚崇豈應如此舉措？姚、宋之優劣，於此見矣。

漢宣詔尊孝武爲世宗，夏侯勝議獨曰：『武帝雖有攘四夷、廣土斥境之功，然多殺士衆，竭民財力，奢泰無度，天下虛耗，百姓流離，物故者半。蝗蟲大起，赤地數千里，或人民相食，畜積至今未復。無德澤於民，不宜。』公卿共難勝曰：『此詔書也。』勝曰：『詔書不可用也。人臣之誼，宜直言正論，非苟阿意順旨。議已出口，雖死不悔。』於是得罪下獄，而世宗竟立廟。按，勝不諱本朝而執議甚堅，此可見漢世士大夫質直如此。獨存古意，言不行可也。

漢調兵之制，民年二十三爲正，一歲爲衛士，二歲爲材官騎士，習射御騎馳戰陳。年六十五衰老，乃得免爲庶民，就田里。唐太宗府兵，亦有凡民年二十爲兵、六十而免之制。按，此法甚善，今宜用之於三邊。始於軍，餘及於土著，厚其資糧，給之器械，則勝兵可得，比於鎮兵、京卒調遣，過之遠甚。

南宋名將稱張、韓、劉、岳，葉水心論之曰：『究其勳庸，多是削平内寇，撫定東南。縱有小勝，不能補過。卒用屈己講和之策，以成宴安江沱之計。』予以爲此責備之詞爾。又指其實而議之曰：『自靖康破壞，維揚倉卒，海道艱難，杭、越草創。而諸將自誇雄豪，劉光世、張俊、吴玠兄弟、韓世忠、岳飛，各以成軍雄視海内。玩寇養兵，無若劉光世；任數避事，無若張俊。當是時也，隨意誅剥，無復顧惜，志意咸滿，仇疾互生。非特北方不可取，而南方亦未易定也。』此其論宜公矣，豈二吴、韓、岳尚未免此耶？及觀汪彦章之奏劾，有曰：『劉光世、韓世忠、張俊、王𤫉之徒，身爲大將，飛揚跋扈，不循法度，所至驅虜甚於夷狄。』又曰：『張俊明州僅能少抗，奈何敵未退數里間而引兵先遁，是殺明州一城生靈。而高宗再有館頭之行者，張俊使之也。杜充守建康，韓世忠守京口，劉光世守九江，其措置要害非不善也。而世忠八九月間，已掃鎮江所儲之資，盡裝海船，焚其城郭，爲逃遁之計。杜充力戰于前，世忠、王𤫉卒不爲用。光世亦偃然坐視，不出一兵。方與韓某朝夕飲宴〔五〕，賊至數十里間而不知，則失建康，犯兩浙，乘輿震驚者，世忠、王𤫉使之也。失豫章而太母播越，六宫流離者，光世使之也。俊自明引兵至温，道路一空，民皆逃奔山谷。世忠逗留秀州，放軍四掠，執縛縣宰，以取錢糧。雖宸翰召之三四而不來。元夕取民間子女，張燈高會。𤫉自信入閩，所過邀索千計，公然移文曰，無使枉害生靈。其意果安在哉？』當時事勢若此，高宗周旋其間亦難矣。彦章欲先斬王𤫉，以次論法。又欲於偏裨中擇人，陰爲諸將之代。當時偏裨中，不知果有出於諸將之右者乎？

鼂錯言于文帝曰：『遠方之卒守塞，一歲而更，不如選常居者，家室田作，且以備之。以便爲之高城深塹，具藺石，布渠答，復爲一城其內。城間百五十步，要害之處，通川之道，設立城邑，毋下千家，爲中州虎落。』

本朝丘文莊公濬有言：長生邊陲者，慣戰而耐苦，不徒爲國，而亦各自爲其家。皆通論也。

後魏經略江淮，於水運之次隨便置倉，水次倉自此始。

唐御史大夫李承嘉，嘗召諸御史責曰：『近日御史言事，不咨大夫，禮乎？』御史蕭至忠曰：『御史人君耳目，比肩事主，得自彈事，不相關白。若先白大夫，而許彈事，如彈大夫，不知白誰也。』至忠之言侃侃，綽有風裁。惜乎承嘉出於私意，一時語塞。若有至公之心，盍應之曰：『如彈大夫，即白大夫，有何不可？』今制，御史有劾坐堂都御史者，亦即具呈。此尤可見公道。

宋制，御史入臺滿十旬無章疏者，有辱臺之罰。此意雖善而不圓，使十旬之內無事可言，須强聒耶？夫御史之言，當考其當否與大小，不當拘其疏數與近遠。

梁阮孝緒著《高隱傳》，分爲三品：言行超逸，名氏弗傳，爲上篇；始終不耗，姓名可録，爲中篇；挂冠人世，栖心塵表，爲下篇。劉敞兄弟讀其中篇，凡一百三十七人。予頗愛其有義例，不必風猷，具姓名亦可也。

蘆織席在處有之，吾海濱人謂『蘆蕟』。自六朝已有此語，從草從廢，名見《劉敞傳》。鄉人謂織席時蘆每飛起，故『飛』聲轉而爲『廢』，亦方言也。

河入中國，古今異宜。後世講河事者非一家，總之文多實少，故罕成迹，惟有費才力費日月，以俟其自定而已。《禹貢》曰『浚川』，《孟子》曰『水由地中行』。此二言者，古今不可易之定理也。後世之明於河事者，亦有賈讓之三策，亦有賈魯之三法。若余闕所謂中原之地，平曠夷衍，無洞庭、彭蠡以爲之匯，故河嘗横潰爲患。斯言也，尤爲要切，似非諸家所及。大抵河患有二：曰決，曰溢。決生於不能達，溢生於無所容。徙潰者，決之小也；汎濫者，溢之小也。雖然，決之害間見，而溢之害頻歲有之。被害尤大者，則當其衝也，是與河争也。其原蓋由於戰國，非一日矣。使賈魯之三法遂而有成，亦小補耳。且當歲歲爲之，其勞其費可勝言哉？今欲治之，非大棄數百里之地不可。先作湖陂，以豬漫波；其次則濱河之處，倣江南圩田之法，多爲溝渠，足以容水；然後濬其淤沙，由之地中，而後潤下之性、必東之勢得矣。

三年耕，必有一年之蓄。以三十年之通制國用，自商、周謂之王制，法莫善於此者矣。自今更有可論者。蓋古者建都，皆在西北，其地高炕，可以蓋藏。又即其地之所出者，亦少轉輸之費。今京師北莫，經費咸仰給於東南。東南卑濕，再歲無糧。漕輓以來，每石必倍。雖使力耕常稔，浥爛之餘與船運之費，亦已再倍矣。求一年之餘於三年之内，比古尤難。愚謂冗食不可以不汰，而廢田不可以不開。區區徒事於東南，其未形之變，可勝道哉！

『一騎紅塵妃子笑，無人知是荔枝來。』此唐玄宗時事。説者以爲瀘州充貢耳，荔枝鮮味不堪遠寄。漢和帝時，明言南海獻荔枝、龍眼，則來長安遠矣。

宋神宗初，宗室袒免之外，不復推恩；袒免之内，以試出仕。蘇穎濱文。

本朝初，總計天下税糧共二千九百四十三萬餘，浙江一布政司二百七十五萬二千餘，蘇州一府二百八十萬九千餘，松江一百二十萬九千餘。浙當天下九分之一，蘇贏於浙，以一府視一省，天下之最重也。松半於蘇，蘇一州七縣，松才兩縣，較蘇之田四分處一，則天下之尤重者，惟吾松也。

黄河水異，凡立春後凍解，候水初至凡一寸，則夏秋當至一尺，謂之『水信』。二月、三月曰『桃花水』，春末曰『菜花水』，四月末曰『麥黄水』，五月曰『瓜蔓水』，六月中旬後曰『樊山水』，七月曰『豆花水』，八月曰『荻苗水』，九月曰『登高水』，十月曰『復漕水』，十一月、十二月曰『蹙凌水』。非時汎漲，曰『客水』。其勢移袱横注，岸如刺毁，曰『劄岸』。漲溢踰防，曰『抹岸』。掃岸故朽，潛流刺其下，曰『搨岸』。浪勢旋激，岸土上隤，曰『淪捲』。逆漲曰『上展』。順漲曰『下展』。直流中屈曲橫射，曰『陘窋』。水猛驟移，其將澄處，望之明白，曰『拽白』，又曰『明灘』。其汨起處輒能溺舟者，曰『薦浪水』。水退淤澱，夏則膠土肥腴。初秋則黄滅土，頗爲壤。深秋則白滅土，霜降後皆沙也。

荼之名，見於王褒《僮約》。

黄小，唐制，凡民始生爲黄，四歲爲小。

輿地以河南爲中，而汝寧又居河南之中，故汝陽縣北三里有山名『天中』云。測影植圭，莫準於此。

予爲國子司業時，彭幸庵澤以太子太保爲都察院左都御史，欲舉曹端從祀夫子廟庭，以爲本朝理學之冠。予時不敢主張，予亦不甚知其爲人。及來提學山西，始訪求之。端字正夫，别號月川，澠池人。永樂戊子鄉舉，己丑中副榜，仕爲霍州、蒲州學正。後卒，葬霍州高氏原。正統間，蒲州謝御史琚記其祠堂，有曰：聖朝道學大明，崤、澠之間有月川曹先生出焉。自幼以聖賢爲己任，其言曰：佛氏以空爲性，非天命之性，人受之中；老氏以虚爲道，非率性之道，人由之路。嘗著《家規輯略》，釋《太極》《西銘》《通書》。又作《存疑録》《夜行燭》，編《儒家宗統譜》，撰《月川詩圖》，《孝經》有『述解』，性理有『文編』。孝親弟長，崇正厚倫。其稱述如此。又按，幸庵西歸時，曾束河南巡撫都憲李梧山先生充嗣曰：我朝一代文明之盛，經濟之學莫盛於誠意伯劉公、潛溪宋先生，至於道學之傳，則斷自澠池月川曹先生始也。先生少負奇質，知讀書即慕聖賢之學。修己教人，治家事親，奉先化俗，率自躬行心得以推行之。爲霍、蒲二庠學正，三典陝西文衡。四方學者從之甚衆，虛往實歸，各有成就，河東薛文清公最推尊之。先生再典霍庠教也，霍人事先生如父母。既而卒於霍，遂留葬於彼。吾蘭翰林編修卓庵黄先生過澠池，拜其祠而詢其墓所，僉曰在霍。卓庵嘆曰：狐死正丘首。老先生一代名儒，魂魄獨不思故鄉乎？遂捐貲屬縣尹並乃郎琇等移葬澠池。今其子孫有爲省祭官監生者。而其所著書不下千種，藏於家，亦有刊行傳布者。又曰：曹先生子孫門祚衰薄，遺書亦恐久而散亡矣。據所稱許，蓋好學篤信之人，其於斯文道統之所繫者，竟何如也。予少嘗得其所著《四書詳説》者，要皆羽翼朱『傳』，似亦舉業之書也。當訪其遺書并考論之。彭東所指卓庵，即黄諫廷臣先生也。

異端文字，不能不作，要有體裁。揭文安公傒斯嘗爲元宗室作《長明燈記》，有曰：『夫燈者，所以繼日月之明也。日雖至明而不能恒乎夜，月雖至明而不能燭乎晝，故必假膏火以濟其明。日月之明不可已，而膏火之明亦不可已。譬猶人君之治天下，雖極明盛，不能徧觀，必假乎臣以達乎明而被乎物。故天下不可一日無明君，亦不可一日無賢臣。』其文暢達，可以爲法。

《東漢淮瀆廟記》

延熹六年正月八日乙酉，南陽太守中山盧奴君，處正好禮，尊神敬祀。以淮水出平氏，始於大復，潛行地中，見于陽口。立廟桐柏，春、秋崇奉。災異告愬，水旱請求。位比諸侯，聖漢所尊。受珪上帝，太常定甲。郡守奉祀，齊潔沉祭。從郭君以來二十餘年，不復身至。遣行承事，簡略不敬。明神弗歆，災害以生。五嶽四瀆，與天合德。仲尼慎祭，常敬神在。若淮則大聖，親之桐柏，奉建廟祀，崎嶇逼狹。開拓神門，立闕四達。增廣壇場，飾治華蓋。高大殿宇，整齊傳館。石獸表道，靈龜十四。衢廷弘敞，宮廟高峻。祇慎慶祀，一年再至。躬進三牲，執玉以沉。爲民祈福，靈其報祐。天地清和，嘉祥昭格。禽獸碩茂，草木紛紛。黎庶賴祉，民用作頌。其詞曰：泫泫淮水，聖禹所導。湯湯其逝，惟海是造。疏穢濟遠，柔順其道。弱而能強，仁而能武。晝夜不舍，明哲所取。寔爲四瀆，與河合矩。烈烈明府，如古之則。虔恭禮祀，不愆其德。惟前廢弛，匪功匪力。災異以興，陰陽以忒。陟彼高岡，臻茲廟側。肅肅其敬，靈其降福。雍雍其和，民用悅服。穰穰其慶，年穀登殖。望君輿馬，扶老抑息。慕君塵軌，奔走忘食。懷君惠賜，思君罔極。于胥樂兮，傳千萬億。按，漢碑之傳世，完好能讀如此者鮮矣。或云浚儀吴炳嘗重定其文而書之。

《論語》『《詩》、《書》、執禮』，傳者云禮獨言執者，以人所執守而言，似費分疏。愚恐『執』

字有誤，疑即『埶』字耳，『埶』『藝』古通用，所謂『游於藝』也，不知是否。『執禮』之文，再無經見，況『子不語怪、力、亂、神』，與此章互相發，各是四者。按，古稱六經，亦謂之六藝。此之『雅言』，或是《詩》《書》《禮》《樂》耳。蓋《易》具性命，子所罕言。《樂》，一埶也，故又曰『成於樂』。〔六〕

吴幼清曰：『兵農既分，制雖非古，然兵受廪給，不耕而食，雖勞而不怨；民出賦税，免於征行，雖貧而不勞。若夫募兵之法，懸以重賞，使自應募，而又使之二十備戎行，五十免軍役。』此可謂通論，於今可行。

《盤盂》，黄帝史孔甲所作也，凡二十六篇。名見《漢書·田蚡傳》。

《中庸》雜出《戴記》，至二程始尊信而表章之。今獨行，與六經並。晉戴顒嘗傳《中庸》，梁武帝爲《中庸講疏》，然已有知《中庸》者矣，非但始於宋也。

俞永，華亭人。洪武中知汝州魯山縣，首革吏弊，決積訟，修學校，親爲諸生講説經史，正句讀，校文理，士風翕然以盛。陞禮部主客司主事。見《河南通志》。

【校記】

〔一〕支：四庫全書本作『肢』。

〔二〕此條另見《儼山外集》卷一《傳疑録上》。

〔三〕尸，神象也：見《禮記·郊特牲》。

〔四〕苻堅：原作『符堅』，據四庫全書本改，下同。

〔五〕某：原爲空格，據四庫全書本補。

〔六〕此條另見《儼山外集》卷一《傳疑録上》。

儼山外集卷二十二

科場條貫

洪武十八年，令會試主考官二員、同考官三員，臨期具奏，於翰林院官請用。其餘同考五員，於在外學官請用。

本朝鄉試用子、午、卯、酉年，會試用辰、戌、丑、未年。惟前癸未年因太宗渡江，用明年甲申會試；天順癸未科場災，至秋復試，以明年甲申殿試。

會試

《會試録》亦稱《小録》，見於正統七年，禮侍王英前序。是年同考則有永新縣知縣陳負韶、京衛武學教授紀振，俱進士，岐陽縣教諭彭舉。彌封、謄録、對讀官俱用部屬。中式十二名李森，都察院吏；三十三名南昱，刑部吏；一百廿一名鄭温，松陵驛驛丞。

十年，同考則有禮科給事中侯潤、一教授、二教諭。是歲中式者無他流。

十三年，侍講杜寧爲副考官，同考有二教諭、一訓導。有辦事官舒庭謨中一百二十五名。

景泰二年，知貢舉官胡濙、楊寧，俱禮部尚書，副考官修撰林文，同考則有刑部主事錢博、廣東參政羅崇本、一教授、一學正、一訓導。

五年，考試官商輅。輅，正統十年進士，闈三科爲正考官，已至兵侍兼翰林學士、春坊大學士。同考則侍講兼中允楊鼎、贊善兼檢討錢溥，皆己未進士。先一年奏准，會試考官，翰林、春坊專其官，京官由科第、有學行者兼取以充。是年郡縣教職爲同考者絶矣。而受卷、彌封、對讀官，則用知縣、知州等官爲之。

天順元年，副考吕原，通政司右參議兼侍講。同考錢溥，尚寶司少卿兼編修；李泰，尚寶司丞兼編修。是時英廟復辟，官制更改，徐俛以翰林典籍爲房考，彌封官則用府同知矣。

四年，閻禹錫以國子學正爲房考。

七年，科場火，移于秋試。是科五經刻文三篇，論刻一道，文盛於是矣。

成化二年，供給官則用禮部精膳司員外張顯矣。五經亦刻三篇，第二場刻詔。

五年，每歲翰林同考敍官，同陞者序科。是歲惟周經以庚辰序於丙戌之後。

八年，科場條貫略定矣。

十一年，編修林瀚敍於己丑之下。

十四年，同考則有行人司右司副張祥。

廿二年，尹閣老直主考，『序』稱宣德丁未，大學士楊士奇議會試取士分南北卷，北四南六，既而以百乘除，各退五爲中數。是年從言者又各退二卷，以益中數云。

舊制俱以八日鎖院，至成化二年，裁定以二月七日鎖院。唯弘治五年以郊祀齋命先一日，蓋六日云。

洪武十七年，頒行科舉成式，會試同考八人。

正德六年，劉閣老忠主考，『序』云：舊制五經同考，總爲十四人。近以《易》《詩》卷浩繁，各增一人，爲十七人。據正統元年才八人；至景泰五年增二人，爲十人；天順四年又增二人，爲十二人；成化十七年又增二人，爲十四人。

洪武三年庚戌，始開科取士。士之就試者一百三十三人，中式者七十二人。主試則御史中丞劉基、治書侍御史秦裕伯，同考則翰林侍讀學士詹同、弘文館學士睢稼、起居注樂韶鳳、尚寶丞吴濳、國史宋濂，而序出於濂。八月京畿鄉試。會試合河南、陝西、北平、山東、山西、江西、湖廣、浙江、廣東、廣西、福建十一省之士，而高麗之士亦與焉。就試之士二百，中式者百二十人。而景濂復爲分考，復爲之序。

弘治七年，始命《小録》中考試等官，不許稱張公、李公。

洪武十七年，始頒行科舉定式，三年大比，各次年會試，鄉舉猶未限名也。吏胥不許應試，則在四年之詔。

永樂十五年，兩京始命翰林、春坊官主考。

景泰元年，令鄉試同考用五人，專經考試。

洪武辛亥秋八月，京畿鄉試，兵部尚書吴琳、國子司業宋濂爲主試，其受卷、謄録、對讀、彌封等官皆廷臣云。

儼山外集卷二十三

豫章漫抄一

南昌武寧縣地名常州亥，蓋市井之區。謂之亥者，不知何所取義，豈方言耶？嶺南謂之虚，柳子厚詩『緑荷包飯趂虚人』是已，其義蓋取市會不常，多虚日也。又古語云『市朝滿而夕虚也』，古詩云『日中市朝滿』，其語多有所本。按，『虚』『墟』古字通用，丘墟或有壟斷之義。惟西蜀謂之痎，解之者曰『如瘧痎間而復作也』，甚無謂。北方謂之集，聲轉亦謂之積，豈痎即集之謂耶？南方謂之行、鎮、店。南中諸夷謂之場，每以丑、卯、酉日爲市，故曰兔場、牛場、雞場。豈用亥日爲市，故謂之亥云？

朱宗晦，華亭人。洪武間知靖安，《縣志》稱其愛民禮士，潔己奉公，修壇壝，興學校，治橋道，勸農桑，綽有政聲。

洪武間松江太守黄輅字子威，進賢人；宣德間蘇州太守況鍾字伯律，靖安人：皆起吏員，皆生南昌，皆有能聲。

《江西通志》載：『豐城朱善備萬，洪武初赴廷試第一，授翰林院修撰。』則備萬當爲本朝狀元第一，而無録傳焉。《實録》所載：『善，洪武初爲郡學教授，八年被薦，除翰林修撰，後陞文淵閣大學士，卒。』與《通志》微不同。按，本朝科第，鄉試則以子、午、卯、酉年，會試則以辰、戌、丑、未年，因事則移易。故進士科有兩甲申：其一以太宗渡江，其一以文場火故也。太祖以洪武三年庚戌鄉試，明年辛亥，則吴伯宗爲狀元。後至十八年開科，值乙丑，則程以善爲狀元，一云陳以善，《登科録》又載丁顯。按，臨江練安子寧登洪武乙丑榜第二名，則花綸爲狀元，今《金川玉屑》中所載《送花狀元應詔歸娶詩》。又按，《水東日記》載高皇帝夢雙絲墜地，時張顯宗狀元及第，豈即丁顯，或更姓耶？二十一年戊辰，則任亨泰爲狀元。世傳太祖首開科得亨泰，甚喜。其名蓋據所刻《登科録》而言，其實不然，自任以前已有人矣。辛未則許觀，《備遺録》以爲黄觀。今《登科録》所載則韓克忠，是歲六月再廷試故也。甲戌則張信。丁丑則陳安。庚辰則胡靖，建文之首科也，更名廣。一云本名廣，靖則唱第時所更也。

浮梁程尚書瑀記漫吾亭曰：『夫遠名利之畏途，而從事於谿山之勝，是舍世間之桎梏，就物外之羈馵，不近以五十步笑百步也。』其言似有見者。

商文毅公輅字弘載，仕至尚書、大學士。自鄉試至廷試皆第一，世稱爲三元。本朝三元者，唯文毅一人。

泰和尹文和公正言《瑣綴録》中所載，佀鍾、强珍二公以名相謔，事固有偶然者。因憶予乙丑科内閣試庶吉士，以『春陰』爲詩題，下註『不拘體』。同年王韋欽佩作歌行，爲諸老所賞。時柴墟儲静夫巏爲太僕少卿〔一〕，過訪欽佩。予時在座，因索其稿讀之，至警句云：『朱闌十二晝沈沈，畫棟泥融燕初乳。』柴墟擊節歎賞曰：『絶似温、李。』予曰：『本是王、韋。』蓋指摩詰、蘇州以戲之，爲之一笑。吉水徐舜和先生穆爲翰林侍讀，以生朝設席，邀諸吉士會飲。凡同年會皆序齒，若至座主家，則門生遜一席。舜和嘗考《易》房，時徐子容、穆伯潛皆執門生禮。舜和以次行酒，大聲曰：『徐、穆二生坐於此。』而忘其名之自呼也，亦爲之一笑。

誠意伯劉基，嘗丞高安，登至元間進士，蓋重紀至元云。

黄恭，正統間贛州知府。《通志》備書其律己謙卑，莅事勤慎，興學校，勸農桑，以憂去，郡人至今思之。吾松江人，由舉人。

世間戲戲之具，惟奕盛傳，其次則象戲，又次則抹牌。近刻《打馬圖》，人少習之。又别有七國象棋，以爲出於温公，或未必然，亦猶俗云堯以奕誨丹朱也。至《南史》諸紀傳中，却載圍棊在第幾品，此尤可笑。古之樗蒲、陸博，今皆不傳。漢魏所尚彈棋，亦不復見矣。想諸伎倆，亦自隨時興廢，而俚俗者尤爲不常。元滕玉霄自敍，少時以累棋蠟鳳爲戲，不知所謂蠟鳳者又何事耶？黄山谷小詞又有打揭之戲，至謂『小五出來，跋翻和九。若要十一花下死，管十三不如十二』，似有譜者。此雖無益之事，覽之茫然，殊以博洽爲愧。

景時字秀發，華亭人。宋慶元三年，知吉安府龍泉縣。水沴之餘，一意拊摩，催科不迫，修學校，建譙樓、縣倉。嘗曰：『吾於龍泉政事，無以踰人。惟「不擾」二字，始終守之。』

宋孝宗升祔，將復祧廟。孫逢吉言：『太祖造邦，與漢高帝同，而未正東向之位，當此時宜更定。』晦庵時爲侍講，不以爲然。以爲殷、周之祖，是謂稷、契。典禮不遠稽於三代，乃近法於漢唐。逢吉曰：『我宋之興與商、周異，安得以稷、契爲比？不酌人情而必曰三代，人將得而議矣。』此當以逢吉之言爲正。逢吉字說之，龍泉人。

江西大家賴糧經催之人，往往設法取償於小户。有糧不滿升者，索銀至五六錢，其名曰『小包大』。吾邑三鄉，歲難並稔。大家有立户在此一鄉而田畝在彼一鄉者，此鄉遭荒而彼鄉成熟，則據户蠲免，謂之『熟作荒』。事相偶類，皆弊政也。

紅巾賊李明，號『饒大膽』，據安福凡十年。甲辰，鄧國公愈擒其父子，始平之。元末兵起，皆以紅抹額稱紅巾者，不獨一李明也。按，元至正十二年壬辰正月，紅巾破九江。閏三月，蘄、黄、沔陽紅巾破江州，江州即九江。我太祖高皇帝以是年六月，與中山王等二十四人始起義，略定定遠。後戊戌，紅巾徐真一下陳友諒始據江西，時改元天啓。明年己亥爲天啓二年，四月又改天定。五月，陳友諒自稱大義元年庚子。辛丑年十一月，餒陳參政據泰和，改稱龍鳳七年。

明年壬寅二月，又作大義三年。癸卯大義四年八月，友諒敗亡，改德壽元年。明年甲辰德壽二年，仍改稱龍鳳十年。明年乙巳，又明年丙午，至丁未爲吴元年。戊申正月初四日，我太祖高皇帝改元洪武。按，癸卯即至正二十三年，時明玉珍僭號于蜀，自將紅巾三萬攻雲南，亦稱紅巾云。

江西府、州、縣皆被帶山谿，有田有險，其阻深者尤勝。大抵賦税難清，盜賊易起，則府州官之入銜，如前代勸農、監押之類，皆不可廢，而縣令尤急。按，唐縣七等：一曰赤，京都所治；二曰畿，京之旁邑；三曰望，滿四千户；四曰緊，三千户以上；五曰上，千户以上；六曰中，不滿千户；七曰下，五百户以下。凡注爲令，總治民政，勸課農桑，與户口、賦役、錢穀、賑濟、給納之事皆掌之。有孝弟行義聞于鄉閭者，申州激勸，則勵風俗。有戍兵，則兼兵馬都監或監押，其職守若是。宋政和二年，詔縣令以十二事遵行：一曰敦本業，二曰興地利，三曰戒游手，四曰謹時候，五曰戒苛簡，六曰厚蓄積，七曰備水旱，八曰戒宰牛，九曰置農器，十曰廣栽植，十一曰恤田户，十二曰無妄訟，而以勸課農桑總之。因考前代官制，漫録於此。

宋府設官

知軍事、通判軍事各一員，並兼管内勸農、營田事。

軍判官一員。

録事、司理、司户、司法參軍各一員。

軍學教授一員。 兵馬都監本軍駐劄一員。

監押四員，添差者不與。 巡檢一員。

巡轄馬遞鋪一員。 監在城酒税一員。

監户部贍軍酒庫一員。

元府設官

總管府達魯花赤、總管各一員，皆兼管内勸農事。

同知、治中、府判各一員。

推官二員。

經歷、知事、照磨兼架閣各一員。

司獄一員。

中萬户達魯花赤、正萬户、副萬户各一員。

鎮撫、經歷、知事、照磨各一員。

千户所一十一奕，每奕千户三員。

百户三十員。 彈壓三十員。

每奕又各有首領官一員。

宋州設官

知軍州事、通判軍州事各一員，並兼管内勸農、營田事。

軍事推官、軍州判官各一員。

録事、司理、司户、司法參軍各一員。

軍學教授一員。

兵馬都監本軍駐劄一員。

監押四員，添差者不與。

巡檢一員。

巡轄馬遞鋪一員。

監在城酒税一員。

監户部贍軍酒庫一員。

元州設官

達魯花赤、知州各一員，並兼管内勸農事。

同知、州判各二員。

提控案牘、都目各一員。

儒學教授、學正、學録、直學各一員。

六齋訓導各一員。

官州峽江提領各一員。

税務提領大使、副使各一員。

酒務提領大使、副使各一員。

宋縣設官

知縣一員，兼管内勸農、營田事。　縣丞、主簿、縣尉各一員。

元縣設官

達魯花赤、縣尹各一員，並兼管内勸農、營田事。

縣丞二員。　主簿、縣尉、典史各一員。

教諭一員。　訓導四員。

蒙古學教授、學正各一員。

醫學教授、學正、學録各一員。

惠民局官醫提領一員。

陰陽學教授一員。

税課提領大使及副使各一員。

酒務提領大使及副使〔二〕各二員。

驛提領一員。　鎮、市巡檢各一員。

【校記】

〔一〕儲静夫罐：原誤作『儲静夫罐』。

〔二〕大使及：原作『及大使』，據四庫全書本改。

儼山外集卷二十四

豫章漫抄二

袁州萬載縣西北行百里，有慈化寺，爲普庵道場。周里餘，甚爲宏闊。四圍皆山，面浸池水如半月。有二十四寮，僧衆至二三千，正殿深十八丈餘。後園中有側柏甚奇，以三人圍之少弱二尺，高二三丈已上分爲兩岐，至頂則禿，而枝鬚如根。相傳以爲普庵手植，乃倒栽之，此難盡信。但木末枯枝堅如鐵石，風霜所不能摧折，爲少異爾，然數百年物也。又西過青谿，喻氏有一柏植谿上，絶似慈化，但殊小而頂尤尖禿。此樹與江南垂絲檜是一類，但柏身柏葉耳。

『國朝儒臣出翰林者，類謚爲文，惟劉忠愍從其所重，陳莊靖則避其名。』此李文正公序《董文僖集》語也。按，曾棨謚榮襄，金忠謚文忠，是翰林亦有不謚文，而謚亦未嘗避名者，恨無從質證也。

先聖之祥有麟書、定世符，流傳怪異，初不藉是以爲輕重，其實讖緯之始也。若甕書云：『後世修吾書，董仲舒；護吾車、拭吾履、發吾笥，會稽鍾離意；璧有七，張伯懷其一。』秘書云：

『後有一男子，自稱秦始皇。上我堂，踞我床，顛倒我衣裳，至沙丘而亡。』端門書云：『趍作法，孔子沒。周姬立，彗東出。秦人滅，胡亥術。書既散，孔不滅。』皆叶韻可讀，特其文明白，無隱語廋詞，如讖緯之艱澀者，疑皆事後好奇者爲之爾。

嘉靖十二年，予以八月廿六日江藩履任。九月六日，過各道相訪，入湖東道。未時未盡，於東方見月，時鄭大參時夫、朱少參子純共觀而異之。十一月二日，予出巡湖西。是日天氣朗霽，晚將至市汊，於西方見新月。前月乃小盡，是月冬至在二十七日大盡所餘三日。明年乃閏二月，以月驗之，則是月該小盡。若非推步之誤，則躔度之差，必居一於此矣。予庚寅歲在山西，別記冬至與歲閏亦差一日云。《推閏歌括》云：『欲知來歲閏，先算至之餘。更看大小盡，決定不差殊。』謂如二十日冬至，則所餘十日，來歲則閏十月，小盡則九月。如冬至在上旬，則數足十二日除之，更從一起數焉。

廬山天池寺以周顛仙興建。我太祖高皇帝御製《周顛仙傳》甚奇古，中載顛仙以手畫地成圈，指謂太祖曰：『打破箇桶，做箇桶。』蓋隱語代革之事。桶，統也。今人所戴小帽，以六瓣合縫，下綴以簷如桶。閻憲副尚友閎謂予言，亦太祖所製，若曰六合一統云。楊維禎廉夫以方巾見，太祖問其製，廉夫對以『四方平定巾』。太祖喜，令庶人皆得戴之，重佳名也。商文毅公輅召用自編民，亦以此巾見。

洪武二年二月壬辰，以翰林直學士詹同、侍讀學士秦裕伯爲待制，袁渙、睢稼爲翰林應奉。裕伯，大名人，從父仕元都，就學胄監，登第，累官至福建行省郎中。會世亂，棄官寓揚州，復避地松江之上海以養母。時張士誠據姑蘇，遣人招之，拒不納。吴元年，上命中書檄下松江起之。裕伯對使者曰：『裕伯受元爵禄二十餘年，背之，是不忠也；母喪未終，忘哀而出，是不孝也。不孝不忠之人，何益於人國。』乃上書于中書固辭。洪武元年，省臣復檄起之。裕伯稱疾不起。上乃手書諭之曰：『海濱之民好鬭。裕伯智謀之士而居此地，苟堅守不起，恐有後悔。』裕伯拜書，遂入朝。裕伯博辨，善爲辭説，上欲命以官，屢以故辭，至是以爲待制。

洪武二年三月，上與翰林待制秦裕伯等論學術。上曰：『爲學之道，志不可滿，量不可陋，意不可矜。志滿則盈，量陋則驕，意矜則小。盈則損，驕則惰，小則陋。故聖人之學，以天爲準；賢人之學，以聖爲則。苟局於狹小，拘於凡近，則亦豈能充廣其學哉。』裕伯對曰：『誠如聖諭。』

洪武四年七月，上因與侍臣論用將，曰：『秦裕伯常言，古者帝王之用武臣，或使愚使貪。其説雖本於孫武，然其言非也。夫武臣量敵制勝，智勇兼盡，豈可謂愚。攻城戰野，捐軀狥國，豈可謂貪。若果貪愚之人，不可使也。』

右三則皆於國史録出。又按，洪武三年庚戌應天首科鄉試，召前御史中丞劉基、今治書侍御史秦裕伯爲考試官，見宋景濂《小録》序。吾鄉新、舊郡縣志載裕伯事甚略，止具録手敕，故人得傳之。今海濱有二秦氏，皆云裕伯後。亡友秦文解先自邗溝來，而裕伯嘗寓揚州，或當近之。秦監生鈿家收有裕伯上中書書草，云其閘港住宅即裕伯故居，初有敕書，樓被燬。扣其始末，兩家子弟多不能詳。鈿云裕伯竟不出，而不知其嘗爲翰林侍讀學士，又爲待制備顧問，又爲治書侍御史。豈皆非世嫡耶？無亦淪落於齊民而忘其先耶？按，裕伯在元時已有盛名，北方文章多出其手，今間見于《元文類》中。當時必有成集以傳，俟訪之。若吾邑志宜題曰『流寓』。今閘港有『裕伯題橋』，訛而呼爲『俞伯奇橋』云。

甲午二月三日，宿痾初起，春陰欲開，擁肩輿，度石梁，掩映重湖之間。徐孺子、蘇雲卿之遺迹歷歷在目，波光雲影與胸次相推盪，灑然自得。

趙善鳴字元默，與同年湛元明俱出陳白沙之門。三十年前，因元明識其人。甲午春，以南京户部員外公差過豫章，出許司徒函谷所刻《論辯》爲惠，始得盡見一時賢俊論學之説。予向嘗疑『氣以成形，而理亦賦焉』爲有語病，今諸公併與『性即理也』一言爲不通之論。大抵義理之學，要在悦心處，如登山然，高一步則所見自别。若未至其地而議之，何益之有？函谷至以《太極圖》爲周子之真贓實犯，此何言與？

河源出吐蕃朵甘思之西鄙，有泉百餘泓，水沮洳涣散，方可七八十里，淖弱不勝物。從高視之，燦若列星，是之謂星宿海云。夷言火敦惱兒。火敦，星；惱兒，海也。群流奔湊，近五七里，滙二巨澤，夷言阿刺惱兒也。自西來，連屬吞噬，迤邐而東，行一日程始成川，名赤賓河。又二三日程，有水西南來，名亦里出，與赤賓合。又三四日程，有水南來，名忽蘭。又有水東南來，名也里术。合流會于赤賓。其流寖大，始曰黄河云。然水清，人尚可涉。又一二日程，乃爲九度河。九度者，水八九股可度也，廣六七里。又四五日程，水始連濁，土人抱革囊或乘馬過之，亦有象舟傅革以濟，僅容二人。繼是東以兩山，廣可一里二里或半里，深叵測矣。

朵甘思之東北鄙有大雪山，自腹至頂，積雪常不消，山最高即所謂崑崙也。自八九股水至崑崙，約計二十日程。河行崑崙南，半日程。又四五日程，至闊即及闊提，二地相屬。又三日程，始至四達之衢，是謂哈刺別里赤兒。崑崙之西，人迹簡少，多處山南。其東，山益高，地益下，岸亦益狹，有狐可一躍過也。又行五六日程，有水西南來，名細黄河。又兩日程，有水南來，名乞兒馬出。二水合流入河。河北行轉西，至崑崙北，一二日程。水過之北流，少東，又北流，約行半月程，至貴德州。州隷河州，元所置吐蕃宣慰司也。又四五日程，始至積石，《禹貢》所謂『導河自積石』，其地也。又五日程，至河州安鄉關。又一日程，至打羅坑。東北行，又一日程，洮河水南來入河。又一日程，至蘭州。過北卜渡，至鳴河州。過應吉里州，正東行，至寧夏南。又東行，即東勝州也。世言黄河九折，彼地有二折，蓋乞兒馬出及貴德州必赤里也。

言河源者，惟此二説爲近。因删次元臣潘昂霄所志如此，而併記異同之説于左。

按，史稱河有兩源，一出于闐，一出葱嶺。于闐水北行，出葱嶺河，注蒲類海，不流，洑至臨洮出焉。今洮水自南來，非蒲類明矣。詢之土人，言于闐葱嶺水，下流散之沙磧云。

唐《吐蕃傳》：『河上流，由河洪濟梁南二千里，水益狹，春可涉，秋夏乃勝舟。』

《山經》：『敦薨之水西流，注於泑澤。出于崑崙之東北陬，實維河源。』

又曰：『陽圩之山，河出其中。』

又曰：『凌門之山，河出其中。』

《水經》：『河出崑崙，經十餘國，乃至泑澤。』

《穆天子傳》：『陽紆之山，河伯馮夷所居[二]，是惟河宗。』

漢張騫使西域，以爲能窮河源，蓋出於傳聞。所云織女支機石者，妄也。

其言崑崙最妄者，云去嵩高五萬里，閬風玄圃，瑶池華蓋，爲仙人所居云。

《西域記》稱阿耨達大山即崑崙山。

《地理志》稱崑崙山在臨羌西。

《吐蕃傳》亦稱『三山中高而四下，曰紫山，古所謂崑崙者』，其言頗是。宋人比之饅頭撚尖者或合。元柯九思以爲『崑崙行一月始窮河源』。所謂星宿海者，更在崑崙之西數千里之外。唐史所載河源在紫山之間者，亦未盡事實也。

凡言程以日記者，廣邈之野，難以步測，計一日之力，約可百里。而潘《志》準以廣輪、馬行。廣輪之義未詳，諺云『推車步』，豈是與？馬之蹄跨開闊，停勻馳穩，而步疾者猶車行然。又謂之『答罕步』。答罕，蓋胡語云。若此馬所行，恐不止日百里也。潘《志》又云，行四閱月約四五千里，則日又不能百里矣。蓋地有險易，行有緩急，百里者，大較也。宋景濂《治河議》亦以日準百里云。蓋自星宿海至積石，總計六千七百餘里。自九渡河抵崑崙南，可三千里。而柯九思記云『崑崙行一月始窮河源』，似亦以百里程日也。

余既删次《河源》爲『圖記』，復倣《經》修詞曰：河源于星宿海，滙爲二澤，流合三水，岐爲九渡。行二千餘里，經崑崙山，由山南又合二水北流，折而西，復過崑崙之北。又轉而東，又北行二千餘里，至于積石。

【校記】

〔一〕河伯：原作『河曰』，據四部叢刊景明天一閣本《穆天子傳》卷一改。

儼山外集卷二十五

豫章漫抄三

凡門榜題字，各有避忌，形聲點畫之間，吉凶所招，亦不可誣也。吾鄉縣首舊有高樓四跨，以棲更漏，皆呼爲鼓樓。嘉靖初，爲颶風所折。時莆田鄭洛書啓範作令，以綽楔易之，予爲題『百里弦歌』四字。後啓範召去，以『東南壯觀』易之。自後縣僚俱乏清譽，而常應文汝實，予同年守德子也，至以民去。因憶正德壬申秋，予以翰林編修使淮，經吾府，時陳威民望爲守，更新譙樓，榜以『壯觀』二字。同知王卿，陝西人也，頗有守，指題字忿然爲予曰：『何名壯觀？自我西音，乃「贜官」也。』相與一笑。予還自饒，至富陽，陸行過蕭山，入紹興，拜吏部尚書海日公王先生于家。先生名華，字德輝，辛丑狀元，新建伯守仁之父，予鄉試座主也。時廣東梁喬爲守，先生陪入郡齋訪之。梁適他出，先生握予手，登越王臺，觀蘭亭石刻還。過廳事，指所扁『牧愛』二字，笑謂予曰：『往年戚編修瀾文瑞還，謂時守曰：「此便可撤去。我自下望之，乃『收受』字也。」』似含譏諷。予心以爲可對吾松『壯觀』，蓋一聲一形云。今市闤之處，人家門值路者，必樹一碑，題曰『石敢當』，蓋厭勝之辭。諺譏忽略人，有曰：走馬看石碑，『右取富』。昨與方伯戴曾溪書出，遇南浦驛丞於道，偶命曰：有使客來自京師者，可訪《七政曆》，得一本。丞乃寫『漆正録』，遍求之。相與撫掌曰：『漆正録』正堪配『右取富』，蓋亦一聲、一形之訛。偶書之，以資雅謔。

甲午閏二月六日，同錢詔使於都司，戴、陸二方伯與予並出。申時，見五色雲在日之上，形如翔鳳，毛翎簇簇，文彩爛然，儼若垂猳回首之象。于都司廳事，與三司諸公尚觀之方散。明日，都司劉永昌自浙移蜀道，過豫章，予在浙時同事也，一見即問之曰：『先生夜來曾觀昴宿否？有一星犯之，是何星？』予曰：『當是金星。夜來不曾候之。』是晚酌于滕王閣，天氣清霽，星月朗然，果是太白犯昴，然去之甚速，已遠昴六七寸餘矣。然光芒尚爛然有氣，當是邊事有捷也。

朝廷必有《關雎》《麟趾》之意，然後可以行《周官》之法度。士大夫必有『浴沂』『風雩』之趣，然後可以收綱紀文章之治。

永樂四年，從解縉之請，召禮部尚書鄭賜，令擇通知典籍者四出講求遺書。

太祖高皇帝以壬辰年六月舉義，乙未克太平，首用陶安。至己亥，召儒士胡翰、戴良等會省中，日令二人進講經史。庚子夏，置儒學提舉司，以宋濂爲提舉，遣世子受經。癸卯五月，置禮賢館，以處陶安、夏煜、劉基、章溢、宋濂、蘇伯衡等。意向文儒，駸駸乎一統氣象矣。先是丙申，中山武寧王下鎮江，得徐從龍。上喜甚，即命朱文正以白金文綺往聘。從龍與其妻陳氏偕來，上親至龍灣迎之以入。時上居富民陳綵帛家，因邀從龍皆盡言無隱。既而上改故元御史臺爲府，居從龍於西華門外，事無大小，皆與之謀。每以竹板問答甚密，左右皆不能知，未稱爲先生而不名。每歲從龍誕日，上與世子俱有贈遺，或親至其家，與之宴飲。會從龍子澤死，請告還鎮江，上出郊握手送之。是歲冬，從龍亦病卒，年七十餘。上聞驚悼。時方督軍至鎮江，親撫其棺哭之，命有司營葬，賻䘏其家。諸儒臣中始終優禮之厚，未有過於從龍者也。從龍字元之，洛陽人，仕元至江南行臺侍御史，會兵亂，避地鎮江云。

《揮麈録》載毋昭裔貧時，嘗借《文選》不得，發憤曰：『異日若貴，當板鏤之，以遺學者。』後至宰相，遂踐其言。此與馮道印板之日，孰爲後先耶。?

予往歲謫延平，北歸，宿建陽公館。時薛宗鎧作令，與小酌堂後軒。是歲閩中大雪，四山皓白，而芭蕉一株，横映粉牆，盛開紅花，名美人蕉。世稱王維雪蕉畫爲奇格，而不知冒雪着花乃實境也。

珠光照乘，玉價連城，似是定論。後世文人互用之，無礙名理。如枚乘云『夜光之璧』，李太白詩『雙珠出海底，俱是連城珍』。

朱子敍《讀詩記》有曰：『今觀吕氏家塾之書，兼總衆説，巨細不遺，融會通徹，渾然若出於一家之言。而一事之訓，一字之義，未嘗不謹其説之所自。及其斷以己意，雖或超然出於前人意慮之表，而謙讓退託，未嘗敢有輕議前人之心。』此真註釋之例，後有作者，宜三復焉。

『曾孫侯氏，四正具舉。大夫君子，凡以庶士。小大莫處，御于君所。以燕以射，則燕則譽。』此詩相傳即《貍首》之逸，頗爲近之。

元練晦，處州麗水縣人，松江府學教授。

陳寧，初名亮，茶陵人，仕至御史大夫，與胡惟庸同賜死。洪武二年，以兵部尚書出爲松江知府，嚴酷，人呼爲『陳烙鐵』。

九江德安縣布政分司有松，當月臺之左，合抱餘，不甚聳拔。而西偏拗出一枝作偃蓋，曲屈盤旋，類人力所爲。遠望之若鵲窠然，土人以爲有茯苓云，甚可愛翫。古稱松千年乃偃蓋，果然耶。聞之葉子奇云，松有命根，遇石則偃蓋，不必千年也。再過開先寺，道旁長松二百餘株，一徑森然，若龍起就列。大者數圍，其細瘦者，亦不下徑尺。相傳李後主所植，亦已五百餘年矣。此皆江西嘉木也。

李文達公云：『今之士大夫，不求做好人，只求好官。』風俗如此，蓋以當道者使然也。何則？有一人焉，平日仕未顯時，士林鄙之。一旦乞求得好官，人皆以爲榮，向之鄙之者，今則敬之愛之矣。欲人不求做好官難矣。有一人焉，位未顯時，士林重之，介然自守，恥於干人，好官未必得也。若所鄙之人，一旦得好官，人反重之，而向之重者，今反輕之。欲人之求做好人難矣。今欲回此風俗，在當道者留意。若不由公論而得好官者，不變前日之所鄙；不得好官而爲好人者，不變前日之所重，庶乎其可也。或曰，殆有甚者。今有一人焉，求爲好人而因失好官者，則群起而非笑之、鄙賤之。有人先已不好而幸得好官，又思爲保全之計，則凡脅肩諂笑、吮癰舐痔之事無所不至。衆方稱譽之，不曰有才，則曰是善處人者。今去文達時未百年而已如此，後將若何。予曰：世變則有之。若文達之言，則宰相之體宜爾。如吾子言，不幾於責人太厚乎？且夫君子進修之道，顧吾自處何如耳，豈容留心於贊毁耶？因記之以警俗。

鄱湖之濱，民以巨罾漁，乃涸其底，以笸承之，設逆笱焉，使魚能入而不能出也。上施轆轤，颺網而觀魚之有無，以漸約致。魚之初失水也，跳躍不已，以漸約下，至入笱而水始裕，而不知死地之近也。陷民於罪，何以異是，故曰法網。

有同事同意，而措詞各有工拙。如唐人云『請君試問東流水，別意與之誰短長』，可謂痛快矣，不如『大江流日夜，客心悲未央』爲沉着，又不如『恰似一江春水向東流』尤覺深婉。予行章江，過武寧觀漲，頗悟其旨。

宋北都時，每年上供糧米六百五十萬，比之我朝多二百五十萬。宋運自江淮入汴，頗爲近便，所稱仰給東南六路，不知與今地方廣狹何如耳。

今人家池塘所畜魚，其種皆出九江，謂之魚苗，或曰魚秧。南至閩、廣，北越淮、泗，東至於海，無別種也。蓋江湖交會之間，氣候所鍾。每歲於三月初旬，挹取於水，其細如髮，養之舟中，漸次長成，亦有贏縮。其利頗廣，九江設廠以課之。洪武十四年，欽差總旗王道兒等至府編僉漁人，謂之鰟户。

《餘干新志》載，至正十二年，彭翼兵起湖南，遣項普壽取饒州。吴塘人吴宏，字德廣，聚義兵復之。後授翼江南行省參知政事。至正庚子，番陽院判于光取饒州，鄧愈撫之，遂通款。太祖討友諒，舟次康山，幸宏營，升堂拜母，盡歡而罷，遂以宏代愈守饒州。番陽陳璜珮之貳守吾松，嘗爲予言，宏奉母最孝，太祖自池州來，過宏，拜其母，即奉歸金陵，曰猶吾母也。宏戀其母，遂以城降。以爲太祖用兵多奇謀類此。《新志》雖載拜母事，乃在于光取饒州後，珮之言當有據。又云饒州城亦宏所築，時被攻圍，宏一夜先毁其家磚甓石砌爲倡，各家效之，不日而就。此當是與元左丞老老復饒州時事耶？漫記之，以備參考。彭翼即所謂妖彭者，十八年爲友諒所殺。

儼山外集卷二十六

豫章漫抄四

孔子大管仲之功，而小其器；《春秋》『人』秦，而《書》録《繆誓》，雖百世可知。固聖人餘事，而其持論有多少和平氣象。

宋亡多忠節，論者以爲養士之報。當時文山生於吉，疊山生於信，而草廬生於撫。文、謝死而吴仕。魯齋在懷孟，而容城在保定。魯齋之赴召也，實過静修，而一出一處，至今議者恕魯齋而責備草廬，以草廬嘗登宋科第故耳。生也以濟時，死也以明道，是義果何如耶？不然則静修爲中行矣，而竟不與於斯文也。昔夷、齊、微、箕，孔子均謂之仁人，豈道無定在，死生仕隱之間，不足以盡之耶？鄭思肖居杭，終身不肯北向坐，見北人則峻避之。謝翺居越，著《西臺慟哭記》。惟子昂以宗姓居湖，去登膴仕，推封三代，至親刻石以表之，曰：『臣辛以膚敏受知列聖，荷國厚恩，世世子孫，不能忘也。』此與《黍離》《麥秀》之歌、玉馬、《洪範》之事又何如耶？每致疑其間而未釋。及讀《道園集》，有曰『爲臣之道一也，無古今異代之間』，則邪淫甚矣，伯生於是乎失言。

元至正初，史館遣屬官馳驛求書，東南異書頗出。時有蜀帥紐鄰之孫，盡出其家貲，徧遊江南，四五年間得書三十萬卷，溯峽歸蜀，可謂富矣。今江西在江南號稱文獻故邦，予來訪之，藏書甚少。間有一二，往往新自北方載至，亦無甚奇書，而浙中猶爲彼善。若吾吴中，則有群襲、有精美者矣。

楊文公億登干越亭，歎曰：長洲茅屋，曲水漁罾，樓閣參差，峰巒遠近，或白雲，或返照，或殘雪在樹，或微雨弄晴，朝暮掩映，誠絶境也。予自饒城陸行，南至餘干，良田流水，平林遠山，觸目藹藹。干越亭久廢，今爲學宫，下臨琵琶洲，朱子注《楚詞》之地。溪水自玉山來者，匯在十里外，宛有退避之意。文公品題，要爲實録。

虞文靖公跋趙子昂所書《陰符經》爲李荃僞書，與余意合。惟友人穆玄庵孔暉以爲此决古書也，每論之，便擊節不置，以爲褚河南嘗奉敕書，其來已久。然世人忽明白簡易之言，好以詭秘不可解之説相尚，此文靖之所爲歎也。

滕王閣扁，吴傅朋書，虞文靖公猶及見之，稱其深穩端潤。今閣既易地，而扁不知所向往矣。南昌惟鐵柱宫扁最佳，豈亦傅朋所書耶？字學一藝，雖非六藝所急，漸以廢亡，而惡札徧布，爲之三歎。

李璋，濟寧鉅野縣人，元上海縣尹，嘗刻九經、四書送孔林。

永樂十年壬辰科進士得除僉事，吾鄉黄汝申翰江西是也。當時有數人同除，胡若思先生各題詩送之：曾鼎、饒安、張思安，皆陝西；顔巽、陳琦，皆江西；陳賞，廣東；錢述，浙江；徐則寧，福建。今由進士，有十年不得此官者。昨壬辰科及第之二人，孔天胤以王親例除僉事，提學河南，昨以歲貢非人，遞降壽州知州。

甲午十月四日，舟過安仁，偶讀書坊《宋學士文集》諸跋語，有云『區區富貴能幾何，乃無所忌憚至於如此。墓骨已朽，覽其官氏，人猶指議之』，不覺感歎。

宋景濂先生在元時著述，每書『將仕郎翰林國史院編修』官銜，嘗以危太樸承旨薦授。松雪翁妙解音律，自言至老不能琴，而松雪之號復有取於古琴名，何耶？

五日未至弋陽，二十里已過龜峰溪下。時新月在未位，木星入之，頃刻遂出西行。是日月躔牛二十度，木星尚在初度，七日方交一度，當是太陰亢疾所致。又明日，過鉛山，見費少師鵝湖，首問及此，彼以爲星與月相去才五度云。

木各有土宜。予行清化，見柿樹。衢州之橘田，皆異他産。饒、信之間，柏亦異。冬初葉落，結子放蠟，每顆作十字裂，一叢有數顆，望之若梅花初綻。枝柯詰曲，多在野水亂石之間，遠近成林，真可畫也。

吾鄉諺云『斤九韲』，用以目時人之精慧者，不知所本。弋陽德興産梨頗大，有至一斤九兩者，土人謂之『斤九梨』，蓋最其類之大者言之，猶芋言魁也。

浮梁谿山，昔人謂爲一省之冠。饒以饒名，亦由景德之陶焉，信佳境也。十月十六夜宿公館，二更時大雷雨聲甚震撼。是月二十二日已屬大雪矣，乃有此異。

宋有兩葉夢得，俱號石林。姑蘇石林字少藴，官至宰執；貴溪石林則南渡進士，官至秘書丞，知撫州。今《性理大全》所引用石林葉氏，次名西山真氏之後者，非少藴也。

瓜經見於《詩》，比也。秦故東陵瓜美，始以味稱。昔人謂之瓜果，又謂之茶瓜，蓋以之實籩而饗客矣，至于今不廢。《廣志》云：『瓜之所出，以遼東、廬江、燉煌之種爲美。』故燉煌郡有瓜州云。廬江，今廬州，南康九江之地，亦名廬江云。余伏暑時至南康，食瓜殊不佳，蓋西瓜也。《五代史》載胡嶠爲蕭翰掌書記，隨翰入虜中，契丹破回紇，因得西瓜，如中國冬瓜而味甘。近世葉子奇又謂，自元太祖征西域始得西瓜，豈誤以契丹作元耶？由是言之，則先時所稱瓜者，自是中國之瓜，而今所味啖者，乃西瓜爾。省城産瓜尤不佳，土人惟利其子以剥仁，故江西瓜仁至充贈遺爲名品云。按，《神仙傳》記青登瓜『大如三斗魁，玄表丹裹，呈素含紅』，似今之西瓜矣。豈可謂古所無耶？彼交梨火棗之云，難以盡信可也。若魏劉禎《瓜賦》所云『藍皮密理，素肌丹瓤』者，此何物也？豈本一物而西種特嘉，故得名爾？陸士衡又謂：『其種族類數，則有括摟、定桃、黃𤬪、白傳、金叉、蜜筩、小青、大斑、玄骭、素椀、狸首、虎蟠。』按，括摟，《本草》所載，今之苦瓜也，惟以入藥。嵇含雲芝、水芝、土芝三品，則皆甘瓜也。張載又稱羊骹、虎掌、桂枝、蜜筩，而《廣志》又載魚瓜、羊核瓜、女臂瓜。此數種，豈同産而異名與？惟《月令》所載『王瓜生』，今類以園中早熟條瓜有刺者呼之。閻尚友謂予云：此非也。王瓜本生土中，俗稱土豆者是已。張秋厓又云非土豆。王瓜生如瓜形而小，亦有二種，前代稱瓜者亦未之及。一説匏瓜亦非瓜也，乃星名。今中國之瓜，凡圓者總名曰菜瓜，止以充蔬，《傳》曰『田中有瓜，淹之以爲葅』者是已。小而白色者曰銀瓜，色黃者曰金瓜，二種香色味皆美。條而斑者曰生瓜，亦曰筲瓜。微小而色黃者曰黃瓜，晚熟者曰秋黃瓜。架而垂生至尺餘者曰絲瓜。别有並蒂生者曰嘉瓜，則不常産云。有花類海棠而實大如桃者，曰木瓜，《詩》曰『投我以木瓜』是已。閩中復有一種土生如葛，曰土瓜，味尤甘美，南人亦以充果。

都少卿玄敬南濠先生嘗云，家有宋抄《京房易傳》，許借未償。比於鄱陽余少宰子積家録之，於《易》無所發明，蓋亦自成一家言。卦分世、應，起星氣算位，即今世錢卜五鄉六親之術，小數也。而文理微密，比《太玄》頗爲易簡云。

元世祖分明有帝王之度，但病在好利，故阿合馬、桑哥、盧世榮之徒易爲遇合，雖敗而不悔。丘處機能燒金佐國費，世祖尤寵遇之。其尊禮西僧，本於劉秉中國祚之言，大抵亦利心也。其後子孫，卒以淫於西僧之術而失天下，帝王豈宜示人以意向哉。古語有言：爲名與爲利，特清濁之間耳。

鐵柱宫在江西省城東南隅，宫之東南隅，方丈甃池作石闌檻，鐵柱在焉。相傳爲許旌陽治蛟之物。甲午冬初，予與同僚偶往俯觀焉，微露其端，乃石爾，非鐵也，亦不作柱形，豈厭勝所爲與？

甲午十一月廿一日，雪中舟行塘栖，與張秋厓談元末事。秋厓口誦一詩云：『金陵使者過江來，漠漠風煙一道開。王氣有時還自息，皇恩無處不周回。莫言率土皆王化，且喜江南有俊才。歸去丁寧頻祝付，春風先到鳳凰臺。』此順帝詩，贈我太祖者，漫記於此。

右丞相鐵木兒塔識曰：『處士無求於朝廷，朝廷有求於處士。區區名爵，何足吝惜。』順帝時徵處士，杜本等不至，授以官，故云。

阿魯圖爲相，議除一人爲刑部尚書，或難之曰：『此人柔軟，非刑部可用。』阿魯圖曰：『選儈子耶？若選儈子，須用强壯人。尚書詳讞刑獄，不枉人壞法即是好官，何用强壯者爲。』

學士巎巎曰：『天下事，宰相當言；宰相不得言，則臺諫言之；臺諫不敢言，則經筵言之。』

元順帝之失天下也，此三人者皆有大臣之度，而不救於亂亡，豈未能任用耶？

王景彰，懷遠縣人，名見潛溪《遊荆、塗二山記》，即建文時學士也。

太祖一日用舟師至江上，適柁壞，江東廟有樹可爲材，將取之。禱于神，降之籤云：『世間萬物皆有主，一粒一毫君莫取。英雄豪傑自天生，也須步步循規矩。』太祖神之，遂不伐其樹，祝之曰：『使我有天下，當新其廟宇。』後乃興建巨麗，故金陵江東廟遂著名云。

儼山外集卷二十七

中和堂隨筆上

《輟耕録》第十五卷内一則載寒號蟲，云出五臺山。今保定地方山中亦有之。當嚴寒脱毛之時，夜間鳴聲曰：凍殺我，凍殺我，天明壘个窩。至天暖時毛羽已成，乃鳴曰：得過且過，得過且過，鳳凰不如我。余問其土人，果然。嘗舉以爲懶惰者之比。

陸機赴洛，船裝甚盛，爲戴淵所掠。及在洛，乃云有屋三間，士衡住東頭，士龍住西頭。史書若此矛盾與？

岳正季方，近世奇偉不羈之士，其言曰：『賢者自處淡然，與物無競。其功名事業，必因事會而見，未嘗汲汲以求之。不我用焉，雖終老於耕釣不悔也。』夷考其平生，正未能然耳。豈其閲世後所見如此？信乎人不可以不處患難也。

韓退之自視不下李、杜，況以退之之所長，概李、杜之所短，亦宜有緩急小大之倫。觀其《調張籍》一篇，則所以推崇衛護者不遺心力，非獨古人德厚無媢嫉傾擠之習，亦其學力足以深知李、杜之所到歟？

文有事同而鑄詞優劣復異者，《史記》曰『渭水盡赤』，《漢書》曰『流血丹野』。

漢靈中平元年，郎中張鈞因張角之亂上書，以爲宜斬十常侍頭懸南郊，以謝百姓。帝怒曰：『十常侍固當有一人善者否？』是雖漢綱既頽，不可再振，而靈帝柔懦，無復快意之舉若此。度之於理，亦豈能必然。此進諫之所以貴漸，而鈞之自致於殺身也，悲夫。

《原道》所論老、佛、孔子處，以爲『不惟舉之於其口，而又筆之於其書』。按，孔、老同時，説家所記『問禮』『猶龍』之類是已。佛則遠在數十萬里之外，至後漢時方有指名，其謂『嘗師云爾』，不知何所於據耶。想齊、梁之間，佛學盛行，必有一種文字漫漶推附，不可窮詰，故退之闢之如此。

武王伐紂，伯夷非之。天下不非伯夷，而亦是武王。世無兩可之説，而有各自致之道。武王非有利天下之心也，伯夷、叔齊非有利武王之心也，是故惟伯夷能諫武王，而武王能受伯夷之諫而自致。

天下之治也，宰相求士於天下；天下之亂也，天下之士有求於宰相。宰相求士，將以任天下之事也，則因事以量士，士盡其才而事理矣，天下安得而不治？士求於宰相，志於爵禄也，宰相以天子之爵禄私於士，士之求愈多，而爵禄不足以應之，天下安得而治？

予嘗欲節取韓文，自爲一編，以附諸子之後。吾鄉曹安先生云，韓退之嘗取己文二十六篇爲《韓子》，則韓公亦已自有斯志，特未知二十六篇今是何等文耶？

詩人多以一聯一句得名傳世，甚以一字不朽者有之。宋陸放翁游敏於作詩，自詠曰『八十年來萬首詩』，今《劍南稿》所存誠富矣，可以傳不朽者，恐亦無幾。五代王仁裕平生作詩亦萬餘首，集爲百卷，號《西江集》。仁裕字德輦，天水人，少不羈，年二十五始就學，年七十七卒，贈太子少師。性曉音律，石晉初定雅樂，奏於永福殿，仁裕聞之曰：『黄鍾音不純肅而無和聲，當有争者起於禁中。』已而果有兩軍校鬭於昇龍門外。嘗夢剖腹，以西江水滌之，顧見江中沙石皆爲篆籀之文，因以『西江』名集云。集今人間希有，萬首之中，豈無『春草』『澄江』之句、《黄鶴樓》之一篇耶？詩殆未易以多寡論也。

西漢風俗最近古，但其趨勢附炎，雖士大夫公爲之，顧不如後世者特甚。觀之田、竇、霍、衛與翟公之門，殊可致憾。雖有灌夫、任安輩，稍足以激俗，然過於黨矣。後來上書頌莽者至四十八萬，又何怪乎，其所由來非一日矣。

《世本》敍黄帝以來祖姓所出，史遷所從取以作《史記》者。《隋・經籍志》謂漢初得其書，蓋出於秦焚之後。宋洪景盧謂其書今亡，不知於何時亡耶？

莊子曰：『爲善無近名，爲惡無近刑。』其意以爲爲善雖無近名，然善不可不爲；爲惡雖無近刑，然惡不可爲。或曰，無以近名爲善，無以近刑而不爲惡。二説爲得老氏之旨。

《筆談》諸書所記張元、吴昊事，謂趙元昊之爲宋患，二人爲之主謀，至謂范文正公遣急騎追之不及。予意元昊自是黠虜，因二人而知中國事機則有之，謂元昊之事盡由二人，恐或未然也，好事者欲以激邊帥之待士耳。按，當時張元、吴昊與姚嗣宗俱關中人，以氣俠相友善。嗣宗題詩空同山寺云：『南粤干戈未息肩，五原金鼓又轟天。空同山叟笑無語，飽聽松聲春晝眠。』又云：『踏破賀蘭石，掃清西海塵。大開雙白眼，只見一青天。』元有雪詩云：『五丁仗劍抉雲霓，直取銀河下帝畿。戰死玉龍三十萬，敗鱗風卷滿天飛。』昊有鸚鵡詩云：『好著金籠收拾取，莫教飛去别人家。』皆麤豪負氣之士，而嗣宗『聽松春眠』之句，頗爲藴藉。後嗣宗遂入范公幕府，不甚見勳業。彼二人者，獨能震蕩一時耶？

《乘舟》之詩，爲伋、壽而作也。《左傳》云：宣公烝於庶母夷姜，生伋子。爲之娶於齊，而美，公取之。生壽及朔。宣姜與公子朔譖伋子。宣姜者，宣公所納伋之妻也。公使諸齊。使盗待諸莘，將殺之。壽子告之，使行。不可。壽子載其旌以先，盗殺之，遂兄弟併命。按，宣公以魯隱四年十一月立，至桓十二年十一月卒，凡十有九年。姑以即位之始便成烝亂，而伋子即以次年生，勢須十五歲然後娶，既娶而奪之，生壽，又生朔。朔已能同母譖兄，壽又能代爲使者以越境，非數歲以下兒所能辦也。然則十九年間消破此事不得。常舉以問穆檢討伯潛。伯潛以爲宣公淫烝之事，當在未即位之前。果然，則夷姜生伋子時，其父已在，不應遂認爲己子。終未得其説耳。

士之遇不遇，信乎有命也。漢武時有白首爲郎者，問之，曰：昔文帝好文，而臣好武；景帝好貌，而臣貌醜；今皇帝好少，而臣已老。盧照鄰亦自謂，當高宗時尚吏，己獨儒；武后尚法，己獨黄、老；后封嵩山聘賢士，己廢。豈非命哉？

《詩》三百篇，聖人悉被之絃歌，蓋樂章也。其所删者，非獨以其詞而已。今《詩》中有三章而詞義無大相遠者，如《螽斯》《樛木》之類，蓋樂之三成，猶今之三闋、三疊是已。

《大雅》《小雅》，猶今言大樂、小樂云。嘗見古器物銘識，有筦曰『小雅筦』，有鍾曰『頌鍾』，乃知《詩》之篇名，各以聲音爲類，而所被之器，亦有不同爾。後人失之聲而獨以名義求者，非《詩》之全體也。

寒、煖，氣也。寒屬天，煖屬地。西北高，近天，故多寒；東南卑，入地，故恒煖。大抵近天氣轉旋極急而極寒，道家謂之『罡風』，莊生謂之『羊角風』。

天，陽也，其氣寒；地，陰也，其氣煖。煖中得寒，則成，故萬寶告成，皆在寒涼之候。寒中得煖，則施爲雨雪是也。

陰陽和而雨澤降。和者，兩交之謂。地氣上升，天氣下降，交於其中，則雨。天氣健，故降速，地氣重，故升遲，是故雲雨去地不遠。若地氣升而天氣不下接，則散而爲風。天氣降而地氣不上承，則雨而爲霾。

霜本露所爲，蓋水土輕清之氣上騰，而薄天之氣則結而下降，故有嚴霜必有烈日，其氣清明也。南方有厚霜若花者，土人又謂之『毛頭霜』。是日立雨，蓋氣升而上逢和氣，則不能結而早墜。雪、霰亦然。山極高處無霜露，水土之氣微故也。

術家以人生所值年、月、日、時推算吉凶，而必歸重於日主，頗亦有説。夫子、丑、寅、卯、辰、巳、午、未、申、酉、戌、亥十二時，皆生於日。積日而後成月，積月而後成歲，故日干最爲重。蓋日躔於子宫，則謂之子時。丑、寅之類皆然。無日則無時，而月與歲皆無從推矣。雖小道，亦嘗窺測陰陽之際者。

火炎上，水潤下，金從革，木曲直，土稼穡，此五行之中氣也。凡過則爲害，而金、火尤甚，五星惟熒惑、太白出，必爲禍。而木則謂之福德，土則謂之鎮星，所至必有福焉。

三皇五帝之法，後世所存者無幾。秦始皇極不道，而其所爲，後世有不能改者三事：稱皇帝一也，郡縣二也，長城三也。

『陛下用人如積薪，後來者乃居上耳。』此汲黯語也。長孺在漢廷號不學，何其言之悲壯明快若是。萬世而下，讀者如新。韓退之一生用力於文章，求如漢人此語者無之。崔鶠修銑子鍾亟以予言爲然。

陸務觀有言：『詩至晚唐五季，氣格卑陋，千人一律，而長短句獨精巧富麗，後世莫及。』蓋指温廷筠而下云。然長短句始於李太白《菩薩蠻》等作，蓋後世倚聲填詞之祖。大抵事之始者，後必難過，豈氣運然耶？故左氏、莊、列之後，而文章莫及；屈原、宋玉之後，而騷賦莫及；李斯、程邈之後，而篆、隸莫及；李陵、蘇武之後，而五言莫及；司馬遷、班固之後，而史書莫及；鍾繇、王羲之之後，而楷法莫及；沈佺期、宋之問之後，而律詩莫及。宋人之小詞，元人已不及；元人之曲調，百餘年來亦未有能及之者。但不知今世之所作，後來亦有不能及者果何事耶？

東坡小詞，山谷亦謂其於音律小不諧。亡友徐昌穀禎卿嘗爲予道，東坡一日顧一優人解音者，問之曰：『我詞何如柳耆卿？』答曰：『相公詞須用銅將軍、鐵綽板〔二〕，唱「大江東去，浪淘盡、千古英雄」，柳學士詞却用十七八女兒唱「楊柳外，曉風殘月」』。坡爲之一笑。胡致堂之論則曰：『詞曲至於眉山蘇氏，一洗綺羅香澤之態，擺脱綢繆宛轉之度，使人登堂望遠，舉首高歌，而逸懷浩氣，超乎塵垢之外。於是《花間》爲皂隸，而柳耆卿爲輿臺矣。』然世必有知言者。

先秦兩漢間，書名爾雅，曰故者如《毛詩故》《魯故》《后氏故》《翰故》《杜林倉頡故》，曰微者如《左氏微》《鐸氏微》《張氏微》《虞卿微》，曰通者如《陸君通》《白虎通》《風俗通》之類。魏、晉而下，則華靡矣。宋王景文有《詩總聞》，聞音曰『音韻聞』，訓曰『字義聞』，章曰『分段聞』，句曰『句讀聞』，字曰『字畫聞』，事曰『事實聞』，人曰『人姓號聞』，物曰『鳥獸草木器物聞』，地曰『山川土壤州縣鄉落之類聞』，共十聞。每篇爲『總聞』，又有『聞風』『聞雅』『聞頌』等。觀其命名，已得古意，惜未得其書而讀之也。戊戌歲，借録於李文選開先。其書頗與朱《傳》不合，亦多前人所未發云。

正德乙亥六月一日未時，龍下東南隅，自雲中接地，玄雲一縷中蜿蜿。須臾，雲盡散，騰驤於虛中，望之可縛，冉冉再墜。已而一龍下少南若初，煙霧中雙垂，疑若兩龍然，雲亦盡散而墜。頃間復自下，從薄雲而升。余居海濱四歲，數見龍，未有若斯之奇者也。是日北蔡民項鼎家爲龍火燒焚，壓死者凡七人，亦龍災也。

劉瑾弄國日，納賂其門者謂萬爲方，千爲干。宋時以萬爲力，千爲撇。至今尚有謂千爲撇頭者。俚語亦有從來哉。

洪武二十三年，福建布政使司進《南唐書》、《金史》、蘇轍《古史》。初，上命禮部遣使購天下遺書，令書坊刊行。至是三書先成，進之。

姓非天子不可以賜，而氏非諸侯不可以命。姓所以繫百姓之正統，氏所以别子孫之旁出，族則氏之所聚而已。古者或氏於國，則齊、魯、秦、吴是也；氏於謚，則文、武、成、宣是也；氏於官，則司馬、司徒是也；氏於爵，則王孫、公孫；氏於字，則孟孫、叔孫；氏於居，則東門、北郭；

氏於志，則三烏、五鹿〔二〕；氏於事，則巫、土、匠、陶是也。蓋别姓則爲氏，即氏則有族。族無不同氏，氏有不同族。故八元、八凱出於高陽氏、高辛氏，而謂之十六族，是氏有不同族也。商氏、條氏、徐氏之類謂之六族，陶氏、施氏之類謂之七族，宋氏、華氏之類謂之戴族，向氏謂之桓族，是族無不同氏也。

【校記】

〔一〕鐵綽板：原作『鐵着板』，據四庫全書本改。

〔二〕五鹿：原誤作『五塵』。

儼山外集卷二十八

中和堂隨筆下

昔人收蓄《蘭亭》，多至三百餘匣。當時好事，其盛若此，今何寥寥耶。間有流傳，摧泐之餘，考其工拙，往往俱有可喜。語云《蘭亭》無下本，信哉。吾松舊有數刻，家臥時搜得一石於郡齋。及承乏國子，復得一石於載道所，合爲一帙，充匣藏一種。夫金珠犀玉之珍，雖號一時精絕，安知後出者不愈勝耶。惟是壞易嗜寡之物，好古之士，宜以日惜之可也。

儒先謂月中山河之影，電爲光於同雲之際，皆非也。陰精之融而未盡者，月也。陽光之迸而成形者，電也。故日中之烏，亦陽精之融而未盡者也。故日、月，物也，非神也。《詩》曰：『上天之載，無聲無臭。』

余往來漕渠，未嘗不三致意焉。通塞者，天幸也。使北方無惰農，有此焉而不恃可也。國家詳於講漕而略於講農，豈未之思乎？

吳淵穎立夫所著，有《樂府類編》，辨次其時代。又有《楚漢正聲》，專取宋玉、司馬相如、揚雄、柳宗元四家之作，惜未見其全書。

每歲濱海之地，至秋間輒有颶風挾雨推潮而上，謂之風潮。然不常作，作輒損秋田，木綿、豆尤甚。余今年四十有六，凡經幾次，惟今嘉靖元年七月廿五日尤異。余所居小樓頗堅，亦動摇不已。其尤異者，則北風挾雨擁入北窗如注，雨皆自下而上飛灑屋梁。先壠新建，兩石亭皆摧倒。予夫婦相對而泣，兩年精力，一旦盡矣。自餘各處小房屋頹塌數十間，皆可不問，惟壓死一小兒。夫水逆行謂之洚水，若兹雨者，不亦可謂之洚雨乎？

葉文莊公《水東日記》載熊天慵先生朋來文，深所推與。余近見其《鍾鼎篆韻序》文，尤博雅。朋來墓誌見《虞文靖集》。

王源字啓澤，别號韋庵，永樂甲申進士，福建漳州龍巖縣人。爲松江同知，奏免逋租數十萬。《金寔文集》。

洪武三年庚戌，徐士全榜。見蘇《志》。十八年乙丑，景清榜。

魏尚守雲中，其軍市租盡以給士卒，出私養錢享賓客、軍吏。賓客所該尤廣，凡游説、探諜之人皆是。此雲中、雁門，尤要策也。宋田錫謂厚賜將帥，使之賞用足充供億。若在今日，能使將帥不刻減軍士，抑亦可矣。[一]

龍鳳十二年，實爲丙午。丁未爲吴元年。

葉宗行，松江上海人。永樂間以言事稱旨，擢知錢塘縣。清白自將，均徭役，簡詞訟，民甚親之，卒於官。浙江按察使周新，自爲文祭之曰：『惟錢塘之山水，與公萬古同清。』

宋宰相王淮，字季海；本朝黄閣老淮，字宗豫，皆温州人。元大德間，有王淮字玉淵，博學，美容儀，嘗受業於石塘胡先生。大德間授瀏陽州教授，歷松江路判官，處州人。

陳迪字景道，少倜儻有志操，領洪武乙卯鄉薦，辟郡學訓導。嘗爲郡撰萬壽賀表，上覽而異之，除翰林編修。進侍講，預修《大典》。擢山東布政司左參議，捕蝗弭盜，民甚德之。再遷雲南左布政。時普定、曲靖、烏撒、烏蒙諸夷煽亂，迪擊破之。捷聞，有白金綵幣之賜。召入爲禮部尚書。革除二年，朝廷因災求言，迪條陳清刑獄、恤流民等事，多見采納。尋加太子少保，辭不受。靖難師起，迪與太常寺卿黄子澄、兵部尚書齊泰等上書陳論大計。事敗，文廟召迪等責問，迪抗辭不屈，遂與子丹山、鳳山等六人同日伏誅，子孫俱盡。迪既刑，人於衣帶中得詩，有曰：『三受天王顧命新，山河帶礪此絲綸。千秋公論明於日，照徹區區不貳心。』又有《五噫詞》，並悲烈。蒼頭侯來保者，拾其遺骸以歸。是時，宗姻悉戍邊徼。洪熙改元，始詔釋之。同時有俞逢辰者，字彦章，永陽西鎮人。洪武初，選充燕府伴讀。靖難師起，嘗以力諫被誅。先是，逢辰寓書其家，示以必死，至是果然。予得之王給諫蓋云。

葉春字景陽，海鹽人，由吏員仕至刑部右侍郎。

唐以雄、緊、望三等分别内郡縣，以上、中、下三等分别外郡縣。

馮益字損之，慈谿人，永樂九年鄉試舉人，盛有時名。《水東日記》載其以人才薦，内閣試《記里鼓賦》，曳白而出，以爲無實。後以館於曹欽家，與謀逆伏誅。嘗爲隴西教諭。近見清道觀《天開圖畫記》，文亦時作。

孫權有舸名『馳馬』，曹真有騎曰『驚帆』，正堪作對。

唐庚子西，眉州人，及登東坡之門。予在蜀時，欲爲刻其文而未成。詩刻在綿州，亦嘗爲補亡數首。近見《次强幼安冬日旅舍》五言云：『殘歲無多日，此身猶旅人。客情安枕少，天色舉杯頻。桂玉黄金盡，風埃白髮新。異鄉梅信遠，誰寄一枝春。』又《次留别》七言云：『白頭重踏軟紅塵，獨立鴛行覺異倫。往事已空誰敍舊，好詩乍見且嘗新。細思寂寂門羅雀，猶勝纍纍冢卧麟。力請宫祠如意否，漸謀歸老錦江濱。』其文筆尤勝。嘗云六經不可學，亦不須學。最尊《史記》而不取《漢書》，當是爲《新唐書》發憤之過也。又謂立意之初，必有難易二塗。學者往往舍難而趨易，故文章罕工。此論亦當。

《王文恪公筆記》稱王行止仲才敏，蘇《志》傳在『文學』。止仲嘗識姚少師廣孝於未遇中，皆圖王斷伯之人。然止仲死於藍黨，固豈其學術所遭有幸不幸哉？

曹子建號『繡虎』，王仲宣『泥下潛蛙』，鄧艾『伏鸞』，陸雲『隱鵠』，皆喻其文也。見《玉箱雜記》。

隋煬帝命虞世南等四十人選文章，自《楚辭》訖大業，共五千卷爲一部，今所存者無幾。

天文分野，角、亢、氐屬鄭，兖州。東郡入角一度，東平任城、山陰入角六度，濟北、陳留入亢五度，濟陰入氐一度，東平入氐七度，泰山入角十二度。房、心屬宋，豫州。潁川入房一度，汝南入房二度，沛郡入房四度，梁國入房五度，淮陽入心一度，魯國入心三度，楚國入房四度。尾、箕屬燕，幽州。涼州入箕十度，上谷入尾一度，漁陽入尾三度，右北平入尾七度，西河、上郡、北地、遼西、東入尾十度，涿郡入尾十六度，渤海入箕一度，樂浪入箕三度，玄菟入箕六度，廣陽入箕九度。斗、牽牛、須女屬吴、越，揚州。九江入斗一度，廬江入斗六度，豫章入斗十度，丹陽入斗十六度，會稽入牛一度，臨淮入牛四度，廣陵入牛八度，泗水入女一度，六安入女六度。虚、危屬齊，青州。齊國入虚六度，北海入虚九度，濟南入危一度，樂安入危四度，東萊入危九度，平原入危十一度，菑州入危十四度。營室、東壁屬衛，并州。安定入營室一度，天水入營室八度，隴西入營室四度，酒泉入營室十一度，張掖入營室十二度，武都入東壁一度，金城入東壁四度，武威入東壁六度，燉煌入東壁八度。奎、婁、胃屬魯，徐州。東海入奎一度，琅琊入奎六度，高密入婁一度，城陽入婁九度，膠東入胃一度。昴、畢屬趙，冀州。魏郡入昴一度，鉅鹿入昴三度，恒山入昴五度，廣平入昴七度，中山入昴八度，清河入昴九度，信都入畢三度，趙郡入畢八度，安平入畢四度，河間入畢十度，真定入畢十三度。觜、參屬魏，益州。廣漢入觜一度，越巂入觜三度，蜀郡入參一度，犍爲入參三度，牂牁入參五度，巴蜀入參八度，漢中入參九度，益州入參七度。東井、輿鬼屬秦，雍州。雲中入東井一度，定襄入東井八度，雁門入東井十六度，代郡入東井二十八度，太原入東井二十九度，上黨入輿鬼二度。柳、七星、張屬周，三輔。弘農入柳一度，河南入七星三度，河東入張一度，河内入張九度。翼、軫屬楚，荆州。南陽入翼六度，南郡入翼十度，江夏入翼十二度，零陵入軫十一度，桂陽入軫六度，武陵入軫十度，長沙入軫十六度。此二十八宿分屬十有二州，星家相傳若此。余每求其説而難通。夫天常運而不息，地一成而無變，以至動求合至静，未易以齊。此其難通者一也。若以爲形象所主，必有相當，氣類之應，乃出自然，不應各有入度之限。况天之一度，當地之二千九百餘里，則天大而地小，尤礙脗合。此其難通者二也。且以輿地言之，閩、粤、交、廣，通謂之揚州，實當中國之半，而分星所屬止此，此又地廣而天狹矣。此其難通者三也。姑記所疑，以俟深明此學者辯焉。

【校記】

〔一〕此條内容又見於《儼山外集》卷二十《續停驂録卷中》『山西三關』條。

儼山外集卷二十九

史通會要卷上

建置第一

史者，國家之典法也。自君王善惡功過與其百事之廢置，可以垂勸戒示後世者，皆得直書而不隱。故自前世有國者，莫不以史職爲重。歐陽修文。

史之建官，其來尚矣。昔黄帝之世，倉頡、沮誦實居其職。夏則終古。商則高勢、孔甲、尹逸，皆其選也。周官大備，則有大史、小史、内史、外史、左史、右史，而記言、記事之職，殆專官也。成王之史佚、楚之倚相、晉之伯黶、魯之丘明、晉之董狐、齊之南史，則其人也。秦有太史令胡母敬。

漢興，武帝始置太史公，位在丞相上，以司馬談爲之。凡天下計書，先上太史，副上丞相。及談卒，子遷嗣。遷卒，宣帝以其官爲令，行太史公文書而已。若褚先生、劉向、馮商、揚雄之徒，並以別職來知史事。於是太史之署，非復記言之司。故張衡、單颺、王立、高堂隆等，雖當官見稱，唯知占候而已。後漢明帝以班固爲蘭臺令史，又徵楊子山詣蘭臺，則蘭臺者，當時著述之所也。帝詔固與睢陽令陳宗、長陵令尹敏、司隸從事孟冀，又詔史官謁者僕射劉珍、諫議大夫李充，復命侍中伏無忌、諫議大夫黄景，共作《漢記》。和帝永元初，復令太中大夫邊韶、大軍營司馬崔寔、議郎朱穆、延篤續之。章和已後，則有東觀，撰集其中，都謂之著作。靈帝熹平中，光禄大夫馬日磾、議郎蔡邕、楊彪、盧植續記於此。至晉太始中，秘書司馬彪《漢記》始成，而華嶠又删定爲《漢後書》〔一〕。

魏氏都鄴，黄初好文，尚書衛紀、繆襲、侍中韋誕、應璩、秘書王沈、中郎阮籍、司徒長史孫該、司隸校尉傅玄，並典撰述。太和中，始置著作郎，職隸中書。晉元康初，又隸秘書，著作郎一人，謂之大著作，專掌史任，又置佐著作郎八人。宋、齊以來，以『佐』名施於『作』下。故事，佐郎職知博採，正郎資以章傳，若正、佐有失，則秘監司之。其有才堪述作者，雖居他官，兼領著作。亦有已爲秘書，而仍領著作。若晉之華嶠、陳壽、陸機、束皙，南渡之王隱、虞豫、干寶、孫盛，宋之徐爰、蘇寶生，梁之沈約、裴子野，斯並著作之選也。晉康帝嘗以武陵王領秘書監，以增重史事。齊、梁乃置修史學士，陳氏因之。初有吴郡顧野王、北地傅縡爲撰史學士〔二〕，又有劉涉、謝吴、許善心之類〔三〕，皆與焉。北朝元魏初，有崔浩、高閭之徒爲史官。洛京之末，則綦儁、山偉更掌文史〔四〕。齊、周及隋，以大臣統領者，謂之監修國史。自餘史官，則稱自領而已。若魏收、柳虯、王邵、魏澹、諸葛穎、劉炫，亦各一時也。隋煬帝置起居舍人二員，隸中書省，如庾自直、崔濬祖、虞世南、蔡允恭等，時號得人。

唐初因之，又加置起居郎二員，職視舍人。每天子臨軒，侍立玉堦之下，郎居其左，舍人居右。人主有命，退而録之，以爲《起居注》。《起居注》者，編年記事，言最詳審，後來作史者資焉。于時工部尚書温大雅首撰《起居注》，司空房玄齡、給事中許敬宗與著作郎共編爲《實録》。《實録》者，録一帝之事，蓋始於梁云。若令狐德棻、吕才、蕭鈞、褚遂良、上官儀、李安期、顧胤、高智周、張大素、凌季友，斯並當朝所屬也。武德時，史官屬秘書省著作局。貞觀間，移史館於門下省之北，宰相監修，而著作局始罷。龍朔中，改名左、右史云。及大明宫初成，則置於門下省之南，修撰史事或以他官兼領，而品卑者亦與焉。自武德迄於長壽，若李仁實、敬播之才美，許敬宗、牛鳳及之繆妄，妍媸判焉。韋執誼又奏，令史官撰日曆。日曆云者，猶起草也。

宋制，監修國史一人，以宰相爲之。修撰、直館、檢討無常員，修撰以朝官充，直館、檢討以京官以上充，掌修日曆及圖籍之事。國史別置院於宣徽北院之東，謂之編修院。故事，修撰官、直館，分季撰日曆上判館撰次。大中祥符九年，以刑部郎中高紳爲史館修撰。天聖元年，石中立以户部郎中充史館修撰，並以物議不與史事而罷。仁宗重史事，敕宰相爲提舉，參政、樞副爲修史，其同修史以殿閣學士以上爲之，編修官以三館秘、校及京官爲之，史畢乃罷。元豐官制，别置國史實録院，以首相爲提舉，翰林學士以上爲修國史，侍從官爲同修國史，庶官爲編修。實録院提舉官如國史，從官爲修撰，餘官爲檢討。元祐初，復置國史院，隸門下省。明年置國史院修撰兼知院事。紹聖間，復以國史院歸秘書省。高宗南渡初，即秘書省復建史館，以省官兼檢討校勘，以從官充修撰。紹興間，移史館於省側後，併爲實録院，宰相監修，檢討校閲。當是之時，專史職者，修撰而已。孝宗時，召李燾、洪邁修五朝史，皆奉京、朝，不兼他職。紹熙末，陳傅良直學士院，請以右文殿秘閣二修撰并舊史館校勘爲史官，又增檢討官三員，以畢『高録』。自後竟無專官，而傅伯壽、陸游皆自外召，以爲同修國史兼實録院同修撰官。元世祖初，以命王鶚。至順帝修《宋史》，以脱脱爲都總裁，鐵木兒塔識、張起巖、歐陽玄、吕思誠、揭傒斯爲總裁官，偏任國族，豈立賢之路未廣乎？

暨皇朝之紹統也，高皇神聖，首以宋濂爲起居注。洪武二年，詔修《元史》，以中書左丞相宣國公李善長爲監修，宋濂、王禕爲總裁，徵山林之士汪克寬、胡翰、宋禧、陶凱、陳基、趙壎、曾魯、高啓、趙汸、張文海、徐尊生、黄篪、傅恕、王錡、傅著、謝徽十六人爲修史官。三年續修，則趙塤、朱右、貝瓊、朱世廉、王廉、王彝、張孟兼、高遜志、李懋、張宣、李汶、張簡、杜寅、俞寅、殷弼凡十五人，而宋濂、王禕復爲總裁。十四年定制，以修撰、編修、檢討爲史官，又有秘書監、弘文館及起居注應奉等官，後皆廢罷。迄今修史，以勳臣官高者一人爲監修，内閣官充總裁，學士等官充副總裁，詹、坊、經局，皆豫纂修之事，而惟修撰、編修、檢討稱史官焉。

自古列國偏朝各有史官。若史克、史蘇、史趙、史墨之類，皆世官也。韓宣子聘魯，見《易》《象》《春秋》，曰：『周禮盡在是矣。』晉之屠黍，以圖法歸周。澠池之會，命書某年某月鼓瑟鼓缶，即其事也。王莽代漢，改置柱下五史，秩如御史，聽事侍傍，記迹言行。蜀漢稱王崇、許盖，又郤正爲秘書郎。陳壽評諸葛不置史官，誣矣。吴大帝有太史令丁孚、郎中項峻。歸命時有韋曜、周昭、薛瑩、梁廣、華覈〔五〕，又有周處，自左國史遷東觀令焉。僞漢嘉平，公師彧以太中大夫領左國史。前趙之和苞，後趙之徐光，前燕之杜輔，後燕之董統，前凉之劉慶，南凉之郎韶，李成之常璩，略可考見。前秦初有趙淵、車敬、梁熙、韋譚，相繼著述，苻堅取而觀之，焚滅其本。後秦扶風馬僧虔、河東衛隆景，夏有天水趙思群、北地張淵，並著國書。周建六官，乃改著作正郎爲上士，佐郎爲下士，蓋有意於倣古云。唐之則天，武三思、祝欽明並知史事。劉知幾嘗爲著作佐郎。後唐之張昭遠，晉、漢之賈緯，柴周之王溥，孟蜀之李昊，與南唐之高遠、徐鉉，各有所録。毛文錫之記蜀事，范坰、林禹之記吴越，聊備一隅。若夫史恩之述遼亡，劉祁之識金滅〔六〕，亦首丘之義存焉。

夫彤管風存，厥稱女史。古者人君外朝則有國史，内朝則有女史。昔楚王燕遊，蔡姬許從。

漢武帝時有禁中起居注，明德馬皇后撰《明帝起居注》，斯女史之職乎？隋之王邵，請置女史，文帝不省，事不施行。若漢之班婕妤、唐之上官婉兒、蜀之花蕊夫人，並以嬪嬙，典習文史，豈其流與？宋制則以内夫人凡六人，輪日修起居，至暮封赴史館，正其職也。

亦有身非史職而私撰國書，若漢、魏之陸賈、魚豢，晉、宋之張璠、范曄，時方賴之。山林紀載者，復有野史，若《太和》《甘露》之記，有書無人，其於正史或有裨焉。

右歷代史官，採其名姓尤章章者著于篇。職業有上下，學識有淺深，與夫世道推移，粗可覽觀矣。

【校記】

〔一〕《漢後書》：原作『《後漢書》』，據《晉書》卷四十四《華嶠傳》改。

〔二〕傅縡：原作『傅繹』，據《陳書》卷三十《傅縡傳》改。

〔三〕劉涉：《隋書·經籍志二》、《舊唐書·經籍志上》、《通志·藝文略第三》、浦起龍《史通通釋》卷十一作『劉陟』。謝吴：《隋書·經籍志二》作『謝吴』；《史通》卷十一、《文獻通考》卷一百九十二《經籍考十九》作『謝旻』；《舊唐書·經籍志上》、《通志·藝文略第三》、浦起龍《史通通釋》卷十一作『謝昊』。

〔四〕綦儁：《魏書》卷八十一《綦儁傳》、《北史》卷五十《綦儁傳》、《通志》卷一百五十一作『綦儁』；《史通》卷十一、浦起龍《史通通釋》卷十一作『谷纂』。

〔五〕薛棨：《史通》卷十一作『薛棨』；《三國志》卷五十二、《通志》卷一百二十、《史略》卷五作『薛瑩』。

〔六〕劉祁：原誤作『劉祈』。

家法第二

自古史之爲體，其流有六：一曰《尚書》家，二曰《春秋》家，三曰《左傳》家，四曰《國語》家，五曰《史記》家，六曰《漢書》家。《尚書》出於上古，至孔子得虞、夏、商、周之典，刪定爲百篇。孔安國曰：『以其上古之書，謂之《尚書》。』或曰：『尚，上也。上天垂文，以布節度，如天行也。』王肅曰：『上所言，下爲史所書，故曰《尚書》也。』其義如此。蓋《書》主號令，故其所載皆典、謨、訓、誥、誓、命之文。若《禹貢》《洪範》《顧命》所陳，各止一事，又一例云。至晉，魯國孔衍乃刪次漢、魏諸史，由是有《漢尚書》《後漢尚書》《漢魏尚書》凡二十六卷。別有《汲冢周書》者，凡七十二章，言愧雅馴，殆好事者所爲也。太原王邵《隋書》，凡八十卷，亦准《尚書》云。原夫《尚書》之所記也，若君臣言有可稱，則一時咸載；如事無足紀，故寧略而不文。自周之衰，此體廢矣。君懋《隋書》，可謂畫虎不成者也。乃若帝王無紀，公卿闕傳，則年月失序，爵里難詳，斯並典要之所急焉。

《春秋》始作，出於三代，故有《夏殷春秋》，其所記太丁時事也。孔子曰：『屬辭比事，《春秋》教也。』孟子曰：『晉之《乘》，楚之《檮杌》，魯之《春秋》，其義一也。』墨子所見，蓋有百國《春秋》云。至孔子遵魯史以修《春秋》，爲一王之法，故能千載不刊，比於六經。按，儒者之説《春秋》也，以事繫日，以日繫月，言春以包夏，舉秋以兼冬，蓋錯舉以爲所記之名也，國史所宜宗法。如晏子、虞卿、吕氏、陸賈之書，本無年月，亦號《春秋》，何與？至太史公之著《史記》也，頗宗斯旨，惜乎謹嚴袞鉞之意微，不過整齊故事耳，又安得比於《春秋》哉？

《左傳》出於丘明。孔子既作《春秋》，而左氏述傳，斯則訓釋之義乎？觀左氏之釋《春秋》也，文見於經，而事詳於傳，或經闕而傳存，信聖人之羽翼也。至漢劉歆始傳其書。《史》《漢》行世，有厭煩者，獻帝始命荀悦依《左傳》著《漢紀》三十篇。晉著作郎樂資追采《國策》《史記》爲《春秋後傳》，凡三十卷。如張璠、孫盛、干寶、徐爰、裴子野、吴均、何元之、王邵等作，名雖各異，咸以《左傳》爲準的云。

《國語》亦出於左氏。丘明既傳《春秋》，又稽其逸文遺事，分周、魯、齊、晉、鄭、楚、吴、越八國，起自周穆，終于魯悼，列爲《國語》，合二十一篇，亦經傳之流亞與？嗣有《戰國策》，合二周、三晉、秦、齊、燕、楚、晉、宋、衛、中山十二國〔一〕，凡三十三卷。夫謂之策者，蓋即簡以爲名，或曰游士之謀策也。孔衍又删爲《春秋後語》，蓋除去二周、三晉及宋、衛、中山〔二〕，所留者七國而已。至司馬彪，乃録漢末之事爲《九州春秋》，州爲一篇，凡九卷，亦《國語》之體例也。三國鼎峙，地實諸侯，所在史官，各記國事，蓋將企踵班、馬，比迹荀、袁，而《國語》之風替矣。

《史記》出於司馬遷，上起黄帝，下窮漢武，紀、傳以統君臣，書、表以譜年爵，因魯史舊名，目之曰《史記》。創新義例，解散編年，微而顯，絶而續，正而變，文見於此而義起於彼，勒成一家，可謂豪傑特起之士。班《書》嗣興，不幸失其會通之旨，而司馬氏之門户衰矣。後來所續，若梁室之《通史》、元魏之《科録》、李延壽之《南、北史》，並《史記》之苗裔也。

《漢書》出於班固。固因父業，乃斷自高祖，終于莽誅，爲紀、志、表、傳，目爲《漢書》。制作之工，後莫能及。尋其創造，皆准子長，第改『書』爲『志』而已。自東漢已後，遞相沿襲，曰記、曰志，體製皆同。蓋史之流品，亦窮之於此矣。乃若包舉一代，撰成一書，言皆精練，事甚該密，故學者探尋易爲功云。

右六家俱存。淳朴既散之餘，所爲祖述者，惟左氏、班氏二家而已。

【校記】

〔一〕後一『晉』字當衍。

〔二〕『三晉』當衍。

品流第三

自正史外，其别流復有十焉：一曰偏記，二曰小録，三曰逸事，四曰瑣言，五曰郡書，六曰家史，七曰别傳，八曰雜記，九曰地理，十曰都邑簿。

粤若陸賈之《楚漢春秋》，樂資之《山陽載記》，王韶之《晉安陸紀》，姚梁之《後略》，是謂偏記。戴逵之《竹林名士》，王粲之《漢末英雄》，蕭世誠之《懷舊志》，盧志行之《知己傳》〔一〕，是謂小録。大抵偏記、小録之書，皆記即日當時之事，求諸國史，最爲實録。但言多鄙朴，事乏倫類，徒爲後來作者删削之資矣。

乃有好奇之士，樂爲補亡。和嶠《汲冢記年》，葛洪《西京雜記》，顧協《瑣語》，謝綽《拾遺》，此之謂逸事。夫逸事，皆前史所遺，多益撰述，及妄者爲之，則殺亂難據。世有郭子横之《洞冥》，王子年之《拾遺》，全搆虚詞，徒驚愚俗，甚哉其弊也。

劉義慶有《世説》，裴榮期有《語林》，孔思尚有《語録》，陽松玠有《談藪》，此之謂瑣言。夫瑣言者，嘲謔調笑之餘，用資談柄，可助筆端。至於褻狎鄙穢，出自床笫，徒在紀録之次，有傷名教者矣。

若夫鄉人學士之所編記，如周稱之《陳留耆舊》，周裴之《汝南先賢》，陳壽之《益部耆舊》，虞預之《會稽典錄》，此謂郡書。郡書者，一郡之書也，流布他邦，鮮知愛異。若常璩之詳審，劉昞之該博，能傳不朽者，蓋無幾焉。

揚雄《家譜》、殷敬《世傳》、《孫氏譜記》、《陸宗系曆》，此皆出其子孫，以顯先烈，所謂家史者也。家史者，正可行于一家，難以播於鄉國。若夫薪構已亡，則斯文亦喪矣。

劉向之錄《列女》，梁鴻之錄《逸民》，趙採之錄《忠臣》，徐廣之錄《孝子》，謂之別傳。此皆博採前史，稍加新言，寡聞末學之流，於是乎取材焉。

《志怪》者，則有祖台；《搜神》者，則有干寶；劉義慶之《幽明》；劉敬叔之《異苑》，皆謂之雜記。其所論神仙之道，幽冥之事，若夫服食鍊氣，或可以益壽延年；福善禍淫，聊取諸勸善懲惡。苟談怪異，務述妖邪，斯義何取焉。

地理之書，若盛弘記《荊州》，常璩志《華陽國》，辛氏《三秦》，羅含《湘中》是也。厥若朱贛所採，浹於九州；闞駰所書，殫於四國，言皆雅正，事無偏黨者矣。其有異於此者，競美所居，談過其實。又城郭山川，徵諸委巷，用爲故實，鄙哉。

若夫潘岳《關中》、陸機《洛陽》、《三輔黄圖》、《建康宫殿》，是之謂都邑簿者也。夫宫闕陵廟之矩矱必明，門觀街廛之制度可則，史之所不可闕者歟？及其論榱棟則尺寸皆書，記草木則根株必數，兹又何益於學者焉。

右十品具列，史之流派備矣。至於《吕氏》《淮南》《玄晏》《抱朴》，皆以敍事爲宗，抑亦史之雜也。既别出名目，不復編於此科。

【校記】

〔一〕盧志行：《隋書》卷五十七《盧思道傳》作『盧子行』。

義例第四

觀夫《春秋》，大義數十，炳若日星。史，《春秋》之嗣書也，詎可闕與？凡以師其意，而不屑其迹，故各類而論之。夫史之有紀也，紀綱庶品，網羅萬象，篇目之大，無過於此。司馬遷之著《史記》也，始列天子行事，以本紀名篇，後世因之，守而弗失。至紀項羽，則名實乖矣。蓋紀之爲體，猶《春秋》之經，繫日月以成歲時，書君上以顯國號。如陸機《晉書》，列紀三祖，竟不編年，何紀之有？夫紀者，義以編年爲主，惟敍天子一人，有大事則書之於年月，其瑣屑委曲，付之列傳而已。近代魏、齊二史，於諸帝篇，或雜載臣下，或兼言他事，巨細畢書，全類傳體，何哉？迷而不悟也。

夫史之有世家也，豈不以開國承家，世代相續，如古諸侯乎？古之諸侯，皆即位建元，有世可傳，有家可宅。周之東遷，王制大壞，五伯、七雄，至於楚、漢，其事畢矣。司馬遷之記諸國也，編次之體與本紀殊，蓋欲抑彼諸侯，異乎天子，故假以他名爾。至如《陳涉世家》，可謂自相矛盾者矣。

夫史之有傳，傳者，列事也。列事者，録人臣之行狀，猶《春秋》之有傳也。《春秋》則傳以解經，《史》《漢》則傳以釋紀。兹例草創，始自子長，迨于孟堅，益以精密。夫傳之爲體，大抵相同，有時而異耳。如二人行事，首尾相隨，則同書一傳，合體成篇，陳勝、吴廣是也[一]。亦有事迹雖寡，名行可崇，雖寄在他篇，爲其標冠。商山四皓，事列王陽之首；廬江毛義，名在劉平之上是也。自兹以後，史氏相承。或曰：傳者，傳也。古人以傳之不朽爲難也。

夫史之有表也，所以標記時事。春秋、戰國之世，天下無主，群雄錯峙，各統世年。申之於表，以統其時，則諸國分張，一目盡見。若兩漢御曆，四海一家矣，又安用表厥王侯者哉？班氏之表人物也，則又異矣。區别九品，網羅千年，論世則閒，語姓不同，亦何藉而爲表乎？且不關漢事而編入《漢書》，可謂贅尨之甚矣。何法盛雖改爲注，蕪累亦多。晉氏播遷，五胡鼎沸，崔鴻著表，頗有甄明，比於《史》《漢》，有切要矣。

夫史之有志也，其昉於太史公之八書乎？班氏則曰志，《東觀》曰記，華嶠曰典，張勃曰録，何法盛曰説，魚豢曰略，其名殊，其實一也。析而論之，則有禮樂、刑法、律曆、郊廟、食貨、天文、藝文、五行、百官、輿服、地理、符瑞、祥異、釋老，大抵其流十有五六而已。通其因革之宜，彙以名物之數，信作者之淵海也。至於名實之際，有可議者矣。《天文志》體分濛澒，色著青蒼，月會星占，渾天裨竈之説，施於國史，何代不可。《藝文志》篇目多同，頻煩互出，《四部》《七録》《中經》《秘閣》之流，萃於一代，頗乖節文，畫蛇添足，豈類是與？凡作史者，宜除此篇。必欲爲志，但書其時彗孛氛祲，晦明薄蝕，如熒惑退舍，月犯少微之類是已。名賢撰述，文儒校讎，萃在一時，所宜收拾，如宋孝王《關東風俗記》，唯志鄴中之類是已。大抵史所可志，其最有三：一曰都邑，二曰氏族，三曰方物。何者？宫闕制度，朝廷軌範，前王所爲，後王取則，是故宜撰『都邑志』，列于輿服之上。五材所需，百貨饒布，任土作貢，會計職方，是故宜撰『方物志』，列于食貨之首。帝王苗裔，公侯子孫，餘慶所鍾，百世未斬，是故宜撰『氏族志』，列於百官之下。諸如此類，並從鷩揚，故曰紀傳易而志難，信哉。

夫史之有例，猶國之有法也。昔夫子修經，始發凡例；左氏立傳，顯其科條。若干令升之勒成《晉紀》，可謂史例中興矣。雖然，凡天子廟號，書于卷末，而晉孝武不曰烈宗；凡人以字行者，並書其名，而齊斛律不言明月，豈踐言之難乎？

夫史之有別也，蓋以職分左、右，紀有事、言。古者言爲《尚書》，事爲《春秋》。是故桓文盟會，事之大者也，而《尚書》闕紀；繆公誠誓，言之大者也，而《春秋》無録，其斷可識矣。《左氏》爲書，文兼乎事，《史》《漢》則不能然。如賈誼、鼂錯、董仲舒、東方朔等傳，唯尚録言而已。後史相承，不改其轍。至于竇議撰晉史，以爲宜準《左氏》，其臣下委曲，仍爲譜注，頗爲時所宗焉。

夫史之有斷限也，蓋以正厥疆里，别其源流爾。昔尼父之定《書》也，以舜爲始，而云『稽古帝堯』；左氏之傳經也，以隱爲先，而云『惠公元妃』。此皆文理，於義非濫軼也。若《漢書》之立『表』『志』，其殆侵官離局者乎？何者？馬《記》以史制名，故載數千年之事，無所不容。班《書》特漢標目，但紀十二帝之時，有限斯極，過此以往，不其駁與？《宋史》則上括魏朝，《隋書》則仰包梁代，豈非濫與？亦有一代之史，上下相交，若已見他記，則無宜重述。故子嬰降沛，其詳取驗於《秦紀》；伯符死漢，其事斷入於《吴書》矣。沈録金行，上羈劉主；魏刊水運，下列高王。惟蜀與齊各有國史，越次而載，孰曰攸宜？

夫史之有題目也，婉而成章，先出義例，上古墳典，其來遠矣。逮於《史》《漢》，頗有條理。姑舉列傳論之：有文少者，具出姓名，若司馬相如、東方朔是已；有字繁者，惟書姓氏，若毌將、蓋、陳、衛、諸葛是已；又有人多而姓同者，則定數以結之，若二袁、四張、二公孫是已。降及蔚宗，始全録姓名，歷短行於卷中，業細字於標内，子孫代出，附之祖先。魏收因之，則又甚矣，題司馬以僭晉，目劉宋爲島夷。萬世之公，其究安在。

夫序，所以序作者之意也。《書》列『典、謨』，《詩》含比興，誠欲暢達其旨，必資先容。今《史》《漢》表志雜傳，時復立序。夫《史》以記事爲宗，自與《詩》《書》殊例。至於《文苑》《儒林》，序列首簡，不有類於疊牀乎？自蔚宗而下，彌文勝矣。

夫史之有論也，蓋從省文。如太史公曰：『觀張良貌如美婦人耳』；『項羽重瞳，豈舜苗裔耶』。班孟堅曰：『萬石君之爲父浣衣，君子非之』；『楊王孫裸葬[二]，賢於始皇遠矣』。皆以補書本傳，事無重出者也。後來作者，每卷立論，篇終有贊，曰序，曰銓，曰評，曰議，曰述，曰譔，曰奏，或自顯姓名，或列其所號，或通稱史臣，咸矜衒文采，豈知載削之旨哉？

夫史之有附出也，攀附他傳以顯名稱。若紀季入齊，顓臾事魯，咸託附庸，所謂青雲驥尾是也。今夫邵平、紀信，沮授、陳容，或運一異謀，樹一奇節，得以傳之不朽者，豈有假於編名作傳哉？

夫史之有補注，蓋古之傳也。傳取其轉，注取其流，義則一也。觀夫掇衆史之異詞，補前書之所闕，若裴松之《三國志》，陸澄、劉昭之兩《漢書》，劉彤《晉紀》，劉孝標之《世説》，頗有補裨焉。至於拾厥棄捐，務爲容澤，殆其失也。

右義例十餘，作史者參伍以變，曲暢而通，製作之道，其庶幾矣。若夫神而明之，固筌蹄云爾。

【校記】

〔一〕吴廣：原誤作『胡廣』。

〔二〕楊王孫：原誤作『王楊孫』。

儼山外集卷三十

史通會要卷中

書凡

荀悦有言：『立典有五志焉：一曰達道義，二曰彰法式，三曰通古今，四曰著功勳，五曰表賢能。』干寶釋之曰：『體國經野之言則書之，用兵征伐之權則書之，忠臣烈士、孝子貞婦之節則書之，文誥專對之言則書之，才力伎藝殊異則書之。』劉知幾廣之以三科，一曰敍沿革，二曰明罪惡，三曰旌怪異。禮儀用舍、節文升降則書之，君臣邪僻、國家喪亂則書之，幽明感應、禍福萌兆則書之。

修詞

《傳》曰：『言之無文，行之不遠。』信哉。詞命專對，古之所重也。若《尚書》所載，伊尹之訓，臯陶之謨，《洛誥》《康誥》《牧誓》《泰誓》；《春秋》所載，吕相絶秦，子産獻捷，臧孫諫君納鼎，魏絳對戮揚干；《史記》所載，蘇秦合從，張儀連衡，范雎反間以相秦，魯連解紛而全趙，則世隨文降矣。是以選言布策者，雖有潤色討論，終存體質梗概。夫後之視今，亦猶今之視昔，而作者皆怯書今語，勇效昔言，不其惑乎？是以好丘明者則偏模《左傳》，愛子長者則全學史公，用使周、秦言詞見於魏、晉之代，楚、漢應對行乎宋、齊之日。故裴少期譏孫盛録曹公平素之語，而全作夫差滅亡之辭，雖言則似而事殊乖矣。世之議者，又以北朝衆作，《周史》爲工。蓋賞其記言之體，多同於古故也。殊不知善爲政者，不擇人而理，故俗無精麤，咸被其化；工爲史者，不選事而書，故言無美惡，盡傳于後。若事皆不謬，言必近真，何止得古人之糟粕而已。

敍事

夫史以敍事爲本，而史之敍事以簡爲工。故《尚書》所載，務於寡事；《春秋》變體，貴於省文。若文約而事豐，尤述作之美者也。自漢而降，斯文日煩，可謂費矣；蓋敍史之體有四：有直紀才行，有唯書事迹，有因言而知，有假論而顯。《尚書》稱堯，標以『允恭克讓』；《左傳》之敍大叔，目以『美秀而文』，所謂直紀其才行者。《左氏》載申生爲驪姬所譖，自縊而亡，《漢書》稱紀信爲項籍所圍，代君而死，所謂唯書其事迹者。武王之聲罪獨夫也，但曰『焚炙忠良，刳剔孕婦』，隨會之論楚事也，才曰『篳輅藍縷，以啓山林』，所謂因言而知者。《史記・衛青傳》後曰『蘇建嘗責大將軍不薦賢待士』，《漢書・孝文紀》末曰『吴王詐病不朝，賜以几杖』，所謂因論而顯者。若四者相兼而畢書，其費尤廣矣。簡約之中，復有二類：一曰省句，二曰省字。《左傳》書華耦稱先人得罪於宋，魯人以爲敏，夫以魯爲敏，此省句也。《春秋》書隕石於宋五，夫聞之隕，視之石，數之五，此省字也。大抵省句易省字難，洞識此心，始可與言史矣。

效法

效法之體有二：一曰貌同而心異，二曰貌異而心同。何以言之？古者命官有别，卿與大夫，各爲名秩，此《春秋》之例也。秦有天下，列爲帝王，譙周撰《古史》，書李斯之棄市也，云『秦殺其大夫』。以天子之丞相，名諸侯之大夫，此與《春秋》，所謂貌同而心異也。當春秋之世，列國分書，至於魯國，直云『我』而已。如典午既嘗統一，干寶《晉紀》，每葬必云『葬我某皇帝』。且無二君，何我之有？此與《春秋》，又所謂貌同而心異也。齊桓繼絶，《左傳》云：『邢遷如歸，衛國忘亡。』言上下安堵，不失舊物也。如孫皓之成擒也，干寶亦云：『吴國既滅，江外忘亡。』豈司馬氏之所能致與？此與《左氏》，又所謂貌同而心異也。春秋諸國，皆用夏正，魯以行天子禮樂，故獨用周正。至如書『元年春王正月』者，年則魯君之年，月則周王之月。如曹、馬受命，躬爲帝王，非是以諸侯守藩，行天子班曆。而孫盛魏、晉二《陽秋》，每年必書『某年春帝正月』。夫年既編帝紀，而月又列帝名，此與《春秋》，又所謂貌同而心異也。《春秋》三傳，各釋經義。如《公羊》屢云：『何以書？記其事也。』此則先引經語，而繼以釋辭，勢使之然，非史體也。如吳均《齊春秋》，每書災變，亦曰：『何以書？記異也。』夫事無他議，言從己出，輒自問答者，豈敍事之體耶？此與《公羊》，又所謂貌同而心異也。《史》《漢》每於列傳首書人名字，至傳内有呼字處，則於傳首已詳。而《漢書・李陵傳》稱隴西任立政，『陵字立政曰：「少公，歸易耳。」』夫上不言立政之字，而輒言『字立政曰少公』者，此省文，從可知也。至令狐德棻《周書》於《伊婁穆傳》首云『伊婁穆，字奴干』，既而續云太祖『字之曰：「奴干作儀同面向我也」』。夫上書其字，而下復曰字，豈是事從簡易，文去重複者耶？此與《漢書》，又所謂貌同而心異也。世之述者，喜編次古文，撰敍今事，可謂宋人守株者矣。語曰：世異則事異，事異則治異。求其偶中，亦有可言者焉。是故君父見害，臣子所不忍言。故《左》敍桓公之在齊也，而云『彭生乘公，薨於車』。如干寶《晉紀》，敍愍帝歿于平陽，而云『晉人見者多哭，賊懼，帝崩』。此與《左氏》，實所謂貌異而心同也。一時所記，詳其始末。若《左》成七年，鄭獲楚鍾儀，以獻晉。至九年，晉歸鍾儀於楚，以求平是也。至裴子野《宋略》，敍索虜臨江，太子劭使力士排徐湛、江湛，僵仆。於是始與劭有隙。其後三年，有徐、江爲元凶所殺事。此與《左氏》，亦所謂貌異而心同也。凡列姓名，罕兼其字。如《左傳》上言羊斟，則下曰臧孫；前稱子産，則次是國僑是也。至裴子野《宋略》亦然：上書桓玄，則下有敬道；後敍殷鐵，則先著景仁。此與《左氏》，又所謂貌異而心同也。《左氏》《論語》，敍人酬對，或去其『對曰』『問曰』等字。如裴子野《宋略》云，李孝伯問張暢：『卿何姓？』曰：『姓張。』『張長史乎？』此與《論》《左》，又所謂貌異而心同也。附見者，如《左》稱楚武欲伐隋，熊率且比曰：『季梁在，何益？』蕭方《三十國春秋》，説朝廷聞慕容儁死，曰：『中原可圖矣。』桓温曰：『慕容恪在，其憂方大。』此與《左氏》，又所謂貌異而心同也。事應者，如《左》稱叔輒聞日蝕而哭，昭子曰：『叔其將死乎？』秋八月，叔輒卒。王邵《齊志》，稱張伯德夢山上掛絲，占者曰：『其爲幽州乎？』秋七月，拜爲幽州刺史。此與《左氏》，又所謂貌異而心同也。至如《左》敍晉敗於邲，先濟者賞，而云『上軍、下軍争舟，舟中之指可掬』。夫不言攀舟，亂以刃斷指，而但曰『舟指可掬』，則讀者自覩其事矣。王邵述高季式破敵於韓陵，追奔逐北，而云『夜半方歸，槊血滿袖』。夫不言奪槊深入，擊刺甚多，而但稱『槊血滿袖』，則聞者亦知其義矣。此與《左氏》，又所謂貌異而心同也。

雋永

夫文章之變化無窮矣，必有餘音足句，爲其始末。是以伊、惟、夫、蓋，發語之端也；焉、哉、矣、兮，斷句之助也。去之則不足，加之則有餘，厥有定理。而史之敍事，時亦類此。故將述晉靈公厚斂彫墻，則且以『不君』爲稱；欲云司馬安四至九卿，而先以『巧宦』標目：所謂說事之端也。書重耳伐原示信，而續以一戰而霸，文之教也；書匈奴爲偶人象郅都，令馳射莫能中，則云其見憚如此：所謂論事之助也。寄抑揚於片言隻字之間，有雋永者矣。

篇目

《史記》一百三十卷，司馬遷采《左氏》《國語》，删《世本》《戰國策》，據楚漢列時事，上自黃帝，下訖麟趾，作十二本紀、十表、八書、三十世家、七十列傳，謂之《史記》，藏諸名山，副在京師。至宣帝時，遷外孫楊惲祖述其書，遂宣布焉。而十篇未成，有錄而已。元、成之間，會稽褚先生更補其闕，作《武帝紀》、《三王世家》、《龜策》《日者》列傳，辭多鄙陋，非遷本意也。

《西漢書》一百卷，漢司徒掾班彪，以太初後《史記》未善，於是采舊事，徵異聞，作《後傳》六十五篇。其子固以所續未詳，乃起元高皇，終乎新莽，十有二世，二百三十年，爲十二紀、八表、十志、七十列傳。其事未畢，會有訟其私作《史記》者，有詔收繫。固弟超詣闕自陳，固續父舊書，明帝意解，乃詔固詣校書，卒業。至章帝建初中乃成。後坐竇氏事，卒於洛陽獄。書頗散亂。其妹曹大家博學能屬文，奉詔緝校。又選高才郎馬融等十人，從大家授讀。其八表、《天文志》，或云是待詔馬續所作，而《古今人物表》頗不類本書云。

《後漢書》一百三十卷，宋宣城太守范曄作。凡十紀、十志、八十列傳，合百篇。窮覽舊集，删煩補略，會以罪收，十志未成而死。梁劉昭因舊本補注三十卷。

《三國志》，晉著作陳壽集三國史，撰爲《國志》，凡六十五篇。宋文帝命中書郎裴松之補注〔二〕。

《晉書》一百三十卷，紀十、志二十、列傳七十、載記三十、序例一、目録一。唐房玄齡等奉敕修，時太宗與焉，故又總之曰『御撰』云。

《宋書》一百卷，紀十、志三十、列傳六十，梁沈約撰。河東裴子野又删爲《略》二十卷。宋治平中，南豐曾鞏等奉詔校定，政和中頒之學官。

《南齊書》五十九卷，梁蕭子顯撰，八紀、十一志、四十列傳。宋曾鞏等校定。

《梁書》五十六卷，唐姚思廉撰，六本紀、五十列傳。思廉名簡，以字行，梁史官察之子。

《陳書》三十六卷，唐姚思廉撰，六本紀、三十列傳。察在陳，嘗删撰梁、陳事，未成且死，屬思廉繼其業。唐貞觀中，與《梁書》同時上之。宋曾鞏等校定。

《後魏書》一百三十卷，齊魏收撰，本紀十二、列傳十二、志十。宋劉恕等校正。

《北齊書》五十卷，唐李百藥撰，本紀八、列傳四十二。初，李德林在齊，嘗撰著紀、傳。貞觀初，百藥續成父書，獻之。

《周書》五十卷，唐令狐德棻等撰，本紀八、列傳四十二。宋仁宗時，出太清樓本，合史館秘閣本，又取夏竦、李巽家本校定。其後林希、王安國上之。

《隋書》八十五卷，唐魏徵等撰本紀五、列傳五十，長孫無忌等撰志三十。

《南史》八十卷。

《北史》八十卷，唐李延壽撰。《南》起宋，盡陳，百七十年。《北》起魏，盡隋，二百四十二年。

《唐書》一百三十卷，唐韋述撰。初，吴兢撰《唐史》，止于開元，凡一百十卷。述因兢本，刊去《酷吏傳》，爲紀、志、列傳一百十二卷。至德、乾元以後，史官于休烈增《肅宗紀》二卷，令狐峘等復隨紀、志、傳後增緝成之。

《新唐書》二百二十五卷。宋嘉祐中，曾公亮等奉詔删定。歐陽修撰紀、志，宋祁撰列傳。

《五代史》七十五卷，宋歐陽修撰梁、唐、晉、漢、周事。

《宋史》，本紀四十七卷，志一百六十二卷，表三十二卷，列傳、世家二百五十五卷。

《遼史》，本紀三十卷，志三十一卷，表八卷，列傳四十六卷。

《金史》，本紀十九卷，志三十九卷，表四卷，列傳七十三卷。已上三史，元至正間，中書右丞相脱脱等奉命修。

《元史》，本紀三十七卷，志五十二卷，表六卷，傳六十三卷，目録二卷，通計一百六十一卷。洪武二年，翰林學士宋濂等奉敕修。

【校記】

〔一〕裴松之：原誤作『裴松』。

儼山外集卷三十一

史通會要卷下

叢篇一

夫愛憎之情忘，而後是非之論定。故史必修於異代，豈曰才難而已乎。《堯典》述德，標以《虞書》，此聖人之志也。重華協帝，毋亦身親筆削與？《禹貢》，夏后之書也，或曰伯益所記云。《書》之二《典》，不獨記其事，并與其深微之意傳之。蓋當時執筆，皆聖人之徒也。又曰：古之良史，明足以周萬事之理，道足以徧天下之用，知足以通難知之意，文足以發難顯之情。並曾鞏文。

古之王者，代有史官，以日繫月，屬辭比事。君舉必書，用存有法。書而不法，是謂空言，蓋褒貶之重慎也。蘇頲文。

國史明乎得失之迹。《詩大序》。

國史之興，將明得失，使一代之典，焕然可觀。温嶠《表》。

夫勸善懲惡，正言直筆，紀聖朝功德，述忠臣賢士事業，載姦臣佞人醜行，以傳無窮者，史官之職也。李翱文。

夫天之生人也，有賢有不肖。若乃其惡可以戒世，其善可以示後，而死之日亡得而稱焉，是誰之過與？蓋史官之責也。

史之爲義也，不隱惡，不虛美。美者因其美以美之，雖有其惡，不加毁也；惡者因其惡而惡之，雖有其美，不加譽也。

史之爲用也，記功司過，彰善闡惡，得失一朝，榮辱千載。苟違斯法，豈曰能官？

自古置史官，書事以明鑒戒。人君但爲善事，不患史官不書。若所爲錯忤，史官縱不書，天下之人書之。

因大臣之除罷，而識君子小人進退消長之機；因政事之因革，而識取士養民治軍理財之方。陳君舉文。

別統系，以明大一統之義；表歲年，以倣首時之體；辨名號，以正名；紀即位改元，以正始；書尊立崩葬，以敍始終；書篡弑廢徙，以討亂賊；書祭祀，以著吉禮之得失；書行幸田狩，以著巡遊之荒怠；書恩澤制詔，以著命令之美惡；書朝會聘問，以著賓禮之是非；書封拜黜罷，以見賞罰之當否；書征伐戰攻，以志用兵之正僞；書人事，以寓予奪；書災祥，以垂勸戒。

叢篇二

書法之難也有五：煩而不整，一也；俗而不典，二也；書不實録，三也；賞罰不中，四也；文不勝質，五也。袁崧文。

史有三長：才也，學也，識也。劉知幾文。

史之敍事也，辨而不華，質而不俚，其文直，其事核。若斯而已可也。

古之國史，異聞則書。

國史表言行，昭法式。至於人理常事，不足備列。

史之爲書也，有其事則記，無其事則闕。

夫直筆者，不掩惡，不虚美。雖然，存大體而已。若録及細碎，如宋孝王、王劭之徒，專言鄙事，訐以爲直，吾無取焉。

古者刊定一史，纂成一家，體統各殊，指歸咸别。

史以好善爲主，嫉惡次之。子長、孟堅，史之好善者也；南史、董狐，史之嫉惡者也。兼此二長而重之以文，其惟左氏乎。

史官掌修國史。凡天地日月之詳，山川封域之分，昭穆繼代之序，禮樂師旅之事，誅賞興廢之政，皆本起居。

夫記事之體，欲簡而詳，疏而不漏。若煩則盡取，省則都損，二者皆過也。

論史之煩省者，但當求其事有妄載，言有闕書可矣。必量世事之厚薄，限篇第以多寡，失其折衷矣。張世偉著《馬班優劣論》，以爲『遷敍三千年事，五十萬言；固敍二百四十年事，八十萬言』，非通論也。

史氏所書，以正爲主。若馬卿之《子虛》《上林》，揚雄之《甘泉》《羽獵》，班固《兩都》，馬融《廣成》，費矣。

史論立言，理當雅正。

表歲以首年，而因年以著統；大書以提要，而分注以備言。使夫歲年之久近，國統之離合，事辭之詳略，議論之同異，通貫曉析，如指諸掌。名曰《資治通鑑綱目》。

粵自紀傳創興，而編年之法廢；細大不捐，猥釀不綱〔一〕，而策書之法廢；是非去取，由其一隅之見，不能不謬於聖人，而懲勸之法又廢矣。

【校記】

〔一〕猥釀：四庫全書本作『猥瑣』。

叢篇三

夫飾言爲文，編文爲句，句積而章立，章積而篇成。章句之言，有顯有晦。顯也者，繁詞縟説，理盡於篇中；晦也者，省字約文，事溢於句外。觀太史公之創表也，於帝王則敍其子孫，於公侯則紀其年月，列行縈紆以相屬，編字戢孴而相排。雖燕越萬里，而於徑寸之内犬牙可接；雖昭穆九代，而於方寸之中雁行有敍。使讀者閲文便覩，舉目可詳，此其所以爲快也。

史之爲道，以古傳今，非以今博古也。如春秋諸國賦詩，《左氏》惟録其篇名，《史》《漢》『語在某傳』是已。

《史》《漢》作傳，多以品類相從。如韓非、老子，以其著書俱有『子』名；董卓、袁紹，並生漢末，各稱英雄耳。

莊青翟、劉舍位登丞相，而班史無録；姜詩、趙臺身止掾吏，而謝書有傳。後之修史者不然，位官通顯，必爲操筆。其立傳也，止具官曆、贈典，若斯而已乎？

司馬《史記》、子雲《太玄》，皆成一家言，傳之以傳世可也。至於短編小説多載傳中，甚矣其煩也，若梁孝元撰《同姓名人録》一卷是已。

宇文初習華風，事由蘇綽。至於軍國詞令，皆准《尚書》。當時風行，頗去淫麗。若夫矯枉過正多矣，故其書文而不實，雅而無檢，真迹甚寡，客氣尤繁云。

漢武帝怒司馬遷議己，收景、武二紀自毀之。

《司馬相如傳》，子長録其自叙，孟堅因之。《宋書》臧質、魯爽、王僧達諸傳，皆孝武自造，而叙事多虚。

夫晉、宋以前，帝王傳授，始自錫命，終於登極。其有牋疏詔策，並皆僞飾。然欵曲頻煩，猶云備其文物也。若梁武之居江陵，齊宣之在晉陽，作史者固宜削之以見例也。

叢篇四

史才不其難乎？班固之議司馬遷曰：『論大道則先黄老而後六經，序游俠則退處士而進姦雄，述貨殖則崇勢利而羞貧賤。』傅玄之議固曰：『論國體則飾主闕而折忠臣，叙世教則貴取容而賤直節，述時務則謹詞章而略事實。』劉知幾之議王、孫、令狐曰：『論王業則黨悖逆而誣忠義，叙國家則抑正順而褒篡奪，述風俗則矜夷狄而陋華夏。』君子皆不以爲過。惟《新唐書》成，表進，有曰：『其事則增於前，其文則損於舊。』議者謂歐、宋之失，正坐於此。

元人之《進宋史表》曰：『聲容盛而武備衰，論建多而成效少。』宋之國是，實符斯言。我朝丘文莊公濬擬題於國學，作《進元史表》云：『非無一善之可稱，終是三綱之不正。』聞者亦快之。

叢篇五

監修國史，監者，總領之義。明立科條，各當任使，則人思自勉，書可立成矣。

古之國史，皆出自一家，如左氏、司馬氏，故能垂諸不朽。漢東觀大集群儒著述，而制作始可議矣。是以伯度譏其不實，公理以爲可焚，非過也。

唐修晉、隋二史，仍用衆手，志則李淳風、于志寧，紀、傳則顔師古、孔穎達。然用當其才，不失所長。

宋修《唐書》，歐陽文忠則表、志，宋景文公則紀、傳，各出姓名，以示撰述有工拙焉。

《五代史》成於一人之手，歐陽可以上踵班、馬矣。

今史司取士滋多，人自爲荀、袁，家自爲政、駿。每記事敷言，則閣筆相視，含毫不發，頭白可期，汗青無日。

叢篇六

史官善惡必書，使驕臣賊子懼，此權顧輕哉？班生受金，陳壽求米，僕乃視如浮雲耳。唐劉允濟。

司馬遷氣本好奇，復因論事遭刑，意多憤激。故葛洪論之曰：『伯夷居列傳之首，以爲善而無報也；項羽列於本紀，以爲居高位者非關有德也。』論者又謂武帝表章儒術，而海内凋弊，反不若文、景之恭儉，其先黄老而後六經以此。武帝刻深，群臣多誅，顧當刑者得以貨免，其羞貧賤者以此。其進姦雄者，蓋歎時無魯朱家，能脱己於禍耳。李方叔謂之用意深遠，此類是已。

陳壽嘗爲諸葛亮書佐，得撻百下，其父亦爲亮所髡，故《蜀志》多誣妄云。

丁儀、丁廙有盛名於魏，陳壽謂其子曰：『可覓千斛米見與，當爲尊翁作佳傳。』丁不與之，竟不爲立傳。

魏收性憎勝己，喜念舊惡。名門盛德，與之有怨者，莫不被以醜言，没其善事。遷怒所至，毁及高、曾。尚書令楊遵，一代貴臣，勢傾朝野，收撰其家傳甚美，世號『穢史』。收初得楊休之助，因謝曰：『無以報德，當爲卿作佳傳。』又納爾朱榮子金，故減其惡而增其善。前後伏訴者百餘人，賴僕射楊素、高德正而解。

宋朝有『朱墨史』。

叢篇七

司馬文正公六任冗官，皆以書局自隨。小人欲中傷之，乃倡爲書局之人利尚方筆墨、絹帛及御府果餌、金錢之賜。

柳子厚曰：冒居館下，近密地，食奉養，役使掌故，利紙筆爲私書〔一〕，取以供子弟費。

劉知幾曰：史曹崇扃峻宇，深附九重，雖地處禁中，而人同方外，可以養拙，可以藏愚。或終年卒歲，竟無删述，而人莫之知也；或輒不自揆，輕弄筆端，而人莫之見也。繡衣直指所不能繩，强項申威所不能及。斯固素飡之窟宅，尸禄之淵藪也。

丘文莊公濬之論史官，其略曰：天下不可一日無史，亦不可一日無史官也。百官所任者，一時之事；史官所任者，萬世之事。唐、宋宰相皆兼史官，其重如此。我朝法制，可謂簡要矣。然是職也，是非之權衡，公議之所繫也。若推其本，必得如元揭傒斯所謂有學問文章，知史事，而心術正者，然後用之，則文質相稱，本末兼該，足爲一代之良史矣。深又嘗聞之王文恪公鏊曰：臺諫者，一時之公論；史官者，萬世之公論也。並名言云。

【校記】

〔一〕利：原作『於』，據《河東先生集》卷三十一改。

儼山外集卷三十二

平胡録

嗚呼，元政不綱久矣。其亂亡之成，實自順帝。帝之至元二年丙子，廣東朱光卿、河南捧胡首難。光卿，增城人，與其黨石昆山、鍾大明聚衆作亂，國號大金，改元赤符。時惠州民聶秀卿亦稱兵，與光卿合。捧胡，陳州人，以燒香惑衆，作亂於信陽州，破歸德鹿邑，焚陳州，屯於杏岡。時四川合州人韓法師亦擁衆作亂，稱南朝趙王。尋皆討平之。

四年戊寅，漳州南勝縣人李志甫作亂，圍州城，殺守將捌思監。袁州人周子旺作亂，稱周王，改年號，亦敗滅。五年己卯，杞縣人范孟殺河南平章廉訪官，謀拒黄河作亂，官軍討誅之。又明年辛巳，改至正元年。冬，湖廣、燕南、山東兵皆起。道州人蔣丙、何仁稱順天王，而兵起者至三百餘處矣。至丙戌六年，汀州人羅天麟、陳積萬起靖州。猺人吴天保起，殺湖廣右丞沙剌班，衆至六萬。明年丁亥冬，則沿江之兵皆起矣。戊子八年，台州方國珍始據有土地，元乃以官啖之。

辛卯十一年，是歲徐壽輝稱帝於蘄水，國號天完，改元治平。壽輝，羅田人，與倪文俊、鄒普勝等以紅巾爲號，攻城略地，建都設官屬。欒城人韓山童以白蓮會燒香惑衆，倡言彌勒佛下生。潁州人劉福通與杜遵道、羅文素、盛文郁、王顯忠、韓咬兒，復詭言山童實宋徽宗八世孫，當主中國，同以紅巾起事。既而山童就擒，其妻楊氏及子林兒逃，福通等奉之，攻陷州郡，衆至十萬，而元不能制矣。李二號芝麻李者，又與其黨趙均用、彭早住攻陷徐州據之。壬辰，定遠人郭子興與其黨孫德崖攻拔濠州據之。至十一月，均用稱王，而子興、德崖屈己事之。癸巳五月，泰州張士誠據高郵稱誠王。十二月，郭子興入滁州稱王。

乙未十五年二月，劉福通以韓林兒稱帝，國號宋，改元龍鳳，都亳。七月，我太祖高皇帝起兵，自和陽渡江。丙子正月，徐壽輝據漢陽。二月，張士誠據平江。二月，我師克金陵，改集慶路爲應天府。三月，我師克常州。五月，取寧國等路。八月，取楊州。十二月，隨州人明玉珍據成都。

戊戌十八年三月，我師取建德路。五月，劉福通奉宋主韓林兒都汴梁路。十二月，我師取婺州。

己亥十九年三月，方國珍以温、台等三郡降於我。秋八月，劉福通以宋主走安豐。九月，我師取衢州、處州。十二月，陳友諒稱漢王。

庚子二十年，漢王陳友諒弑天完主徐壽輝，稱帝於采石，改元大義，都江州。

辛丑二十一年，我師伐漢，拔江州。

壬寅二十二年正月，胡廷瑞以南昌降於我。三月，明玉珍破雲南，自稱隴蜀王。明年癸卯二十三年春正月〔一〕，遂稱帝於成都，國號夏，改元大統。是歲，張士誠稱天祐元年。二月，士誠將吕珍入安豐，殺宋劉福通，我師擊走之。七月，漢陳友諒圍我洪都，我太祖帥師討之。友諒敗死，子理立。張士誠自稱吴王。是歲，陳友諒知院蔣必勝、饒昇臣等復陷吉安。

甲辰二十四年，我太祖建國號曰吴。是歲，漢主陳理德壽元年。二月，自將伐漢，理降，漢亡。

丙午二十六年三月，夏主明玉珍卒，子昇立。四月，我師取淮安諸路。九月，取湖州諸路。十二月，韓林兒卒，宋亡。

丁未二十七年，太祖稱吴元年。九月，我師伐吴，執張士誠以歸，吴亡。十月，我師北伐，定中原。十一月，頒戊申曆，方國珍降，我師克燕，元亡。

明年戊申，爲我太祖聖神文武欽明啓運俊德成功統天大孝高皇帝姓朱氏，國號大明，都金陵，改元洪武元年，戊申歲正月初四日也。

【校記】

〔一〕癸卯：原作『己卯』。

宋

宋主諱林兒，姓韓氏，陶九成記，本李氏子。欒城人也。詭稱宋徽宗九世孫，號小明王，都亳，國號宋，改元龍鳳元年。寔至正十五年乙未歲也。僞詔略曰：「藴玉璽於海東，取精兵於日本。貧極江南，富誇塞北。」初，宋廣王走崖山，丞相陳宜中走倭，託此説以動衆。壬辰年五月，徙瀛國公子趙完普於沙州，從御史徹徹之請也。時諸處兵起，皆以亡宋爲名故也。又曰：「虎賁三千，直擣燕幽之地；龍飛九五，重開大宋之天。」

先是，至正庚寅間，參議賈魯當承平時，鋭欲立名以垂世，首勸丞相脱脱興屯田、更鈔法。明年辛卯夏四月，復勸脱脱求禹故道開黄河，身任其事。瀕河起集丁夫二十六萬餘，河夫多怨。韓山童等挾詐陰鑿石人，止開一眼，鐫其背曰：『莫道石人一隻眼，此物一出天下反。』預當河道埋之。掘者得之，相驚而從亂。旬月之間，衆至數萬人。一云，先是河南北童謡云：『石人一隻眼，挑動黄河天下反。』及魯治河，果於黄陵岡得石如謡云。

山童者，林兒之父也。母楊氏。山童祖父以白蓮會燒香惑衆，謫徙永平。至山童倡言天下大亂，彌勒佛下生，河南及江淮愚民翕然信之。時潁州人劉福通等，與杜遵道、羅文素、盛文郁、王顯忠、韓咬兒復倡言山童當爲中國主，同起兵，以紅巾爲號。縣官捕之急，福通遂反，山童被擒，其妻楊氏與林兒逃之武安。福通據成臯，攻羅山、上蔡、真陽、確山諸縣，尋犯武陽、葉縣，陷汝寧府及光、息二州，衆至十萬。

是時蕭縣人李二，號芝麻李，亦以燒香聚衆，與其黨趙均用、彭早住起淮安〔一〕，攻陷徐州據之。均用稱永義王，早住號老彭，稱魯淮王。八月，也先帖木兒擊福通，復上蔡，殺韓咬兒。十二年二月，定遠人郭子興與孫德崖等稱元帥，攻拔濠州據之。八月，元兵破徐州，芝麻李遁，趙均用、彭早住走濠州。十一月，均用據濠州。時徐州破，均用來與子興、德崖合力拒守。兵已解，子興、德崖願屈己下之，而二人遂爲所制。既而早住死，均用益自專，遂據城稱王。

龍鳳元年二月，宋主稱皇帝。劉福通等自碭山夾河迎林兒至亳，立爲皇帝。以其母楊氏爲皇太后，杜遵道、盛文郁爲丞相，劉福通、羅文素爲平章，劉六知樞密院。拆鹿邑縣太清宫材建宫闕。遵道等各遣子入侍。時遵道專權，福通殺之，自爲丞相，稱太保。六月，我太祖起兵，仍稱龍鳳年號。十二月，宋主走安豐。元將答失八都魯破福通，復駐汴，又敗之於太康，遂圍亳。福通以林兒遁走安豐。

丙申龍鳳二年，至正十六年也。三月，我太祖克金陵。

丁酉龍鳳三年，至正十七年也。二月，李武、崔德破商州，攻武關，直趨長安，三輔震恐。元將察罕帖木兒與李思齊連兵擊敗之。三月，毛貴攻破膠、萊諸州。貴，福通將也。八月，劉福通攻破汴梁，遂分兵略地。時關先生、破頭潘、馮長舅、沙劉二、王士誠趨晉、冀，白不信、大刀敖、李喜喜趨關中，毛貴據山東，其勢大振。冬十月，白不信等破興元，遂圍鳳翔，爲李、察罕所敗，與李喜喜皆遁入蜀。

戊戌龍鳳四年，至正十八年也。三月，毛貴破濟南，殺元右丞董搏霄。初，貴入據濟南，立賓興院，選用故官，分守諸路，又於萊州立屯田三百六十處。時搏霄方駐南皮縣，營壘未定，遂死之。搏霄字孟起，儒將也。是月，田豐破濟寧，毛貴破薊州。豐退保東昌，貴略柳林，逼畿甸，元徵四方兵入衛。五月，福通攻汴，守將竹貞出走，乃自安豐奉林兒居之以爲都。六月，關先生、破頭潘等分兵二道，一出絳州，一出沁州，踰太行，焚上黨，破遼州，晉、冀、雲中、雁門、代郡，烽火數千里，遂大掠塞外諸郡而還。十二月，關先生轉掠遼陽至高麗，焚燬上都宮闕。

己亥龍鳳五年，至正十九年也。夏四月，趙均用殺毛貴，續繼祖殺均用。繼祖，貴黨也，自遼陽入益都，相爲讎殺。秋八月，察罕帖木兒兵復汴梁，福通復以宋主走安豐。

庚子龍鳳六年，至正二十年也。夏五月，陳友諒弑主稱帝。

辛丑龍鳳七年，至正二十一年也。秋八月，察罕帖木兒兵勝，遣其子擴廓帖木兒擣東平，復爲書招豐及王士誠，皆降。

壬寅龍鳳八年，至正二十二年也。六月，田豐刺察罕帖木兒殺之。初，豐、誠降，察罕推誠待之，數入其帳中。時以十一騎行至豐壘，遂爲士誠所刺，蓋夙謀也。冬十一月，擴廓帖木兒討田豐、王士誠，擒之，取其心以祭父，執陳猱頭等二百餘人獻元京斬之。

癸卯龍鳳九年，至正二十三年也。二月，張士誠將呂珍引兵攻破安豐，殺福通，據其城。太祖聞之，率徐達、常遇春往擊之，珍大敗。時廬州人左君弼助珍，又擊敗之，珍、君弼皆走。三月，關先生餘兵復攻上都，元將擊降之。

甲辰龍鳳十年，至正二十四年也。春正月，我太祖建國號曰吴。

乙巳龍鳳十一年，至正二十五年也。

丙午龍鳳十二年，至正二十六年也。冬十二月，宋主殂。丁未，我太祖稱吴元年，至正之二十七年也。葉子奇記小明王，下有劉太保者，每陷一城，以人爲糧食，人既盡，復陷一城。其人至不道若此，豈即福通耶？當時又有劉六者知樞密，亦豈嘗爲太保耶？

【校記】

〔一〕趙均用：原作『趙君用』，據前後文改。

天完

天完主諱壽輝，姓徐氏，一名貞一，羅田人也。至正十一年辛卯冬十月，僭稱皇帝，國號天完，都蘄水，改元治平元年。

先是，瀏陽人彭和尚名翼，號妖彭，能爲偈頌，勸人念彌勒佛號。遇夜，燃火炬名香，念偈拜禮，愚民信之。其徒遂衆，思欲爲亂，未有主也。會壽輝浴於鹽塘水中，體有光怪，衆皆驚異，遂立爲帝，天下應響。壽輝本湖南人，姿狀庬厚，以販布爲業，往來蘄、黄間，然無他才能。姿性寬縱，權在群下，建空名耳。以鄒普勝爲太師，兵陷饒州，執魏中立；陷信州，執于大本：皆死之。一云壽輝與麻城人鄒普勝等以妖術陰謀惑衆，舉兵爲亂，亦以紅巾爲號。《泰和志》分注：辛卯冬，紅巾駐劄九江，江西省進兵守禦。

壬辰至正十二年治平二年。春正月，陷漢陽諸郡。十四日，遣僞將丁普郎、徐明遠陷漢陽及興國府，鄒普勝陷武昌，曾法興陷安陸、沔陽。二月十一日，陷江州，總管李黼死之。黼字子威，汝寧人，泰定丁卯進士及第，與兄子秉昭俱死。三月，歐祥陷袁州，陶九陷瑞州，許甲攻衡州，項普略陷饒州、徽州、信州。《饒志》作彭翼遣項普略破吉安路。閏月十三日，蘄、黄紅巾自江州直抵廬陵，攻破吉安，鄉民羅明遠復之。秋七月，襲杭州，董摶霄復之，遂復徽州。九月，陷吴興、延陵。冬十月，陷江陰。兵自昱嶺關徑抵餘杭縣〔二〕。七月初十日入杭州城，四帥項、蔡、楊、蘇，一屯明慶寺，一屯北關門妙行寺。稱彌勒佛出世，不殺不淫，招民投附者署姓名於簿，府庫金帛悉輦以去。先是，壽輝遣項普略引兵掠徽、饒，猝至杭，城中無備，參政樊執敬御賊死之。時摶霄征安豐，攻濠，移兵來會，七戰皆捷，焚接待寺，蘄兵多死，僞將潘大奫、梅元等俱降。進克廣德、蘄、饒，進逼徽州。賊中有道士能作十二里霧者，擒斬之，首功數萬級，徽州遂平。十一月，趙普勝、周驢等據池陽、太平諸郡，號百萬。湖廣平章政事星吉募兵得三千人，進克銅陵，復池州，又復湖口，解安慶圍，克江州，救援不至，中流矢卒。

癸巳至正十三年治平三年。十二月，元卜顏帖木兒及西寧王牙罕沙等合軍討蘄水，獲其官屬四百餘人誅之。

乙未至正十五年治平五年，龍鳳元年。春正月，倪文俊復破沔陽。初，威順王令其子報恩奴同元帥阿思監水陸並進，以討文俊。至漢川，水淺，文俊以火筏攻之，報恩奴敗死。三月，破襄陽。五月，文俊復破中興路，元帥朵兒只班死之。六月，我太祖起兵取太平。

丙申至正十六年治平六年，龍鳳二年。春正月，壽輝據漢陽。

丁酉至正十七年治平七年，龍鳳三年。九月，陳友諒殺倪文俊。初，文俊專恣，謀殺壽輝不果，奔黄州。友諒乘釁襲殺之，遂併其軍，自稱平章。十二月，明玉珍據成都。玉珍爲文俊守蜀，文俊死，玉珍遂自據之，蜀中郡縣皆附。

戊戌至正十八年治平八年，龍鳳四年。春正月，友諒破安慶，左丞余闕死之。闕字廷心，進士及第，城破自剄清水塘死，妻妾子女及甥皆死。夏四月，友諒破龍興。

己亥至正十九年治平九年，龍鳳五年。六月，友諒遣其黨王奉國攻信州，屢爲援兵伯顏不花的斤所敗。友諒弟友德攻城益急，奉國穴地梯城陷之，的斤戰死。的斤，鮮于樞之甥也。十二月，天完主徙都江州，友諒自稱漢王。初，壽輝聞友諒得龍興，欲徙都之，友諒不從。壽輝固引兵發漢陽，至江州，友諒設伏城西而迎之。壽輝既入，伏發，盡殺其部屬。以江州爲都居之，遂自稱漢王，立府設官，壽輝虚位而已。

庚子至正二十年治平十年，龍鳳六年。夏五月，友諒弑天完主於采石。先是，友諒率舟師犯太平，挾壽輝以行。及太平失利，急謀僭竊，乃於采石舟中佯使人詣壽輝前白事，令壯士持鐵撾自後擊之，碎其首死。一云壽輝既稱帝，湖、江、浙三省城池多陷没，開蓮臺省於蘄春，然不能制其下。陳友諒既殺倪文俊，遂率兵攻金陵，謀簒其位，乃勒死於采石。是年五月，陳友諒既弑壽輝，改大義元年，則天啓、天定，豈友諒已不用治平矣。

【校記】

〔一〕昱嶺關：原誤作『星嶺關』。

漢

漢主諱友諒，姓陳氏，沔陽人也，稱皇帝於采石，國號漢，都江州，改元大義元年。是歲庚子，元至正二十年。天完治平十年，宋龍鳳六年。友諒始起爲縣貼書，兄弟四五人相從爲盜而好兵，初居倪文俊部下。時壽輝雖號爲帝，權皆在文俊。文俊頗驕恣，待其下無恩，友諒與其黨襲殺之。

其黨復謀殺友諒，事泄見殺，於是大權悉歸於友諒矣。僞封漢王，欲舉兵收金陵，至采石稱帝而後下，乃以五通廟爲行殿，仍以鄒普勝爲太師，張必先爲丞相。群下立江岸幕次行禮，值大雨至，略無儀節。既而攻金陵，大敗而歸，營江州爲都。

辛丑至正二十一年宋龍鳳七年，漢大義二年。秋八月，我太祖伐漢，友諒自龍江敗還，張定邊復陷安慶。我太祖令諸將帥舟師乘風遡流而上，遂復安慶。長驅向江州，分舟師爲兩翼夾擊，大破之。友諒挈妻子夜奔武昌。其相胡廷瑞以龍興來降，乃改爲洪都府。王溥以建昌，吴宏以饒州，歐普祥以袁州，各率衆來見。陳州陳龍、吉安孫本立、曾萬中皆來降。

壬寅至正二十二年宋龍鳳八年，漢大義三年。三月，明玉珍破雲南。夏五月，據蜀自王。初，玉珍聞友諒弑逆，乃整兵守夔關，不與相通，復立廟以祀壽輝，自稱隴蜀王。

癸卯至正二十三年宋龍鳳九年，漢大義四年，蜀天統元年。春正月，玉珍稱帝，改元天統。秋七月，漢主友諒圍洪都，我太祖征之，友諒敗死，子理即位。

甲辰至正二十四年宋龍鳳十年，漢德壽元年，蜀天統二年。春正月，我太祖建國號曰吴。自將伐漢，漢主理降，漢亡。

嗚呼，金元之際，尚忍言哉。秦諺有之：『楚雖三户，亡秦必楚。』予未嘗不隕泣於斯。夫王者天下之義主也，苟無富貴之心而有康濟之勳，斯舜、禹之事已，類不類不問可也。故曰：舜，東夷之人也；文王，西夷之人也。又曰：行一不義、殺一不辜而得天下，不爲也。金元之際，尚忍言哉。宋室不競，金人乘之，以彼悍堅，拉此柔脆，宜有餘力矣。元之蹙金，戰伐彌苦，弓馬戈矛之間，生民之幸不爲糜爛者幾何哉。渡江之師，一惟勇力是恃，孰不憐之。殆庚申君之覆滅也，嶺表首禍，猶假大金，卒以妖民託宋亡之餘[一]。天命真人，神武不殺，克成混一之功，亦微有資於龍鳳云者，是可以觀人心之向往矣。語云枯雞穴蚿，豈徒以血氣然哉。聊因僞僭以録驅除，抑以頌聖人之興非偶然爾。

【校記】

〔一〕『餘』字原缺，據談遷《國榷》卷一補。

儼山外集卷三十三

春雨堂雜抄

宋初，王贄方奉命均兩浙雜稅。錢氏舊法，畝稅三斗。王至，悉令畝稅一斗。朝廷責其擅減。王曰：『今兩浙已爲王民，其可復循僞國之法？』畝稅一斗，自贄方始。今兩浙之稅繁重，或云起於賈似道公田，或云張士誠以租爲稅，今遂因之。大抵減稅者必當治朝，加稅者必是亂世。

孝廟升遐，武宗以正德改元，出於劉少師健所定，蓋犯前文。馬端肅公文升在吏部，考選以『宰相須用讀書人』命題諷之。今上入繼紀元，内閣初擬明良，次嘉靖，次紹治，上特用嘉靖云。

王荆公作相，裁損宗室恩數，於是宗子相率馬首陳狀，訴云均是宗室子孫，且告相公看祖宗面。荆公厲聲曰：『祖宗親盡，亦須祧遷。何況賢輩？』於是皆散去。見陸放翁《老學庵筆記》。

謚莫美於忠獻，而文貞次之。至宋，以避諱，始易貞爲正。世遂以文正爲儒臣節惠之極，實則不然。夫貞者，正而固也，義尤該洽。宋宰相韓億謚忠獻，當時稱爲長者，四子綜、絳、維、縝同奏名禮部。忠獻啓上曰：『臣子叨陛下科第，雖非有司觀望，然臣既備位政府，豈當受而有之，天下將以謂由臣致此。臣雖不足道，使聖明之政，人或議之，非臣所安也。臣教子既已有成，又何必昭示四方，以爲榮觀哉。乞盡免殿試唱第幸甚。』誠懇再三，仁宗嘉歎而允。據此一事，雖涉於避嫌之過，然持正有體，足以磨鈍勵世者多矣。忠獻易名，夫豈徒然。

《容齋隨筆》謂唐世制舉科目猥多，徒異其名耳，其實與諸科等也。今考之唐朝科名，高宗顯慶中有志烈秋霜科，乾封中有幽素科，上元中有辭殫文律科。武后垂拱中有辭標文苑科，永昌中有蓄文藻之思科，有抱儒素之業科，長壽中有臨難不顧徇節寧邦科，證聖中有長才廣度沉迹下僚科，通天中有文藝優長科，神功中有絶倫科，大足中有拔萃科，有疾惡科，長安中有龔黄科。中宗神龍中有才膺管樂科，有才高位下科，有材堪經邦科，景龍中有抱器懷能科，有茂才異等科。睿宗景雲中有文經邦國科，有藻思清萃科，有寄以宣風則能興化變俗科，有道侔伊吕科，有手筆俊拔超越輩流科。玄宗開元中有哲人奇士科，有逸淪屠釣科，有良才異等科，有文儒異等科，有文史兼優科，有博學通議科，有文辭雅麗科，有將帥科，有武足安邊科，有高才沉淪草澤科，有高才未達沉迹下僚科，有博學宏詞科，有多才科，有王霸科，有智謀將帥科。天寶中有文辭秀逸科，有風雅古調科，有辭藻宏麗科。代宗大曆中有樂道安貧科，有諷諫主文科。德宗建中中有賢良方正能直言極諫科外，又有文辭清麗科，有經學優深科，有軍謀越衆科，有力田聞於鄉閭科。正元中有博通墳典達於教化科，有洞識韜略堪任將帥科，有清廉守節政術可稱堪任縣令科，有孝弟力田聞於鄉閭科，復有博通墳典達於教化科，有詳明政術可以理人科。元和中有才識兼茂明於體用科，有達於吏理可使從政科，有軍謀宏達材任將帥科。至長慶、寶曆、泰和之間，多循舊章，並用賢良方正能直言極諫與詳明政術可以理人、軍謀宏達材任將帥、博通墳典達於教化等科，特小異耳。別有軍謀宏達材任邊將一科，似爲事設云。大抵名義瑣屑，因時就俗，固不若賢良方正直言極諫與秀才、茂異之雅重也。若究本論之，則孝弟力田聞於鄉閭一科，猶有鄉舉里選之遺意，施之實用，有足徵者。按，唐室名臣多起於科目，惟張九齡嘗應二科，一則才堪經邦，一則道侔伊吕，後來相業誠不負科名矣。而裴晉公度在裴垍下第四人及第。顔魯公真卿之忠節，乃在於文辭秀逸之科。世謂科目不足以得士，寧可據哉？開元、天寶之際，文章宣朗。是時有風雅古調科，乃薛據及第，而李白、杜甫不在兹選。往往皇甫鏞、牛僧孺、吴通玄之流，皆大科高選。謂科目盡足以得士，亦豈容遽信哉？又按，手筆俊拔超越輩流有科，頗疑專爲字學而設。始知唐人工書，亦有自來矣。

武舉緣起於漢羽林、期門。唐、宋設科取士，法制漸密，蔭襲外，誠不可少。慶曆間，以策爲去留，弓馬爲高下，固不若今制以弓馬爲去留，以論策爲高下尤密。

唐太宗貞觀十八年，引汴、鄜諸州所舉孝廉，賜坐於御前，上問以皇王政術，及皇太子問以曾參説《孝經》，並不能答。太宗謂曰：『昔楚莊王言事，群臣莫逮，退而有憂色曰：「諸侯能自得師者王，自謀而莫己若者亡。今以不穀之不德，群臣莫能逮，吾國其幾於亡乎？」朕發詔徵天下俊異，纔以淺近問之，咸不能答。海内賢哲，將無其人耶？朕甚憂之。』按，此旨裁深厚優容，真帝王雅度。漢武元光中，初策公孫弘，帝猶怒，以爲不能，似有總核之意。雖然並駕馭賢豪之術也，質文則有間矣。

劉晏興利，士大夫所恥言。觀其總理之密，亦豈易及哉。只如委士人以出納，吏人惟書符牒一事，最得要領。常言士多清修，以名重於利；吏多貪汙，以利重於名。雖非名理，抑可謂察於世變矣。

三代而下，惟光武具聖人之體，只圖讖一事，甚爲累德。鄭興、賈逵以附同顯榮[一]，桓譚、尹敏以乖忤淪敗。此去求仙覆轍何大相遠，往事可勝歎耶！

唐高宗時，文武官一品已下、九品已上，計一萬三千四百六十五員。當時傷其多且濫也，典選者往往以僻書隱學爲判目，峻爲黜落之計，遂至弊壅。大抵銓衡之法，尤貴知數。入官之數與入流之數相爲乘除，此補偏救弊之道。若夫官員有數，入流無限，以有數供無限，此唐之所以失也。故曰省事不如省官。

宋慶曆中，黄庶字亞夫，常考所屬黄司理者曰：『治訐獄，歲再周矣。論其罪，棄市者五十四，流若徒三百十有四，杖百八十六，皆得其情，無有寃隱不伸。非才也其孰能？其考可書中。』

舞陽尉者曰：『舞陽大約地廣，他盜往往囊橐於其間。居一歲，凡竊與强者凡十一。前件官捕得之，其亡者一而已。非才焉固不能，可書中。』法曹劉昭遠者曰：『法者禮之防也，其用之以當人情爲得。刻者爲之，則拘而少恩。前件官以通經舉進士，始掾於此，若老於爲法者。每抱具獄，必傅之經義然後處，故無一不當其情。其考可書中。』載在《容齋隨筆》。予每見今世考語，只用一二語，遂定殿最，彌文者或用駢儷語至數十言，於事實頗略，私心病之。乃知宋時綜核如此，儻可據以爲法耶。

《周禮》六官文密意詳，固是聖人之制作。後世惟漢制最得簡易之道，只以丞相總百官，而九卿分治天下之事，誠所謂運天下於掌上也。使人主擇相，相擇九卿，九卿分職，各擇其屬，雖世守之可也。宋承唐弊，神宗有爲，其意以爲據今日之事實，考前世之訛謬，删定重複，去其冗長，必有此事乃置此官，其意可謂善矣。

唐開元中，置麗正書院，聚文學之士修書，以張説爲使，有司供給優厚。中書舍人陸堅欲奏罷之，惜費也。説曰：『自古帝王，於國家無事之時，莫不崇宫室，廣聲色。今天子獨近禮文儒，發揮典籍，所益者大，所損者微。』宋太宗平列國，所得裸將之士頗多，無地處之。於是設館修三大書，命宋白等總之。三大書者，《冊府元龜》《太平御覽》《文苑英華》也。《御覽》外又别修《廣記》五百卷，亦皆優爲供給。蓋將以馳驅一時之人才，使之樂而忘老，其本意初不爲書籍也。明君、賢相，真自有度。

錢唐徐子健以醫術游江湖間，故兵部尚書徐賓之孫也。爲予言其祖征交阯時，過鴨嘴灘，爲飛石所拒。有兵器曰李公車、孩兒把，音霸。上設伏機，其下只用一人引繩發之，石遂亂飛，能渡江椎擊，其灘闊一二里許，中遠如神。又聞有水底連天砲，先沉銅鐵大砲於水中，以蘆葦接長洞中，藏藥線於其内，水戰時用之，亦曰神妙。

宋承唐制，以同平章事爲宰相之職。無常員，有二人則分日知印，以丞郎已上至三師爲之。其上相爲昭文殿大學士監修國史，其次爲集賢殿大學士。或置三相，則昭文、集賢兩學士并監修國史並除焉。太祖乾德間，以趙韓王普爲相，爲置參知政事以副之。參知政事者，與參庶務，以毗大政。其除授不宣制，不押班，不知印，不預奏事，不升政事堂，殿庭別設磚位於宰相後〔二〕，及敕尾署銜降一等。至道元年，詔與宰相體例並同。親王、樞密使、留守、節度使兼中書令、侍中同平章事者，則謂之使相，不預政事，不書敕，惟宣敕除授者，敕尾存其銜而已。神宗新官制，於三省置侍中、中書、尚書二令，而不除人，而以尚書令之貳左、右僕射爲宰相。左僕射兼門下侍郎，以行侍中之職；右僕射兼中書侍郎，以行中書令之職。復別置中書、門下侍郎、尚書左、右丞，以代參知政事之職。徽宗政和間，左、右僕射爲太宰、少宰，仍兼兩省侍郎。靖康間，復爲左、右僕射。高宗建炎間，改尚書左、右僕射，各同中書門下平章事，門下、中書二侍郎並改爲參知政事，廢尚書左、右丞。乾道間，又改尚書左、右僕射爲左、右丞相云。按，唐、宋置相，沿革如此。陳平有言，宰相上佐天子，理陰陽，順四時，下遂萬物之宜，外鎮四夷諸侯，内親附百姓，使卿大夫各任其職，此確論也。元儒馬端臨亦謂相業無所不統，不容拘以一職，乃有同中書門下三品、同平章事、參知機務、參預政事之名。又謂宰相總百官，弼天子，既不當儕之他官，而其上不當復有貴官矣。唐自開元以來，郭元振、李光弼相繼以平章事爲節度使，謂之使相，而宰相之職儕於他官自此始。宋自元祐以後，文潞公、吕申公相繼以平章國家重事序宰相上，而宰相之上復有貴官自此始。然郭、李以勳臣名將爲之宜也。自此例一開，於是田承嗣、李希烈之徒，俱以節鎮帶同平章事非一人。極而至於王建、馬殷、錢鏐之輩遍起盜地者，皆欲效之。蓋鄙他官而不爲，而必欲儕於宰相，以自附於郭、李，則唐中葉以後所謂平章者如此。文、吕以碩德老臣爲之宜也。自此例一開，於是蔡京、王黼相繼以太師總知三省事，三日一朝，赴都堂治事。以至於韓侂胄、賈似道擅權專政之久者，皆欲效之。蓋卑宰相而不屑爲，而必求加於相，以自附於文、吕，則宋中葉以後所謂平章者如此。其感歎於世變者深矣。

【校記】

〔一〕顯榮：原作『顯融』，據四庫全書本改。

〔二〕『後』字原缺，據《續資治通鑑長編》卷四十補。

儼山外集卷三十四

進同異録序

臣愚才拙器疏，力小圖大，故嘗狹陋漢唐之治，思欲致身唐虞之朝。恭遇陛下繼統御極，天縱性成，真堯舜之主也。千載一時，益思自奮。第愧誠意素薄，不識獻納之宜，言出禍隨，動與罪會。仰賴陛下仁聖，曲賜保全，尚與衣冠之列。昨自講筵出佐延平。延平實文獻之邦，楊、羅、李、朱四賢之遺風猶在，水土相宜，職務易稱，臣頗得以讀書向學。每見先儒議論，有切於大典禮、大政事者，手自劄録。未及三月，又蒙陛下特超常資，付以山西學政，俾列憲臣，增還舊秩，非臣捐糜所能報也。比至山西，巡行之暇，偶出舊編，粗加詮次，分爲上、下，謹用繕寫，上塵乙覽。伏惟聖人之學，貴得其要；帝王之務，在知所先。儻事博覽汎觀，殆非神明化育所以無聲無臭之妙也。頗恨時日有限，文籍少隨，不免挂一而漏萬。譬如涓埃，何益海嶽。然哀多益寡之志終存，而萬折必東之性難改。竊伏自念臣本農家，僻居江海之上，兼有藏書，可資考索，衣食所餘，足備筆札之費。儻蒙乞賜骸骨，少假歲時，臣當部分首尾，兼總條貫，勒成一家之言，庸爲萬幾之助。罔知可否。若蹈淵冰，不勝恐悚待罪之至。臣謹序。

同異録卷上

典常上

臣深釋曰：典常經久之意，上簡帙之首也。是編皆古人之成説，乃今時之急務，第厥所由，蓋將以寓施爲緩急之序，而區區一得之愚，亦因以附見於此云。

歐陽修《唐紀・贊》略

自古受命之君，非有德不王。自夏后氏以來，始傳以世，而有賢有不肖。故其爲世數，亦或短或長。

司馬光《應詔論》略

漢世國家有大典禮、大刑獄、大征伐，必下公卿、大夫、博士、議郎議，其議者固不能一，必有參差不齊者矣。於是天子稱制决之，曰丞相議是，或曰廷尉當是，而群下厭然，無有不服者矣。

又曰：古之帝王，聞人之言，則能識其是非，故謂之聰；觀人之行，則能察其邪正，故謂之明；是非既辨，邪正既分，姦不能惑，佞不能移，故謂之剛；取是而舍非，誅邪而用正，確然無所疑，故謂之斷；誅一不肖，而天下不肖者皆懼，故謂之威；賞一有功，而天下有功者皆喜，故謂之福。

富弼《邪正辨》略

夫天子無官爵，無職事，但能辨别君子小人而進退之，乃天子之職也。自古稱明王明君明后者，無他，惟能辨别君子小人而用舍之，方爲明矣。至於煩思慮，親細故，則非所以用明之要也。

歐陽修《禮樂志》略

由三代而上，治出於一，而禮樂達于天下；由三代而下，治出於二，而禮樂爲虚名。古者宫室車輿以爲居，衣裳冕弁以爲服，尊爵俎豆以爲器，金石絲竹以爲樂，以適郊廟，以臨朝廷，以事神而治民。其歲時聚會以爲朝覲、聘問，歡欣交接以爲射鄉、食饗，合衆興事以爲師田、學校，下至里閭田畝，吉凶哀樂，凡民之事，莫不一出於禮。由之以教其民爲孝慈、孝悌、忠信、仁義者，常不出於居處、動作、衣服、飲食之間。蓋其朝夕從事者，無非乎此也。此所謂治出於一，而禮樂達于天下，使天下安習而行之，不知所以遷善遠罪而成俗也。及三代已亡，遭秦變古，後之有天下者，自天子百官名號位序、國家制度、宫車服器，一切用秦。其間雖有欲治之主，思所改作，不能超然遠復三代之上，而牽其時俗，稍即以損益，大抵安於苟簡而已。其朝夕從事，則以簿書、獄訟、兵食爲急，曰：『此爲政也，所以治民。』至於三代禮樂，具名物而藏於有司，時出而用之郊廟、朝廷，曰：『此爲禮也，所以教民。』此所謂治出於二，而禮樂爲虚名。

劉顔《輔弼名對序》略

昔者三王咸設四輔，一曰師，二曰保，三曰疑，四曰丞，俾居左右前後，各主訓、護、論、思。又建三公，以總百揆。《書》曰『夢帝賚予良弼』，又曰『弼予一人』。是四輔、三公、九卿，通謂之輔弼。故西漢汲黯曰：『天子置公卿輔弼之臣，寧令從諛承意，陷主於不義乎？』則三公九卿通謂之輔弼明矣。皆所以勗仁勸道，補政益德，申朝廷之大義，固社稷之長策，致君上於無過，措國家於不傾，出入詢謀，言動獻替者也。是以持平守正，審情切事，中於時病，合於物心。一言之發，足以廣其聰明；一語之行，足以垂其法度。此乃輔弼之臣應對之名者也。

徐積《書鄭綮傳》略

天下之所恃而爲安危者，誰乎？曰宰相焉耳。故自朝廷百執事，至於州縣之吏，不幸而一非其人，不過敗其一局之事耳。至於宰相者，其人一非，則天下殆矣。雖亡宗赤族，何益禍敗。蓋天子之於天下也，得其術，則其道甚易。宰相佐天子治天下，以一身而當天下之責，雖得其術，其道甚難。

蔡襄《送黄子思寺丞知咸陽序》略

天子之尊，下視民人，遠絶不比，然出政化，行德澤，使之速致而均被者，蓋其所關行有以始而終之者也。惡乎始？宰相以始之。惡乎終？縣令以終之。輔相天子，施政化德澤，自朝廷下四方而止於縣者，承其上之所施，然後周致於其民也。近天子莫如相，相必得賢，故能輔其政化德澤之施也。近民莫如令，令無良焉，雖政教之美，德澤之厚，而民莫由致之也。相近天子，而令近於民，其勢固殊，然其相與貫連以爲本末，是必動而相濟者也。民知所賴，而相休養以業其生，惟令而已。令之於民，察其土風井閭，而别其善惡、强弱、富貧、勤惰、寃讎、疾苦，以條辨而均治之，使咸得其平焉。令之責，豈輕也哉？

歐陽修《請補館職疏》略

臣竊以治天下者，用人非止一端，故取士不以一路。若夫知錢穀、曉刑獄、熟民事、精吏幹、勤勞夙夜以辦集爲功者，謂之才能之士。明於仁義禮樂，通於古今治亂，其文章論議，與之謀慮天下之事，可以決疑定策、論道經邦者，謂之儒學之臣。善用人者，必使有才者竭其力，有識者竭其謀。故以才能之士布列中外，分治百職，使各辦其事。以儒學之臣置之左右，與之日夕謀議，求其要而行之。而又於儒學之中擇其尤者，置之廊廟而付以大政，使總治群材衆職，進退而賞罰之。此用人大略也。

劉摯《分析助役論》略

祖宗累朝之舊臣，則鐫刻鄙棄，去者殆盡。國家百年之成法，則劃除廢棄，存者無幾。○○豈不怪天下所謂賢士大夫，比歲相引而去者，凡幾人矣。○○亦嘗察此乎？去舊臣，則勢位無所軋己，而權可保也。去異己者，則凡要路皆可以用門下之人也。去舊法，則曰今所以制馭天下者，是己之所爲，而○○必將久任，以聽其伸縮也。

臣深謹按，摯此論，蓋當王安石變法之日。然安石猶知畏名義，創宫觀以處異議，而朝廷之體不失，卒使宋社丘墟，金狄搆禍，其源已兆於此。摯之論可監已。臣又按，章内空白

二字，乃前朝臣子尊稱君上之文，義當避闕。餘倣此。〔一〕

劉摯《論人才疏》略

臣竊以爲治之道，唯知人爲難。蓋善惡者，君子小人之分，其實義利而已。然君子爲善，非有心於善，而惟義所在；小人爲惡，頗能依真以售其僞，而欲與善者淆。故善與惡雖爲君子小人之辨，而常至於不明。世之人徒見其須臾，而不能覆其久也。故君子常難進，而小人常可以得志，此不可不察也。是故今天下有二人之論：有安常習故，樂於無事之論；有變古更法，喜於敢爲之論。二論各立，一彼一此，時以此爲進退，則人以此爲去就。臣嘗求二者之意，蓋皆有所爲而爲非也。樂無事者，以爲守祖宗成法，獨可以因人所利，據舊而補其偏，以馴致於治，此其所得也；至昧者則苟簡怠惰，便私膠習，而不知變通之權，此其所失也。喜有爲者，以謂法爛道窮，不大變化則不足以通物而成務，此其所是也；至鑿者則作聰明，棄理任智，輕肆獨用，强民以從事，此其所非也。彼以此爲亂常，此以彼爲流俗。畏義者以竝進爲可恥，嗜利者以守道爲無能。二勢如此，士無歸趨。臣謂此風不可浸長。

唐制略

給事中得以封駮詔書。封謂封還詔書而不行，駮謂駮正詔書之所失。

孫覺《論章疏》略

凡人臣當謹密者，以君子小人消長之勢未分，言有漏泄，或能致禍，如其不密，則害於其身。若遭值明主，危言正論，無所忌憚，亦何謹密之有乎？惟有姦邪小人，以枉爲直，懼爲公論之所不容，則唯恐其言之不密。若得此輩在位，〇〇何所利乎？

臣深謹按，《易》曰：『君不密則失臣，臣不密則失身，幾事不密則害成。』此密説之所由始也。竊詳密之爲義，蓋具數端：有縝密，有秘密，有隱密，有深密，有慎密，有微密，有機密，有茂密。若夫君臣事幾之間，大抵縝密之意居多，而非必專主於秘密也。語云：有天德便可行王道，其要只在慎獨。慎獨云者，正密之謂也。何者？有縝密，則秘密該焉。有秘密而無縝密，此禍亂之所乘以起者也。昔趙清獻公晝之所爲，夜必焚香以告天，不敢告者不敢爲也，乃所謂密也。究而言之，其所謂密者，乃不敢爲也，非不敢告也。

宋祁《慶曆兵録序》略

世之言兵者，緣井田作乘車，即鄉爲軍，因田爲蒐，周法則然。外制郡國，内彊京師，兵非虎符不得發，漢法則然。開府籍軍，混兵於農，使士皆土著，有格死無叛上，唐制則然。然晚周力分諸侯，其弊弱者常分，暴者常并，故列國相軋而亡。漢衰，權假彊臣，其弊勢侔則疑，力寡則隨，故僭邦鼎峙而立。唐季亂生置帥，其弊樂姑息，厭法度〔二〕，故群不逞糜潰而争。宋興，剗五代餘亂，一天下之權，僭藩納地，梗帥畏法，經武制衆，罔不精明。凡軍有四：一曰禁兵，殿前馬步三司隸焉，卒之鋭而慓者充之。或挽彊，或蹋張，或戈船突騎，或投石擊刺，故處則衛鎮，出則更戍。二曰廂兵，諸州隸焉，卒之力而悍者募之。天下已定，不甚持兵，唯邊蠻夷者，時時與禁兵參屯，故專於服勞，間亦戍更。三曰役兵，群有司隸焉，人之游而惰者入之。若牧置，若漕輓，若管庫，若工技，業一事專，故處而無更。凡軍有額，居有營，有常廩，有横賜。四曰民兵，農之健而材者籍之，視鄉縣大小而爲之數。有部曲無營壁，闕者輒補，歲一閲焉，非軍興不得擅行。

臣深謹按，祁論歷代制兵，甚有要約。又斷之曰『始未嘗不善，而後稍陵遲』，亦深著鑒戒。宋之後，州郡兵弱，竟成金狄之禍，又令人慨然於藩鎮之設也。

潘興嗣《通論》略

昔者井法大壞，而天下之民病矣。然而智者一出，則藏兵於民，藏食於兵，以全制勝，坐而收功，則謂之屯田者是也。漢嘗以數萬之衆臨氐羌，氐羌固小矣，而議者謂費而勝之，不若以全制也。於是以萬人留田，果無一矢一鏃之費，而虜平矣。曹操出於擾攘之際，憂不先於天下，而憂食不出於兵也，於是大興屯田，以示天下之形勢。勢莫微於羌，事莫急於操時，顧必先此者，蓋不苟一切之便，而以深久之利爲慮也。昔者兵賦之法大壞，而天下之武備虛矣。然而智者一出，則兵有府，府有帥，帥有統。唐嘗以六十萬之衆，田於近輔之郊。當四方有事時，長戈利戟，奮然而直往；及其無事，則偃兵以就農。故天下之言武備者，必先府兵。今以數十萬之衆，宿於燕、秦、晉、魏之地，半天下之賦，長轂巨軸，逆險泝波而上，不足以給奉養。重商賈之利，出內帑之金，不足以佐費用。無事之時，顧且如此。一旦有事，則重以四方之兵，倍數而益之，豈惟費廣，而坐飼之驕不足以臨敵也。

臣深聞之先師章文懿公懋。懋至金陵時，猶及見國初人，道遇白鬚眉，輒下馬問遺事。有告之曰：太祖最留意屯田，嘗曰：吾京師養兵百萬，要令不廢百姓一粒米。每以遠田三畝，易城外民田一畝爲屯田。不足，則移數衛於江北。今江浦、六合諸屯是已。其法每一軍撥田三十六畝，歲收一十八石爲子粒，除與月糧歲十二石，閏加一石，餘六石上倉。其分番宿衛上直并打差應役一應軍人，於數内支給口糧。又餘以充倉厫之費。行之數年，倉厫苫蓋完備，而儲偫豐足。自後屯田悉爲勢豪所侵，其法漸廢，而江北諸屯荒蕪者亦多。今制，民出力以養軍，軍出力以衛民，二分而後兩弊。沿邊諸鎮，則歲運府藏以給之，驕兵債帥，天下之民有不勝其困矣。今日之屯田，恐不可不講也。

朱仲晦《應詔封事》略

今將帥之選，率皆膏粱騃子、厮役凡流，徒以趨走應對爲能，苞苴結託爲事，物望素輕，既不爲軍士所服，而其所以得此差遣，所費已是不貲。以故到軍之日，惟務裒斂刻剥，經營賈販，百種搜羅，以償債負。債負既足，則又别生希望，愈肆誅求。蓋上所以奉權貴而求陞擢，下所以飾子女而快己私，皆於此乎取之。至於招收簡閲，訓習撫摩，凡軍中之急務，往往皆不暇及。軍士既已困於刻剥，苦於役使，而其有能者又不見優異，無能者或反見親寵，怨怒鬱積，無所伸訴，平時既皆悍然有不服之心，一旦緩急，何由可恃？

張齊賢《諫北征》略

自古疆埸之難，非盡由戎、狄，亦多邊吏擾而致之。若緣邊諸寨撫御得人，但使峻壘深溝，畜力養鋭，以逸自處，寧我致人。此李牧所以稱良將於趙，用此術也。所謂擇卒未如擇將，任力不及任人。且戎、狄之心，固亦擇利避害，安肯投諸死地而爲寇哉？

臣深始至山西，巡行忻、代之間，因得以訪問三關事宜。若諸邊守此，上策也。但所謂邊吏擾致之，今則不然。今日之弊，乃在報功耳。當大舉入寇之時，邊將盡皆束手無策，敗衄則朝廷任其害。寇既出境，乃要利剽截，幸得疲罷之餘者數級，則以奏捷要賞也。

蘇轍《上神宗書》略

古者天子七廟，三昭三穆，與太祖而七。以人子之愛其親，推而上之，至於其祖，由祖而上，至於百世，宜無所不愛。無所不愛，則宜無所不廟。苟推其無窮之心，則百世之外，無非廟而後爲稱也。聖人知其不可，故爲之制，七世之外，非有功德則迭毁，春秋之祭不與。莫貴於天子，莫尊於天子之祖，而廟不加於七，何者？恩之所不能及也。何獨至於宗室而不然。臣聞三代之間，公族有以親未絶而列於庶人者。兩漢之法，帝之子爲王，王之庶子猶有爲侯者。自侯以降，則庶子無復爵土，蓋有去而爲民者，有自爲民而復仕於朝者，至唐亦然。故臣以爲凡今宗室，宜以親疏貴賤爲差，以次出之，使得從仕，比於異姓，擇其可用，而試之以漸。凡其秩禄之數、遷敍之等、黜陟之制、任子之令，與異姓均。臨之以按察，持之以寮吏，威之以刑禁，以時察之，使其不才者不至於害民，其賢者有以自效。而其不任爲吏者，則出之於近郡，官爲廬舍而廩給之，使得占田治生，與士庶比。今聚而養之，厚之以不訾之禄，尊之以莫貴之爵，使其賢者老死，鬱鬱而無所施；不賢者居諸隘陋，戚戚而無以爲樂，甚非計之得也。昔唐武德之初，封從昆弟子，自勝衣以上，皆爵郡王。太宗即位，疑其不便，以問大臣。封德彝曰：『爵命崇則力役多，以天下爲私奉，非至公之法也。』於是疏屬王者悉降爲公。夫自王以爲公，非人情之所樂也，而猶且行之。今使之爵禄如故，而獲治民，雖有内外之異，宜無所怨者。然臣觀朝廷之議，未嘗敢有及此，何也？以宗室之親而布之於四方，懼其啓姦人之心而生意外之變也。臣切以爲不然。古之帝王，好疑而多防，雖父子兄弟，不得尺寸之柄，幽囚禁錮，齒於匹夫者，莫如秦、魏，然秦、魏皆數世而亡。其所以亡者，劉氏、項氏與司馬氏，而非其宗室也。故爲國者，苟失其道，雖胡越之人皆得謀之；苟無其釁，雖宗室，誰敢覬者。惟〇〇蕩然與之無疑，使得以次居外，如漢、唐之故，此亦去冗費之一端也。

臣深謹按，王安石當熙、豐之間，亦嘗裁減宋宗室。一時宗學諸生，擁馬爲之大鬨。安石立馬從容諭之曰：『譬如祖宗，親盡而祧，何況賢輩。』宗室並服其言而退。斯亦天下之公議也，固當不以人廢。

馬端臨《封建敘》略

列侯不世襲始於唐，親王不世襲始於宋。

又曰：「古之帝王，未嘗以天下爲己私；古之諸侯，亦未嘗視封内爲己物。上下之際，均一至公。非如後世分疆畫土，争城争地，必若是其截然也。秦滅六國，再傳而滅。西漢之初，剿滅異代所封，而以畀其功臣；繼而剿滅異姓諸侯，而以畀其同宗；又繼而剿滅疏屬劉氏王，而以畀其子孫。蓋檢制益密而猜防益深矣。周雖大封，未聞成、康而後，復畏文、武之族偪而必欲夷滅之，以建置己之子孫也。漢、魏而下，每一易主，則前帝之子孫殲焉，而運祚卒以不永。

賈讓《治河奏》略

治河有上、中、下策。古者立國居民，疆理土地，必遺川澤之分，度水勢所不及。大川無防，小水得入，陂障卑下，以爲汙澤，使秋水多得有所休息，左右游波，寬緩而不迫。蓋隄防之作，近起戰國，壅防百川，各以自利。齊與趙、魏，以河爲境。趙、魏瀕山，齊地卑下，作隄去河二十五里。河水東抵齊隄，則西泛趙、魏。趙、魏亦爲隄，去河二十五里。雖非其正，水尚有所遊盪，時至而去。今隄防陿者，去水數百步，遠者數里。迫阨如此，不得安息。今行上策，徙民當水衝者，泛濫自定。今瀕河十郡，治隄歲費且萬萬，及其大決，所殘無數。如出數年治河之費，以業所徙之民，遵古聖之法，定山川之位，使神人各處其所而不相奸，且以大漢方制萬里，豈其與水争咫尺之地哉？此功一立，千載無患，故謂之上策。若乃多穿漕渠於冀州地，使民得以溉田，分殺水怒，雖非聖人法，亦救敗術也。通渠有三利，不通有三害。民常罷於救水，半失作業；水行地上，湊潤上徹，民則病濕氣，木皆立枯，鹵不生穀；決溢有敗，爲魚鼈食：此三害也。若有渠溉，則鹽鹵下隰，填淤皆肥；故種禾麥，更爲秔稻，高田五倍，下田十倍；轉漕舟船之便：此三利也。今瀕河隄吏卒，一郡數千人，伐買薪石之費，歲數千萬，足以通渠成水門。又，民利其溉灌，相率治渠，雖勞不罷，民田適治，河隄亦成。此誠富國安民，興利除害，支數百歲，故謂之中策。若乃繕完故隄，增卑培薄，勞費無已，數逢其害，此最下策也。

臣深謹按，河事要領無過於此奏，故采其尤得要領者著于篇。但古今所不同者。讓論自東北入海，故爲順；今日則障之南行入海，故爲逆。以本朝定鼎燕都，護運道故也。臣家江河下流，蓋嘗睹其入海之處。江流視河尤盛，然江害少而河患多，何也？大抵水分則力微，併則勢悍，力微則爲利，勢悍則滋害。又河流或斷，而江流常行，斷則易淤而淺，行則順利而深，其所達、滯固然也。況江源出峽，則洞庭、彭蠡爲之瀦，科坎既明，流止有制，是故江患嘗少。河出洛陽，行梁、宋間，土既疏而無所游泊，併夷夏數十百之水，而縱其所如，安保其不爲害也哉？今日治河次第，固自有所，以讓之論爲不疏矣。

馬端臨《户口序》略

古之人，方其爲士，則道問學；及其爲農，則力稼穡；及其爲兵，則善戰陣。投之所向，無不如意。是以千里之邦，萬家之聚，皆足以世守其國而扞城其民。民衆則其國强，民寡則其國弱。光岳既分，風氣日漓，民生其間，才益乏而知益劣。士拘於文墨，而授之介胄則慚；農安於犁鋤，而問之刀筆則廢。以至九流、百工、釋老之徒，食土之毛者日繁。於是民之多寡，不足爲國家之盛衰。

高錫《勸農論》略

勸農者，古典也，在於知其病而去之。夫農之病者，由制度隳也。制度隳，則下得以僭上。是故宫室無常規，服玩無常色，器用無常宜，飲食無常味。四者偕作，於是奇伎淫巧出焉，浮薄澆詭騁焉。業專於是，貨易於是者，利甚厚於農矣。凡民之情，所急者利。于今之農，其利甚寡。農家之利，田與桑也。田桑之所出者穀、帛，夫以墾之，婦以蠶之，力竭氣衰，方見穀、帛。穀、帛之價，輕重不常，農家出則其價輕，入則其價重。輕重之弊，起於時也。時底於稔，故有輕而出；時遇於凶，故有重而入。稔既輕出，凶又重入，敢言利乎？且務奇伎淫巧，浮薄澆詭，皆坐而獲利焉，誰肯勤於農哉。若欲勤農，先思舉制。制度舉，則下無以僭上。上之宫室，下不得宅焉；上之服色，下不得衣焉；上之品用，下不得舉焉；上之飲食，下不得薦焉。則奇伎淫巧，浮薄澆詭者盡息矣。農不勸而自勸也。

臣深謹按，錫所論著，頗盡傷農害農之故，然於國家勸農之法制疏矣。采其要者如此。

蘇軾《徐州上書》略

徐州爲南北之襟要，而京東諸郡，彭城所寄也。昔項羽入關，既燒咸陽而東歸，則都彭城。夫以羽之雄略，舍咸陽而取彭城，則彭城之險固形便，足以得志於諸侯者可知矣。臣觀其地，三面被山，獨其西平川數百里。西走梁、宋，使楚人開關而延敵，材官騶發，突騎雲縱，真若屋上建瓴水也。地宜菽、麥，一熟而飽數歲。其城三面阻水，樓堞之下，以汴、泗爲池。獨其南可通車馬，而戲馬臺在焉。其高十仞，廣袤百步。若用武之世，屯千人其上，聚櫑木砲石，凡戰守之具，以與城相表裏，而積三年糧於城中，雖用十萬人，不易取也。其民皆長大，膽力絶人，喜爲剽掠，小不適意，則有飛揚跋扈之心，非止爲盜而已。漢高祖沛人也，項羽宿遷人也，劉裕彭城人也，朱全忠碭山人也，皆在今徐州數百里間耳。其人以此自負，凶桀之氣，積以成俗。魏太武以三十萬衆攻彭城不能下，而王智興以卒伍庸材恣睢於徐，朝廷亦不能下，豈非其地形便利、人卒勇悍故耶？

臣深謹按，宋都汴，故彭城爲左臂。子瞻徐州形勢爲宋論也，亦甚明切。我朝都燕，則徐州形勢所繫尤大。蓋以百物所輸，多從南上，今日之喉襟也。惜乎子瞻自守之策居多，猶未盡彭城之利害也。

【校記】

〔一〕據清文淵閣四庫全書補配清文津閣四庫全書本劉摯《忠肅集》卷三，空白二字（以『〇〇』表示）爲『陛下』。後文各處同。

〔二〕其弊樂姑息，厭法度：原作『其弊樂』。四庫全書本作『其弊弱』。據《全宋文》卷五一六改。

儼山外集卷三十五

同異録卷下

論述下

臣深釋曰：道無精粗，法有倫要。故析爲下篇，並皆奇文奥義，可以考見古今之物情習俗，蓋有神明之道焉。各仍舊篇，故曰論述。

楊時《求仁齋記》略

吾邑距中州數千里之遠，舟車不通，縉紳先生與一時懷德秉義之士足以表世範俗者，皆無自而至。士之欲爲君子者，何所取資耶？故後生晚學，無所窺觀，游談戲謔，不聞箴規切磨之益。同則嬉狎，異則相訾，至悖義踰禮而不悔。雖英材異稟，間時有之，亦不過誦六藝之文、百家之編，爲章句之儒，釣聲利而已。一日衒鬻而不售，則反視平昔所有，皆陳腐剽剥，無所用之，往往轉而易業者，十嘗六七。此與廛夫販父，積百貨坐市區，逐什一之利，流徙無常者，何異耶？予嘗悼之。又竊自悲其力之不足，欲逃此而未能。思得吾黨之士，柔不溺于隨，剛不憤于慾者，相進於道，庶幾少激頹俗。今吾子乃能經營於此，以教學爲事，是真有志者哉。

臣深謹按，楊時字中立，宋徽宗時人，世稱龜山先生，今之延平府將樂縣人也，程門高第弟子，贈將樂伯，《宋史》有傳，我朝從祀夫子廟庭。臣至延平，訪其遺文讀之，首録此文，以寓世道之感。

朱熹《余龍山文集序》略

熹少時猶頗及見前輩而聞其餘論，覩其立心處己，則以剛介質直爲賢；當官立事，則以彊毅果斷爲得。至其爲文，則又務爲明白磊落，指切事情，而無含糊鬱卷、睢盱側媚之態，使讀之者不過一再，即曉然知其爲論某事、出某策而彼此無疑也。近年以來，風俗一變，上自朝廷縉紳，下及閭巷韋布，相與傳習一種議論，制行立言，專以醞藉襲藏、圓熟軟美爲尚，使與之居者窮年而莫測其中之懷，聽其言，終日而莫知其意之所嚮。回視四五十年之前風聲氣俗，蓋不啻寒暑朝夜之相反，是孰使之然哉？觀於龍山余公之文者，亦可以慨然而有感矣。

臣深聞之唐臣劉禹錫曰『文章與時高下』，豈不信哉。今世論文章之弊者，必曰晚宋晚宋云。蓋言文既弊，而宋亦晚矣。嗚呼，可不懼哉，可不懼哉。觀於文公所稱四五十年前，正當龜山之時。又觀龜山前所云者，習俗已自變矣。宋之盛時可想見也。臣於時事，頗有所感，故知文體所繫大矣。

唐庚《辯同論》略

道至於聖人極矣，豈容復有異乎？然禹之措置如此，湯之措置如此，文、武、周公之措置則又如此。使數聖人比肩而事主，交臂而共政，則論事之際，吾意必有同異者矣，寧能盡合乎？是猶有辭焉，曰：時不同也。若諸子之論性，豈復繫於時哉？而孟子之説如此，荀子、楊子之説則又如此。使數人者比肩而事主，交臂而共政，則論事之際，吾意其必有同異者矣，寧能盡合乎？是亦有解焉，曰：師友有不同也。若子夏、子游、曾子、子張之徒，則又將安所諉哉？皆出於周末，不可謂之異時；皆受道於洙、泗之間，不得謂之異師；講業請益，周旋出處，奔走憂患，蓋無適而不同者凡數十年，不得謂之異友。而論交論學，如黑白之相反，方圓大小之不相及也，此復何哉？説者以爲孔子殁，學者無所統一。使夫子在，學者宜不至此。然吾聞孔子行年六十而六十化，始之所謂是，卒而非之。曰：言豈一端而已，夫各有所當也。此一人耳，而有所謂昔日之言，有所謂今日之言者，而況於衆口乎？是以先王知群言之不可一也，因使人人得極其説，而不以同異爲誅賞。公卿大夫之出於斯時者，亦人人各薦其所聞，而不以同異爲喜愠。何者？閨門之内，父子兄弟相與言而有可有不可，筮人布蓍，卜人引龜，而參之一從一不從。故曰：物之不齊，物之情也，寧可罪哉？今爲申、商之學則不然。以謂同心同德者，周人所以興；離心離德者，商人所以亡。刑賞生殺，足以整齊天下。而不塞異議之口，則非所以一道德而同風俗。嘻，古之所謂同心同德者，果謂此耶？吾不忍聞是説矣。周公之時，朝廷之士不爲少矣，而東征之議，《書》稱『十夫予翼』，則同者寡，而有不同者衆矣。豈皆小人耶？豈皆誅之耶？夫以周公之權而十人者助之，其勢足以誅鋤群臣之異己者爲有餘矣。鼻息所向，天下其孰敢違。然近於人情，通於物理，忠於王室，而推至公於天下者，終不肯爲此。何則？駕馭群臣，正恐其雷同耳。奴婢同則家道危，臣下同則人主孤。人主孤，而天下之覆可勝諱哉？古人所以貴和而賤同者慮此。

臣深謹按，唐庚字子西，盛宋時人，而文亦雄健條暢。臣每愛之，殆不下蘇氏兄弟也。

劉更生《災異封事》略

臣聞舜命九官，濟濟相讓，和之至也。衆賢和於朝，則萬物和於野，故《簫韶》九成，而鳳凰來儀，百獸率舞，四海之内，靡不和寧。文、武、周公，崇推讓之風，諸侯和於下，天應報於上。幽、厲之際，朝廷不和。自此之後，天下大亂。春秋之世，災異並起，禍亂輒應，弑君亡國，不可勝數。由此觀之，和氣致祥，乖氣致異，天地之常經，古今之通誼也。今○○開三代之業，招文學之士，優游寬容，使得並進。今賢不肖渾淆，白黑不分，邪正雜糅，忠讒並進，轉相是非，毀譽混亂，所以熒惑耳目，感移心意，不可勝載。分曹爲黨，往往群朋，將同心以陷正臣。正臣進者，治之表也；正臣陷者，亂之機也。乘治亂之機，未知孰任，而災異數見，此臣所以寒心者也。夫乘權藉勢之人，子弟叢集於朝，羽翼陰附者衆，輻輳於前，毀譽將必用以終乖離之咎。是以日月無光，雪霜夏隕，海水沸出，陵谷易處，列星失行，皆怨氣之所致也。原其所以然者，由上多疑心，既已用賢人而行善政，如或譖之，則賢人退而善政還。夫執狐疑之心者，來讒賊之口；持不斷之意者，開群枉之門。讒邪進則衆賢退，群枉盛則正士消。故《易》有《否》《泰》。否者，閉而亂也；泰者，通而治也。《詩》云『雨雪麃麃，見晛曰消』，與《易》同義。昔者鯀、共工、驩兜與舜、禹雜處堯朝，周公與管、蔡並居周位。當是時，迭進相毀，流言相謗，豈可勝道哉？帝堯、成王能賢舜、禹、周公而消共工、管、蔡，故以大治，榮華至今。孔子與孟、季偕仕於魯，李斯與叔孫俱宦於秦，魯君、始皇賢季、孟、李斯而消孔子、叔孫，故以大亂，汙辱至今。故治亂榮辱之端，在所信任。信任既賢，在於堅固而不移。《詩》云『我心匪石，不可轉也』，言守善篤也。《易》曰『渙汗其大號』，言號令如汗，汗出而不返者也。今出善令，未能踰時而反，是反汗也；用賢未能三旬而退，是轉石也。《論語》曰：『見不善如探湯。』今二府奏佞讇不當在位，歷年而不去，故出令則如反汗，用賢則如轉石，去佞則如拔山。如此望陰陽之調，不亦難乎？昔孔子與顔淵、子貢更相稱譽，不爲朋黨；禹、稷與皋陶傳相汲引，不爲比周。何則？忠於爲國，無邪心也。故賢人在上位，則引其類，《易》曰『飛龍在天，大人聚也』；在下位，則思與其類俱進，《易》曰『拔茅茹以其彙，征吉』。在上則引其類，在下則推其類。故湯用伊尹，不仁者遠而衆賢至，類相致也。今佞邪與賢臣並，交戟之内，合黨共謀，違善依惡，歙歙訿訿，數設危險之言，欲以傾移主上，此天地之所以先戒，災異之所以重至者也。自古明聖，未有無誅而治者也。故舜有四放之罰，而孔子有兩觀之誅，然後聖化可得而行。今以〇〇明知，誠深思天地之心，迹察兩觀之誅，覽《否》《泰》之卦，觀雨雪之詩，歷周、唐之所進以爲法，原秦、魯之所消以爲戒，考祥應之福，省災異之禍，以揆當世之變，放遠邪佞之黨，壞散險詖之聚，杜閉群枉之門，廣開衆正之路，決斷狐疑，分别猶豫，使是非炳然可知，則百異消滅而衆祥並至，太平之基，萬世之利也。

臣深始至延平，偶得《漢書》舊本一册讀之，因節此文，并《正家疏》略之。自此已後，則隨所得入録矣。

匡衡《論治性正家疏》略

臣聞治亂安危之機，在乎審所用心。蓋受命之王，務在創業垂統，傳之無窮；繼體之君，心存於承宣先王之德，而褒大其功。昔者成王之嗣位，思述文、武之道以養其心，休烈盛美，皆歸之二后而不敢專其名，是以上天歆享，鬼神祐焉。其詩曰『念我皇祖，陟降庭止』，言成王常思祖考之業，而鬼神祐助其治也。〇〇聖德天覆，子愛海内，然陰陽未和，姦邪未禁者，殆論議者未丕揚先帝之盛功，争制度不可用也，務變更之，所更或不可行，而復復之，是以群下更相是非，吏民無所信。臣竊恨國家釋樂成之業，而虚爲此紛紛也。願〇〇詳覽統業之事，留神於遵制揚功，以定群下之心。《大雅》曰：『無忝爾祖，聿修厥德。』孔子著之《孝經》首章，蓋至德之本也。《傳》曰：『審好惡，理情性，而王道畢矣。』能盡其性，然後能盡人物之性，可以贊天地之化。治性之道，必審己之所有餘，而彊其所不足。蓋聰明疏通者，戒於太察；寡聞少見者，戒於壅蔽；勇猛剛彊者，戒於太暴；仁愛温良者，戒於無斷；湛静安舒者，戒於後時；廣心浩大者，戒於遺忘。必審己之所當戒，而齊之以義，然後中和之化應，而巧僞之徒，不敢比周而望進。唯〇〇戒，所以崇聖德。

韓愈《柳宗元墓誌銘》略

嗚呼，士窮乃見節義。今夫平居里巷相慕悦，酒食游戲相徵逐，詡詡彊笑語以相取下，握手出肺肝相示，指天日涕泣，誓生死不相背負，真若可信。一旦臨小利害，僅如毛髮比，反眼若不相識，落陷穽不一引手救，反擠之，又下石焉者，皆是也。此宜禽獸夷狄所不忍爲，而其人自視以爲得計。聞子厚之風，亦可以少愧矣。

富弼《辭樞密副使奏》略

臣執性至愚，惟道爲務，不是飾讓，亦非好名。美禄高官，人之所欲，但看事理有可受與不可受爾。苟無後悔，受之無疑；禍若相隨，以死不受。今北虜雖暫通和，向去事未可知，臣若受賞，恐他日復有變動，朝廷責使人冒賞之罪，臣斷不敢避斧鉞之誅。設或朝廷謂使人只是幹一時之事，後來不可加責，且恕重誅，其如天下公論，亦不肯放臣矣。畏懼公論，甚於斧鉞。臣所以累次不敢受賞功之命者，實欲逃他日斧鉞之責、公論之逼也。

蘇軾《上神宗書》略

臣之所欲言者三：願〇〇結人心、厚風俗、存紀綱而已。人主之所恃者人心，失人心則亡，此必然之理。是以君子未論行事之是非，先觀衆心之向背。謝安之用諸桓未必是，而衆之所樂，則國以安；庾亮之召蘇峻未必非，而勢有不可，則反爲危辱。自古及今，未有和易同衆而不安，剛果自用而不危者也。

國家之所以存亡者，在道德之淺深，而不在乎强與弱；曆數之所以長短者，在風俗之厚薄，而不在乎富與貧。道德誠深，風俗誠厚，雖貧且弱，不害於長而存；道德誠淺，風俗誠薄，雖强且富，不救於短而亡。人君知此，則知所輕重矣。夫國之短長，如人之壽夭。人之壽夭在元氣，國之長短在風俗。世有尪羸而壽考，亦有盛壯而亡。若元氣猶存，則尪羸而無害；及其已耗，則盛壯而愈危。故臣願○○愛惜風俗，如護元氣。古之人，非不知深刻之法可以齊衆，勇悍之夫可以集事，忠厚近於迂闊，老成初若遲鈍。終不肯以彼而易此者，顧其所得小而所喪大也。自古用人，必須歷試。雖有卓異之器，必有已試之效。一則使其更變而知難，事不輕作；一則待其功高而望重，人自無辭。大抵名器爵禄，人所奔趨。積勞而後遷，則人各安分。今若多開驟進之門，使有意外之得，公卿侍從，跬步可圖，其得者既不肯以僥倖自名，則不得者必皆以沉淪爲恨，使天下常調，舉生妄心，恥不若人，何所不至。欲望風俗之厚，豈可得哉？

自建隆以來，未嘗罪一言者。縱有薄責，旋即超升。許以風聞，而無官長。風采所繫，不問尊卑。言及乘輿，則天子改容；事關廊廟，則宰相待罪。聖人深意，流俗豈知？蓋臺諫未必皆賢，所言未必皆是。然須養其鋭氣而借之重權者，豈徒然哉？將以折姦臣之萌也。夫姦臣之始，以臺諫折之而有餘；及其既成，以干戈取之而不足。臣自幼小所記，及聞長老之談，皆謂臺諫所言，常隨天下公議。公議所與，臺諫亦與之；公議所擊，臺諫亦擊之。及至英廟之初，始建稱親之議。本非人主大過，亦無典禮明文，徒以衆心未安，公議不允，當時臺諫以死争之。今者物論沸騰，怨人交至，公議所在，亦可知矣。相顧不發，中外失望。夫彈劾積威之後，雖庸人亦可以奮揚風采；消委之餘，雖豪傑有所不能振起。臣恐自兹以往，習慣成風，盡爲執政私人，以致人主孤立。紀綱一廢，何事不生。孔子曰：『鄙夫可與事君也與哉？其未得之也，患得之。既得之，患失之。苟患失之，無所不至矣。』臣始讀此書，疑其太過，以爲鄙夫之患失，不過備位而苟容。及觀李斯憂蒙恬之奪其權，則立二世以亡秦；盧杞憂懷光之數其惡，則誤德宗以再亂。其心本生於患失，其禍乃至於喪邦。孔子之言，良不爲過。是以知爲國者，平居必當有忘軀犯顔之士，則臨難庶幾有狥義守死之臣。

陳瓘《論蔡京疏》略

自古爲人臣者，官無高下，干犯人主，未必得禍；一觸權臣，則破碎必矣。或以爲離間君臣，或以爲賣直歸怨，或託以他事陰中傷之，或於已黜之後責其怨望，此古之人所不免也。

蘇轍《快哉亭記》略

士生於世，使其中不自得，將何往而非病；使其中坦然，不以物傷性，將何適而非快。

劉摯《分析助役論》略

近歲臺諫官疊以言事罷免，豈其言皆無補於事與？豈皆願爲訐激險直之語以自爲名而潔去與？嘗以謂欲言政府之事者，其譬如治湍暴之水，可以循理而漸道之，不可以隄防激鬬而發其怒，不惟難攻，亦爲患滋大。故臣自就職以來，切慕君子之中道，欲其言直而不違於理，辭順而不屈其志，庶幾愚忠，少悟天聽。而亦不敢悻然如淺丈夫，以一言一事輕決去就，致聖朝數數逐去言事者而無所裨補。思以上全國體，而下亦庶幾能久其職業而成功名。兩月之間，纔十餘疏，其言及助役法者，止三疏耳。當天下多事之時，而臣言簡緩，又不足以感悟，則其負〇〇已多矣。不意大臣之怒臣至如此。

張舜民《史説》略

韓退之潮陽之行，齒髮衰矣，不若少時之志壯也，故以封禪之説迎憲宗。又曰：『自今請改事〇〇。』觀此言，傷哉。丈夫之操，始非不堅，誓於金石，凌於雪霜，既而怵於死生，顧於妻孥，罕不回心低首，求免一時之難者，退之是也。退之非求富貴者也，畏死爾。故善爲國者，如農圃然，初則養育其材，勿使之夭折；終則將就其美，勿使之摧折。君臣相成，同底于道，顧必使之至於盡歡竭忠之地，亦何有哉？唯樂天則不然，知其不可爲而一切舍之，危行而放其言，懷卷而同其塵，可謂晦而明、柔而立者也，故終其身而不辱。

崔鶠《楊嗣復論》略

氣類所合，物莫能間。君臣相與，必有所謂合者。君子之不察，欲彊以口舌折姦人之鋒，勢必不振。此小人所以常勝，君子所以常不勝，一也。人情逆之則怒，順之則喜；毁之則怒，譽之則喜。小人性便諛佞，志在詭隨；而君子任道直前，有犯無隱。此小人所以常勝，君子所以常不勝，二也。君子正直是與，不妄説人；而小人竊爵禄以植朋黨，竭智力以市内援。此小人所以常勝，君子所以常不勝，三也。君子難進而易退，小人易進而難退。易進則常在上以制人，難進則常在下而爲人所制。此小人所以常勝，君子所以常不勝，四也。君子柔亦不茹，剛亦不吐，不虐幼賤，不畏高明；而小人之於人，失勢則鼠伏以事之，得勢則虎步以陵之。此小人所以常勝，君子所以常不勝，五也。君子窮則以命自安而不尤人，達則以恕存心而不害物。小人在下則不安，而懷毒以伺上；居上則快意，而肆虐以害人。此小人所以常勝，而君子所以常不勝，六也。君子一有不安於其心，則畏君畏親，畏天畏人；而小人欲濟其姦，則欺君欺親，欺天欺人，無不可者。此小人所以常勝，君子所以常不勝，七也。君子勵廉節，崇名譽。小人苟獲其欲，則天下賤之而不羞，萬世非之而不辱。此小人所以常勝，君子所以常不勝，八也。君子所言欲訥，於行欲敏，有過則改，見義則服；而小人矜利口以服人，喜姦言而文過。此小人所以常勝，君子所以常不勝，九也。天下善人少，不善人多，故君子爲國求人，難於選拔；而凶邪一嘯，則千百爲群。此小人所以常勝，君子所以常不勝，十也。君子不念舊惡，以德報怨；而小人忘恩背義，至以怨報德。此小人所以常勝，君子所以常不勝，十一也。君子有若無，實若虚，有功不矜，有善不伐；而小人無而爲有，虚而爲盈，露巧而揚能，矜功而賣善，以惑時君，以冀徼倖。此小人所以常勝，君子所以常不勝，十二也。君子小人之不敵，亦明矣。

唐庚《察言論》略

古之人臣，抵掌緩頰，説人主以用兵者，其言未嘗不引義慷慨，豪健俊偉，使聽者踴躍激發，奮然而從之；至考論其心，則有爲國計者，有爲身謀者，是不可以不察也。今夫戰則除害於時，不戰則遺患於後，此有必勝之勢，彼有必敗之道，思慮深熟，利害之形了然於胸中，知其決不誤國而後爲之。若此者，爲國計，非身謀也，張華、裴度是已。天下既平，謀臣宿將，以俟就第，杜門却掃，無所用其奇，則瞋目扼腕，争爲用兵之説，庶幾有以騁其智勇而舒其意氣。若此者，爲身謀，非國計也，臧宫、馬武是已。國家無事，貪財嗜利之臣，無所僥倖，則必鼓倡兵端，以求其所欲。兵革一動，則金錢貨幣，玉帛子女，何求而不得。若此者，爲身謀，非國計也，陳湯、甘延壽是已。宦崇祿厚，無所羨慕，惴惴然唯恐一日失勢，而不得保其所有，則必建開邊之議，以中人主之欲，以久其權。若此者，爲身謀，非國計也，楊國忠是已。前侯故將，失職之臣，負罪憂畏，思有以撼動其君，則爭議邊功，以希復進。若此者，爲身謀，非國計也，竇憲是已。古之人臣，逆節已萌，而功效未著，人心未服，則未嘗不因戰伐之功，以收天下之望。若此者，爲身謀，非國計也，桓温、劉裕是已。

儼山外集卷三十六

蜀都雜抄

蜀人多奇姓。今《百家姓》，以爲出於宋朝，故首以『趙錢孫李』，尊國姓也。我朝《千家姓》，亦以『朱奉天運』起文，然未見有天姓者。而蜀姓或有出於二家外。自魏、晉以來，取才於門閥，故姓氏尤重。唐重八姓，論相於此，至不許與他姓爲婚姻。自八姓而下，凡有三百五十姓。宋嘉祐中，亦有《千姓編》。雁門邵思撰《姓解》，則分爲一百七十門，至有二千五百六十八氏。漢潁川太守聊氏，復有《萬姓譜》。古姓之存於今者鮮矣。按，左氏因生賜姓，胙土命氏，以字、以謚、以官、以邑，才五者而已。

峨眉山，本以兩山相對如蛾眉故名，字當从虫，不當从山。

月竹，嘉定州之産，每月生笋。

吾郡松江，本緣淞江得名，其地下，每有水災，乃去水而作郡。吴淞江，今吴江寶帶橋一路是已，亦名松陵。眉州有江亦名松江，即蜀江分派，過州城，與醴泉江合。

嘉靖十五年丙申二月二十八日癸丑四更點將盡，地震者三。初震房屋有聲，雞犬皆鳴，隨以天鼓自西北而南。後數日得報，惟建昌尤甚，城郭廨宇皆傾，死者數千人，都司李某亦與焉。

蜀都大抵雨多風少，故竹樹皆修聳。少陵『古柏二千尺』，人譏其瘦長。詩固有放言，要之蜀産與他迥異。若謂『柏之森森』者，惟蜀爲然。所謂喬木如山者，亦惟蜀爲然。

楊柳多寄生，狀類冬青，亦似紫藤，經冬不凋。春夏之交作紫花，散落滿地。省衙前有數株，冬月望之，榮枯各異。

峨眉山周迴千里，高八十里，中有光怪。每天晴雲湧，浩若銀濤，其光五采如輪，俗云佛見是已。夜半有光熠熠，來自天際者，又謂之聖燈。光相寺在大峨絶頂，登其處遥望西天見雪山。一云有小鳥如鸜鵒，鳴類人言。一云自白水躡其巔六十里。

峨眉，古今之勝境也。山中光怪若虹蜺然，每見於雲日映射之際，俗所謂佛光者是已。予自陝入川，巡撫陝西黄都憲臣伯鄰爲予言，曩爲川轄時，親登其上觀佛光。光未發時，有鳥先飛過，若言『施主發心，菩薩來到』；光既散，復來作聲，『施主布施，菩薩去了』。又拾藏山中白石，大小皆六稜，照耀有光采，疑光怪即此石所爲也。理當或然，但鳥聲何爲者耶？近余綸修承勛懋昭爲余言，嘗從楊修撰慎用修兩宿其上，登絶頂，亦見光具五色，俯視在雲壑中。其言白石與黄都憲同，惟云鳥聲只二字，若言『佛現了』。其鳥類雀而稍大，只有二枚，别無種類。二鳥飛入佛殿中，嘗就僧食，但不見有長育耳。佛殿自西望，見三峰插天，皆積雪如銀。每日下峰頭，則殿中燃燈。云此西域崑崙山，豈所謂日月相掩映爲晝夜者耶？夏日從北峰西下，冬日從南峰，惟春秋之間從中峰下不爽云。西域去此尚遠，恐目力難及。今省城西望，亦有雪山聳出，晴霽時可見，疊茂才三百里爾。宋田錫賦詩云：『高高百里作一盤，八十四盤青雲端。』豈以至高求至高耶？東坡亦云：『峨眉山西雪千里。』今峨眉當省城南東三百餘里，而城樓登望不及。要之，言八十里、六十里者近是。

同年安給事磐字公石，作州志，亦云有白石如泰山之狼牙、上饒之水晶之類，置之日隙，則有五色光，日中則無。僧曰佛現者，此也。予近覓視之，大類水晶。

嘉定高任説禽言，亦云『施主佛現』『施主請回』。

夾江縣之伏龜山有仙掌洞，今稱紫府洞是已。其山雲常五色，黄色居其中，亦佛光之類耶。

蜀中山水稱嘉定，自古名人寓居其間：漢則揚子雲，晉則郭景純，唐則李太白，宋則蘇東坡、黄山谷、晁公武。

咸淳間，文尚忠字敦詩，隱居夾江。愛邑西江山之勝，並大觀堂築二亭，前臨翠嶺，下瞰大江。暇則擊鮮治具，招避地名勝相與登臨，觴咏爲樂。

五塊石在今萬里橋之西，其一入地，上疊四石俱方。或云其下有一井，相傳以爲海眼。其南即漢昭烈陵，予疑是當時作陵時所餘。嘉定州之金銀岡，亦有所謂五塊石。

黎州安撫司内小廳東有梨樹一株，高九丈，圍九尺，州人取其枝以接果。豈黎以梨名耶？州人呼爲『三藏梨』。相傳爲唐僧西遊，植黎杖於此，曰：化日州治在此〔一〕。恐非實事。古稱黎杖，黎即苜蓿，養之歷霜雪，經一二歲，其本條直生鬼面可杖，取其輕而堅，非梨木也。

嘉定州有鳥，一名山和尚，一名雨道士，堪作對偶。

《大藏・西域記》云：阿耨達池在香山之南，大雪山北，周八百里。東南流入海者曰殑伽河，西南流入海者曰縛芻河，西北流入海者曰徙多河。又潛流地下，出積石山東北流入海者，爲中國之河源。『阿耨達』華言無煩惱，似指所謂星宿海者。『殑伽』華言天堂，『縛芻』華言青，『徙多』華言冷。

梵文甚細，如敍果有五：棗、杏等謂之核果，梨、奈等謂之膚果，椰子、胡桃等謂之殼果，松子、柏仁等謂之檜果，大、小豆等謂之角果。核、殼易解。膚，皮膚可啖也。角，華言亦稱豆角。惟檜頗奥，按字書，空外反，麤糠皮謂之檜，豈取義華梵不能無相通云。

金王予可南雲《咏西瓜》云：『一片冷裁潭底月，六灣斜捲隴頭雲。』又在元世祖前矣。

『深淘灘，淺作堰』六言石刻在灌縣，相傳以爲秦李冰鑿離堆以利蜀時所爲。此恐後人所爲，非古詞也。至於節宣水利，無過此言。

蜀城謂之芙蓉城，傳自孟氏。今城上間栽有數株，兩歲著花。予適閲視見之，皆淺紅一色，花亦凋瘵，殊不若吴中之爛然數色也。

支機石在蜀城西南隅石牛寺之側，出土而立，高可五尺餘，石色微紫。近土有一竅，傍刻『支機石』三篆文，似是唐人書迹。想曾横置，故刻字如之。事本荒唐，此石蓋出傅會，然亦舊物也。

天涯石在城東門内寶光寺東之側，有亭覆之。舊《志》以爲在寧川衛李小旗家，問之蜀人，莫詳所始。意亦萬里橋之類，行旅之人志遠也。石首鋭而微頑爾。

自複姓之外，有三字姓，如侯莫陳、費也頭、吐谷渾之類；四字姓則有自死獨膊、井疆六斤，皆夷狄之姓。夫中國無衍語，一言見一義；夷狄多侈辭，數言見一義。或曰中國用文字有定形，夷狄用聲音有長短。

日行黄道，月行月道。月道交絡黄道外十三日有奇，而入經黄道，謂之交朔。凡月之行，歷二十九日五十三分而與日相會，謂之合朔。

『正』字以『一止』爲文，前代多諱之。如齊文宣之子殷字正道，歎曰：『吾兒其替乎？』後果不終。梁武陵王改元曰天正，識者以爲一年而敗。此亂亡之事，或出偶然。考之帝王建元，自漢武始，兩漢之世，無有以『正』紀年者。至魏齊王芳改元曰正始，高貴鄉公曰正元，竟俱不祥。金煬王有正元、正隆之號，金哀宗亡國之年亦曰正大，元順帝終於至正，豈盡偶然耶？後世臨文，亦宜稍避，所謂宰相須用讀書人也。

李侍御鳳翱號五石，其居近五塊石故云。予問成都石筍遺迹，五石指五塊石是也，與少陵所賦《石筍行》不肖。又云五塊爲南筍，天涯石爲北筍云。

永嘉林石介夫婆挲泉石間，作萱堂以養母。客至，竹床瓦豆，具酒蔌延之，佳山水無不到，獨不到郡縣。

宋寧宗嘉定十三年，興元軍士張福與其黨莫簡作亂，以紅巾爲號。

予嘗欲取今之州縣推而上之，以會于《禹貢》之命名，因以著古今離合遷改之實爲一書。宋浦江倪朴文卿嘗作《輿地會元志》四十卷，惜當時以布衣著書，力不能傳。其自敘有曰：『今學者大抵急於利禄，而專務於時文，故不識者不肯目，而識者未暇觀也。』其言亦可悲矣。

撫州出兩大儒，前有王荆文公安石，後有吴文正公澄。向使荆公無熙、豐之事，文正高不仕之節，皆程、朱等輩人也。荆公值宋祚將衰，故釀禍多；文正當元運方隆，故享福盛。此士難以成敗論也。

范文穆公成大當宋孝宗時起祠知處州，陛對，論力之所及者三：曰日力，曰國力，曰天力，今盡以虛文耗之。不知一時所指者何事。後世讀之，令人有流涕者。

《進宋史表》或云歐陽玄所爲，最警策者是『聲容盛而武備衰，論建多而成效少』，不若『議論多而成功少』差爲渾成。至『齊亡而訪王蠋，乃存秉節之臣：，楚滅而諭魯公，堪矜守禮之國』，温厚典雅之旨，尤爲藹然。一時史官若張翥、吴當，號稱博洽，而危素亦與焉。

姚牧庵燧《送暢純序》稱先師賞其辭而戒之曰：『弓矢爲物，以待盜也：，使盜得之，亦待其人。文章固發聞士子之利器，然先有能一世之名，將何以應人之見役者哉？非其人而與之，與非其人而拒之，鈞罪也，非周身斯世之道也。』其論極爲痛切。牧庵嘗受業劉静修，先師必静修。今文集中無此議論。

岷、嶓、潛、沱之義難解。今蜀山連綿延亘，凡居左者皆曰岷，右者皆曰嶓。凡水出於岷者皆曰江，出於嶓者皆曰漢。江别流而復合者皆曰沱，漢别流而復合者皆曰潛。恐屬方言爾。故岷謂之汶，今汶川是也。漢謂之漾，或謂之沔，或謂之羌。今沿漢水而東有寧羌州，有沔縣，又東有洋縣，即古洋州也。『洋』『漾』聲相近，豈皆得名於漢水云。

按《華陽國志》云：『漢有二源，東源出武都氐道漾山，因名漾，《禹貢》「流漾爲漢」是也[二]；西源出隴西嶓冢山，會白水，經葭萌入漢。始源曰沔，故曰漢沔。』

楠木材巨而良，其枝葉亦森秀可翫，成都人家庭院多植之。有成行列者，其枝葉若相迴避然，謂之讓木。文潞公詩所謂『移植虞、芮間』者以此[三]。

成都學宮前綽楔，題曰『神禹鄉邦』。予始至視學，見而疑之。昔堯、舜、禹嗣興，冀爲中州兩河之間，聲教暨焉，而輿地尚未拓也。後千餘年，而周始有江漢之化。至秦盛强，蜀始通焉。彼所謂蠶叢、魚鳧、鼈靈、望帝者，文物未備，且在衰周之世，蜀之先可知也。禹都在今之安邑。鯀實四嶽，封爲崇伯。崇，今之鄠縣，其地遼絶，何得禹生於此乎？新《志》亦以此爲疑。問之人士，皆曰禹生於汶川之石紐村，禹穴在焉。檢舊《志》稱唐《元和志》：廣柔縣有石紐村，禹所生也，以六月六日爲降誕云。是蓋幾於巫覡之談。至宋計有功作《禹廟碑》，始大書曰：『崇伯得有莘氏女，治水行天下，而禹生於此。』其言頗爲無據。有莘氏於鯀，亦不經見。按莘，今之陳留，與崇近，鯀娶當或有之。鯀爲諸侯，厥有封守，九載弗績，多在河北，今諸處之鯀城是已，安得治水行天下乎？又安得以室家自隨荒裔之地，如石紐者乎？予益疑之。雖有功亦曰『稽諸人事，理或宜然』，蓋疑詞也。此必承《元和志》之誤，而後説益紛紛矣。此雖於事無所損益，而蜀故不可以不辨。按揚雄《蜀都賦》止云『禹治其江』。左思《三都》所賦人物，奇若相如、君平，文若王褒、揚雄，怪若萇弘、杜宇，僭若公孫、劉璋皆列，獨不及禹生耶？至宋王騰不平左詞，作賦致辨，頗極辭鋒，亦云『岷山導江，歷經營於禹蹟』。其後云鯀爲父而禹子，此概人倫之辨爾，亦不言禹所生也。又按《華陽國志》載：『禹治水，命巴蜀以屬梁州。禹娶於塗山，辛壬癸甲而去。生子啓，呱呱啼，不及視。三過其門而不入室，務在救時。今江州之塗山是也，帝禹之廟銘存焉。』《志》作於晉常璩，可謂博雅矣。況留意蜀之材賢，然亦不云禹所生也。今徒以石紐有『禹穴』二字證之，又安知非後人所爲耶？禹穴實在今會稽，窆石在焉。古稱穴居，衆詞也。禹平水土時，已爲司空，恐不穴居。今言穴，蓋葬處，非生處也。《古今集記》則云，岷山水源分二派，正南入溢村，至石紐，過汶川，則禹之所導江也。由是言之，石紐蓋禹蹟之始，而非謂禹所生也。又按，塗山亦有數説：江州，今重慶之巴縣，有山曰塗；鳳陽之懷遠，古鍾離也，自有塗山，啓母石在焉。江州，治水所經；鍾離，帝都爲近。未知孰是。蘇鶚又云，塗山有四，皆禹迹也。併指會稽與當塗云。宋景濂《遊山記》甚詳，然亦不能決。孔安國曰『塗山，國名』，非山也。《史記》所載：『啓，禹之子，其母塗山氏之女。』又似姓氏，猶今司馬氏、歐陽氏之謂，恐亦非國名也。聊附所疑於此。

嘗聞前輩云，本朝國體與前代不同者三事，其一指北虜，以爲不可一日忘備。漢、唐故事，但驅出境外而已。近得户部移文開稱宣府歲用銀九十二萬五千九百餘兩，大同歲用銀九十九萬二千四百六十餘兩，遼東歲用銀三十九萬四千八百七十餘兩，延綏歲用糧料五十二萬一千三十六石零，寧夏歲用糧料五十三萬四千二百五石，草三百九十三萬九千六百餘束，甘肅歲用糧料六十九萬七千六百零，草五百二十萬三千八百五十四束。大約歲費四百餘萬，而隨時用兵不與焉。

今上大工之費，近得工部總計九百餘萬。只大木一項，四川已用九十萬，尚須九十萬可足。川之民力可念也。

貴州金竺長官司有僧寺曰羅永庵，有一僧題二詩於壁間，曰：『風塵一夕忽南侵，天命潛移四海心。鳳返丹山紅日遠，龍歸滄海碧雲深。紫微有象星還拱，山漏無聲水自沈。遥想禁城今夜月，六宫猶望翠華臨。』『閱罷楞嚴磬懶敲，笑看黄屋寄團標。南來瘴嶺千層迥，北望天門萬里遥。款段久忘飛鳳輦，袈裟新换衮龍袍。百官此日知何處，惟有群烏早晚朝。』人知爲建文君，僧遂避去，其詩至今留庵中。衛方伯正夫傳其事，漫記之，以備一説。

【校記】

〔一〕化日：四庫全書本作『他日』。

〔二〕流漾爲漢：《禹貢》作『導漾東流爲漢』。

〔三〕按：清文淵閣四庫全書補配清文津閣四庫全書本程遇孫《成都文類》卷十以此詩爲宋祁作。

儼山外集卷三十七

古奇器録附江東藏書目録小序

開元中，張説爲宰相。有人惠説一珠，紺色有光，名曰記事珠。或有闕忘之事，則以手持弄此珠，便覺心神開悟，事無巨細，涣然明曉，一無所忘。説秘而寶之。

龜兹國進奉一枕，其色如瑪瑙，温温如玉，其製作甚樸素。若枕之，則十洲三島、四海五湖盡在夢中所見。玄宗帝因名爲遊仙枕，後賜與楊國忠。

内庫有一酒杯，青色而有紋如亂絲，其薄如葉，於杯足上有縷金字曰『自煖杯』。上令取酒注之，温温然有氣相吹如沸湯，遂取於内藏。

開元二年冬至，交趾國進犀一株，色黄如金，使者請以金盤置於殿中，温温然有煖氣襲人。上問其故，使者對曰：『此辟寒犀也。頃自隋文帝時，本國曾進一株，直至今日。』上甚悦，厚賜之。

太白山有隱士郭休字退夫，有運氣絶粒之術。於山中建茅屋百餘間，有白雲亭、煉丹洞、注易亭、修真亭、朝玄壇、集神閣。每於白雲亭與賓客看山禽野獸，即以槌擊一鐵片子，其聲清響，山中鳥獸聞之，集於亭下。呼爲『喚鐵』。

內庫中有七寶硯爐一所，曲盡其巧。每至冬寒硯凍，置於爐上，硯冰自消，不勞置火。冬月，玄宗常用之。

葉法善有一鐵鏡，鑒物如水。每有疾病，以鏡照之，盡見臟腑中所滯之物。後以藥療之，竟至痊瘥。

王元寶家有一皮扇子，製作甚質。每暑月燕客，即以此扇置於坐前，使新水灑之，則颯然風生。巡酒之間，客有寒色，遂命撤去。明皇嘗命中使取視，愛而不受，曰：此龍皮扇子也。

隱士郭休有一拄杖，色如朱漆，叩之則有聲。每出入遇夜，則此杖有光，可照十步之內。登危涉險，未嘗失足，杖之力也。

學士蘇頲有一錦文花石，鏤爲筆架，嘗置於硯席間。每天欲雨，此石架即津出如汗，逡巡而雨。頲常以此爲雨候無差。

虢國夫人有夜明枕，設於堂中，光照一室，不假燈燭。

岐王有玉鞍一面，每至冬月則用之。雖天氣嚴寒，而此鞍在坐，如溫火之氣。已上《開元天寶遺事》。

東方朔得西域國玉枝，以進武帝。帝賜近臣年高者，云病則枝汗，死則枝折。老聃得之，七百年不汗。偓佺得之，三千年不折。《洞冥記》。

高祖初入咸陽宫，周行府庫，金玉珍寶不可勝言。其尤驚異者，有青玉九枝燈，高七尺五寸，下作盤龍，以口銜燈，燃則鱗甲皆動，爛炳若列星盈室。復鑄銅人十二枚，座皆高三尺，列於筵上。琴、筑、笙、竽，各有所執，皆點綴華采，儼若生人。筵下有二銅管，上口高數尺，出筵後，其一管空，一管内有繩大如指，一人吹出，一人納繩，則琴、筑、笙、竽等皆作，與真樂不殊。有琴長六尺，安十三絃、二十六徽，用七寶飾之，銘曰『渥璵之樂』。有玉笛長二尺三寸，六孔，吹之則見車馬山林隱隱相次，吹息則不復見，銘曰『昭華之管』。有方鏡廣四尺，高五尺九寸，表裏通明。人直來照之，影則倒見。以手掩心而照之，則知病之所在，腸胃五臟歷然無礙。又女子有邪心，則膽張心動。

烽火樹，積草池中，有珊瑚樹高一丈二尺，一本三柯，上有四百六十二條。是南越王趙佗所獻，號爲『烽火樹』。至夜，光景常然。

余尚書靖慶曆中知桂州，境窮僻處有林木，延袤數十里。每至月盈之夕，輒有笛聲發于林中，甚清遠。土人云，聞之已數十年，終不詳其何怪也。公遣人尋之，見其聲自一大柏木中出。乃伐取以爲枕，笛聲如期而發，公甚寶惜，凡數年。公之季弟欲窮其怪，命工解視之，但見木之文理，正如人月下吹笛之像，雖善畫者不能及。重以膠合之，則不復有聲矣。

附《江東藏書目録小序》

余家學時喜收書，然覼覼屑屑，不能舉群有也。壯遊兩都，多見載籍，然限於力，不能舉群聚也。間有殘本不售者，往往廉取之。故余之書多斷闕，闕少者或手自補綴，多者幸他日之偶完而未可知也。正德戊辰夏六月，寓安福里。宿痾新起，命僮出曝，既乃次第于寓樓。數年之積與一時長老朋舊所遺，歷歷在目，顧而樂焉。余四方人也，又慮放失，是故録而存之，各繫所得。儻后益焉，將以類續人。是月六日，史官江東陸深識。

夫書莫尚於經。經，聖人之書也。後有作焉，凡切於經，咸得附矣。故録經第一。

理性之書，倡於宋而盛之，然經之流亞也。故録理性第二。

語曰：經載道，史載事。故録史第三。

書作于經、史間，而非經、史可附者，概曰古書。故録古書第四。

聖轍既逝，諸子競馳。故録諸子第五。

質漸趨華，而文集興焉。故録文集第六。

四詩既删，體裁益衍，按厥世代，考高下焉。故録詩集第七。

山包海匯，各適厥用，然妍媸錯焉，類書之謂也。故録類書第八。

紀見聞，次時事，而掌不在官，通謂之史可也。故録雜史第九。

山經地志，具險易，敍貢賦，寓王政矣。故録諸志第十。

聲音之道，與天地通，而禮樂所由出也。故録韻書第十一。

不幼教者不懋成，不早醫者不速起，其道一也。故録小學、醫藥第十二。

方藝伎術，故有成書者。孔子曰：『雖小道，必有可觀者焉。』故録雜流第十三。

聖作物覩，一代彰矣。宣聖從周，遵一統故也。特爲一録，以次宸章令甲，示不敢瀆云。目曰制書。

儼山外集卷三十八

書輯上

前代書家之論著，洋洋乎何其備也。大抵文過其質，寡要約焉。予之輯此也，擥百氏之菁華，示一藝之途轍，庶使後來求方圓於規矩，將由下學而上達也。顧微辭奧義，獵取牽聯，既已成篇，似爲己出，不幾於掠乎。若夫一章之中，畢還衆善，則今古迭形，難以倫序，尤乖櫽括之體。今故會萃諸家，首條品目，庶幾博洽之士知所由來云爾。雲間陸深子淵題。

周禮　史記
西漢書　東漢書
三國志　晉書
南史　北史
隋書　唐書
五代史　宋史

遼史　金史

元史　南唐書

秦李斯筆法

漢蕭何書執

揚雄法言

訓纂篇

許慎説文

班固滂喜

蔡邕筆論

魏鍾繇筆説

晉魏夫人筆陣圖

王羲之筆執傳

書説

論書

衛恒四體書傳

書執

能書錄

宋王愔古今文字志目

羊欣古來能書人名

齊王僧虔書賦

論書

筆意贊

梁武帝評書

答陶隱居論書

虞龢論書表

法書目錄

庾元威論書

陶弘景論書啓

袁昂古今書評

庾肩吾書品論

傅昭書法目録
蕭綸書評
後魏江式論書表
古今文字
隋王最能書録
善書人名狀
唐太宗評書
論筆法
虞世南筆論
歐陽詢八訣
付善奴訣〔一〕
褚遂良論書
何延之蘭亭記
武平一法書記
徐浩古迹記

論書

顏真卿述張長史筆法

賈耽說文字源序

顏元孫干禄字書序

竇臮述書賦

張懷瓘六體書論

書估

十體書斷

論書

評書藥石論

古賢能書論

朱禹善書人品録

李陽冰論古篆

韋續墨藪

韓方明授筆説

李華論書

盧雋臨池訣

林韞撥鐙序

張彦遠法書要録

李嗣真書後品

蔡希綜法書論

吕總續書評

孫過庭書譜

釋知果心成頌

釋亞棲論書

韋榮宗論書

南唐李後主書述

後蜀林罕字源偏旁小説

宋太宗評書

歐陽修集古録

評書

蔡襄評書

蘇軾評書

米芾書史

黃庭堅評書

歐陽棐集古目録

呂大臨考古圖

洪适隸釋

續隸釋

趙誠明金石録

姜夔續書譜

徐諧通釋

張有復古編

薛尚功鐘鼎韻

歀識法帖

夏竦古文四聲韻

王子韶字解

桑世昌蘭亭考

俞松續蘭亭考

鄭僑書衡

徽宗評書

宣和書譜

黄伯思東觀餘論

王球嘯堂集古録

王�篆書正字要略

釋適之金壺記

陳思書苑菁華

高宗翰墨志

紹興祕閣書畫目

董史宋書録

董逌廣川書跋

鄭昂書史

趙希鵠洞天清録集

張邦基墨莊漫録

戴侗六書故

鄭寅包蒙

鄭樵六書略

金劉祁歸潛志〔二〕

張天錫草書韻會

元吾衍學古編

陳繹曾翰林要訣

杜本書原

字原

周伯琦六書正譌説文字原

陳旅題署書記

袁裒書學纂要

鄭杓衍極[三]

吴文貴書譜

盛熙明法書考

皇朝洪武正韻

陶宗儀書史會要

輟耕録

應在指南歌

【校記】

〔一〕付善奴：原作『傅善奴』，四庫全書本作『傳善奴』。按四庫全書本《書法正傳》等作『付善奴』，據改。

〔二〕歸潛志：原作『歸潛記』，據四庫全書本改。

〔三〕鄭杓：四庫全書本作『鄭枃』。

述通

夫存教化，傳禮樂，所以行遠及微，功與造化侔者，文字是也。

依類象形之謂文，形聲相益之謂字，著於竹帛之謂書。書，心畫也。心畫形，君子小人見矣。

伏羲命朱襄氏造六書。《周禮》保氏以六書教國子，一曰象形，二曰指事，三曰諧聲，四曰會意，五曰轉注，六曰假借。

夫自蒼頡以降，書凡五變，曰古文，曰籀，曰篆，曰隸，曰草。秦滅古文，書有八體，一曰大篆，二曰小篆，三曰刻符，四曰蟲書，五曰摹印，六曰署書，七曰殳書，八曰隸書。漢初以六體書試吏，一曰古文，二曰奇字，三曰篆書，四曰隸書，五曰繆篆，六曰蟲書。王莽使甄豐校文字部，改定古文爲六書，大抵襲漢故，惟以孔壁藏書爲古文，以隸書爲佐書，以蟲書爲鳥書。唐《六典》：校書郎刊正文字，其體有五，一曰古文，廢而不用，二曰大篆，三曰小篆，四曰蟲書，五曰隸書。張懷瓘以十體斷書，一曰古文，二曰大篆，三曰籀文，四曰小篆，五曰八分，六曰隸書，七曰章草，八曰行書，九曰飛白，十曰草書。唐元度之十體，則曰古文，曰大篆，曰小篆，曰八分，曰飛白，曰薤葉，曰垂針，曰垂露，曰鳥書，曰連珠。宋鄭昂論文字之大變有八，一曰古文，二曰大篆，三曰小篆，四曰隸書，五曰八分，六曰行書，七曰飛白，八曰草書。復有十三體之書，曰殳書，曰傳信鳥書，曰刻符書，曰蕭籀，曰署書，曰鶴頭書，曰偃波書，曰轉宿書，曰蠶書，曰芝英書，曰氣候直時書。小篆之體，亦復有八，曰鼎小篆，曰薤葉，曰垂露，曰懸針，曰纓珞，曰柳葉，曰剪刀，曰外國胡書。

伏羲畫八卦，而文字昉矣。時有龍瑞作龍書，神農感嘉禾之瑞作穗書，黄帝作雲書，蒼頡作古文書，而文字盛矣。高陽有科斗之書，高辛作仙人書，或曰堯作龜書，禹作鐘鼎書，務光者作倒薤之書，周文王之史佚感騶虞而作虎書，感鸑鷟、赤雀、火烏而作鳥書，感白魚而作魚書，史籀爲大篆之祖，周媒氏作填書，以書男女納采之文，保氏以六書教，而文字備矣。孔子之弟子感麟作麒麟書，秋胡之妻作蠶書，唐終作蛇書，宋景時有轉宿之書。戰國僭僞，而異體文字興矣，有芝英書，有鳥迹書、欵識書。

秦興，同天下之書，而李斯遂爲世宗。時則趙高、胡毋敬改省籀、篆，同謂之小篆。程邈所上，務趨便捷，謂之隸書。王次仲分取篆、隸之間，謂之八分。自邈以降，謂之秦隸。賈魴《三倉》、蔡邕《石經》諸作，謂之漢隸。鍾、王變體，謂之今隸。合秦、漢，謂之古隸。庾元威造爲散隸。羲、獻復變新奇，别以今隸，謂之楷法。黄庭、樂毅，謂之小楷。史游解散隸體，謂之章草。張伯英之法，謂之草書。衛瓘復采芝法，兼乎行書，謂之藁草。羲、獻之書，謂之今草。構結微眇者，謂之小草。復有所謂遊絲之草。宋蔡襄爲飛草，謂之散草。劉伯昇小變楷法，謂之行書。兼真謂之真行，帶草謂之草行。蔡邕所作輕微大字，謂之飛白。自餘諸體，以類生矣。

晉元帝爲鳳尾諾之書，王羲之爲龍爪之書，齊武帝爲花草之書，河東山胤爲雲霞之書，梁孔敬通爲反左之書，唐韋陟爲五雲之書，吕向爲連緜之書，李後主爲撮襟之書、金錯刀之書，宋徽宗瘦金之書，陳堯佐堆墨之書。

自有書契以來，帝王御世，忠、質、文之遞遷，其猶諸書乎。八卦尚忠也，古文尚質也，籀尚文也。篆則王降而霸矣，隸其秦之法令書乎。古隸，隸之古文也。八分，隸之籀也。楷法，隸之篆也。飛白，八分之流也。行，楷之行也。草，楷之走也。隸以規爲方，草則圓其矩[一]，而六書之道散矣。

【校記】

〔一〕矩：原作『規』，據陶宗儀《書史會要》卷六改。

典通

書者，散也。散懷抱，任情性，然後書之。若迫於事，雖中山兔毫，不能佳也。

凡書，先默坐靜思，隨意所適，言不出口，氣不盈息，沈密神采，如對至尊，蔑不善矣。

凡書，神彩爲上，形質次之。兼之者，豈易多得。必也心忘於筆，手忘於書，是謂求之不得，考之即彰。雖然，當復由積習耳。

凡書，在心正，在氣和。夫心不正，筆則欹斜；氣不和，書必顛仆。故曰陽氣明則華壁立，陰氣大則風神生，通乎道也。

凡書有五合。神怡務閒，一合也；感物狗知，二合也；時和氣潤，三合也；紙墨相發，四合也；偶然欲書，五合也。反是則乖矣。故曰得時不如得器，得器不如得志。又曰心不厭精，手不忘熟。

凡書，通即變。晉、唐名書，各變其體以傳世。若徒執法，終非自立之體也。必也旁通點畫之情，博究始終之理。

夫書，執法猶若登陣，變通並在腕前，文武遺於筆下，出没須有倚伏，開闔藉於陰陽。每欲書字，豫如下營，穩審思之，方可落筆。且筆者心也，墨者手也，言者意也。故王右軍曰：『紙者陣也，筆者刀稍也，墨者鍪甲也，水硯者城池也，心意者將副也，結構者謀略也。颺筆之次，吉凶之兆也。出入者號令也，屈折者殺戮也。』

凡書，必資神遇，不可以力求也；必資心悟，不可以目取也。

釋通

象形者，畫成其物，隨體詰曲，日、月之類是也。

指事者，視而可識，察而可見，上、下之類是也。

諧聲者，以形事意，取聲相成，江、河之類是也。更定。

會意者，比類合誼，以見指撝，武、信之類是也。

轉注者，轉其音以注爲別字，令、長之類是也。更定。

假借者，不轉音而借爲別用，能、朋之類是也。更定。

右六書，有子母相生之義，有文字相間之辨。象形、指事，文也。會意、諧聲，字也。轉注、假借，文字俱也。象形、指事一也，象形别出爲指事。諧聲、轉注一也，諧聲别出爲轉注。二母爲會意，一子一母爲諧聲。

夫六書者，以象形爲本。形不可象，則屬諸事。事不可指，則屬諸意。意不可會，則屬諸聲。聲則無不諧矣。五不足而後假借生焉。

古文者，蒼頡觀三才之文，博采衆美，合而成字，即今《説文》偏旁是也。凡五百四十字，許慎分居每部之首。亦曰科斗書，畫文象之。科斗，今之蝦蟆子是也。上古未有筆墨，以竹挺點漆書竹簡上〔一〕，竹硬漆膩，畫不能行，故首麤尾細，自然成象。後人巧擬形狀，失本意矣。魯恭王壞孔子舊宅，於壁中得《古文尚書》等，皆科斗文字。滕公石槨之銘，叔孫通讀之，曰此古文科斗書也。亦曰奇字。

大篆者，史籀取蒼頡形意損益古文，或同或異，轉相配合，加之銛利鉤殺，爲大篆十五篇。

以其名顯，故謂之籀書。以其官名，故謂之史書。以別小篆，故謂之大篆。今之石鼓文是也。因而重複之，則謂之複篆。複篆者，漢武帝以題建章闕云。

小篆者，李斯省篆籀之文，著《蒼頡篇》九章。本曰秦篆，世謂之玉筯篆，又謂之八分小篆，蓋比籀文十存其八云。

刻符者，其形鳥首雲脚，用題印璽。

蟲書者，爲蟲鳥之形，施於幡信。又曰蟲書，亦曰傳信鳥迹書。

摹印者，屈曲其體，施於印章，亦曰繆篆。

署書者，宫殿題署是也。蕭何作未央殿成，用禿筆題額，時謂之蕭籀。又題蒼龍、白虎二觀，此署書之始也。按：題署之法，至唐而人多忌諱矣。其點畫分毫末來去，各立名字，應之以陰陽，象之以五行，法之以六神。屋之大小，字之尺寸，各有程限。察人平生禍福，占其喜怒休咎之祥，年月遠近之應，可考而知，古未必然也。

殳書者，書於殳也。殳體八觚，隨其埶而書之。又曰：文記笏，武記殳，因而製之銘。

隸書者，程邈以文牘繁多，難於用篆，因減小篆，取便於隸佐，故謂之隸書，亦曰佐書，秦之權量所刻是也。故不爲體勢，與漢欵識篆文相類，非有挑法之隸也。

八分者，王次仲增廣隸書爲之。蓋起於官獄多事，苟趨簡易，故無點畫俯仰之勢。按蔡琰言：臣父八分書，割程隸字八分，取二分，去李小篆二分。又曰：皆似八字，勢有偃波。大抵比秦隸則易識，比漢隸則頗篆，以篆筆作漢隸即得之。雖然，必有辨焉。分之不可爲隸，猶楷之不可爲分也。

章草者，史游爲《急就章》一篇，解散隸體，簡略書之。大抵損隸之規矩，存字之梗概。漢俗所尚，遂以流傳。本草創之義，謂之行草。取篇名以別今草，謂之章草。世以爲章帝書者，誤矣。章草之法，必分波磔，縱任奔逸，字字區別，非此特謂之草耳，亦猶古隸之生今正書也。

行書者，正書之小變，務從簡易，相間流行，故謂之行。鍾繇謂之行狎[二]。初，潁川劉德昇因隸法掃地，而真幾於拘，草幾於放，介於兩間者，不真不草，行書是也。

草書者，張芝變章草爲之。字之體勢一筆而成，偶有不連而血脉不斷，及其連者，則氣候映帶，通其隔行，使動無窮，極其姿態，所謂約文該思、應旨宣言者也。

飛白者，蔡邕見役人以堊帚成字，心有悦焉，歸而爲飛白之書。蓋創法於八分，窮微於小篆者也。按王隱、王愔曰：飛白，變楷製也。王僧虔曰：飛白，八分之輕者。本是宫殿題署，勢既尋丈，字宜輕微不滿，故曰飛白。梁武帝復有白而不飛、飛而不白之論。又按：宋仁宗至和中，待詔李唐卿撰飛白三百點以進，自謂窮盡物象。仁宗特爲『清净』二字以賜，六點奇妙，又出三百點之外。

鶴頭書，彷彿鶴頭，漢初詔版所用，謂之尺一簡。

偃波書，狀若連波，即詔版下鶴頭纖亂者。

蚊脚書，字體纖垂，有似蚊脚，尚書詔版用之。

蠶書，象蠶。

轉宿書，象蓮花未開，司馬子韋感熒惑退舍而作。

芝英書，漢武帝時産芝於宣房，因以紀瑞。

氣候直時書，司馬相如采日辰之蟲，屈伸其體，升降其執，以象四時之氣云。又後漢東陽公徐安子搜諸史籀，得十二時書，蓋象神形云。

剪刀篆，韋誕作，象形。

薤葉篆，曹喜本務光之法，垂枝濃直，以小篆書之。

垂露篆，點綴輕盈，象露之垂，喜以書章表。

縣針篆，字之垂脚，勢若針鋒。

柳葉篆，始於衛瓘。

瓔珞篆，始於劉德昇，觀星象爲之。

鳳尾諾，始於元帝，用之批答。本於章草字之有尾者。

龍爪書，羲之遊天台，還會稽，上洞庭，題柱爲一『飛』字，有龍爪之形。

花草書，始於齊武帝，覩落英茂木爲之。

虎爪書，王僧虔以擬龍爪，加之縈婉，兼以棱角，有虎爪之勢。

反左書，庾亮呼爲衆中清閒法。

連緜書，一筆環寫百字，若縈髮然。

攝襟書，不用筆，卷帛書之。

金錯刀，筆勢顫掣。

瘦金書，筆勢勁逸類薛稷。

堆墨書，方丈大字。

【校記】

〔一〕竹挺：四庫全書本作『竹筳』。

〔二〕行狎：四庫全書本作『行押』。

筆論

筆者意也，書者骨也，力者通也，塞者決也。

凡書之道，要在執筆；用筆之法，妙在掌指。虚之謂掌，實之謂指。

凡筆運之欲其活也，執之欲其緊也。執之在手，手不知運；運之在腕，腕不知執。當以心主，難以力求。

凡用筆之法，拓大指，擫中指，斂食指，拒名指，之於實也[一]。置筆於指節之外，居動静之際而操之，名指拒中，小指拒名，習於虚也。鈎以食指，拒以中指，謂之單苞。名指拒中，小指拒名，謂之雙苞。

凡用筆之方，不在於力，用於力則死矣。指不入掌，何所閡焉。

凡筆長不過六寸，捉管不過三寸，真一，行二，草三。懸管聚鋒，柔毫外拓。左爲外，右爲内。

凡用墨濡毫不過三分，淺則竭，深則敗。竭者燥也，敗者弱也。

凡筆毫欲其長也，長之欲其勁也，勁之欲其圓也。長而不勁，不如勿長；勁而不圓，不如勿勁。長之於運也，勁之於健也，圓之於妍也。

凡用筆當如印印泥，如錐畫沙，如屋漏痕。使其藏鋒，書乃沈著。當其用鋒，常欲透紙。

夫執筆之法，貴淺而病深。何也？蓋筆在指端則掌虚，運動適意，騰躍頓挫，生意在焉。筆居指半則掌實，如樞不轉，制豈自由。運動迴旋，乃成稜角矣，寧望生動哉。

凡執筆要在圓暢，勿使拘攣；其次識法；其次布置，不慢不越，務使合宜；其次紙筆精佳；其次變通適懷，縱舍掣奪，咸有規矩。五者既備，可與論古人矣。

指之法十：

擫，大指下節下端用力欲直，如提千鈞。

捺，食指着中指旁。此上二指主力。

鉤，中指着指尖鉤筆下。

揭，名指着指外爪肉際揭筆上。

抵，名指揭筆，中指抵住。

拒，中指鉤筆，名指拒定。此上二指主轉運。

導，小指引名指過右。

送，小指送名指過左。此上二指主往來。

衄，名指上貫下，右貫左，筆中衄。

柔，中指下貫上，左貫右，筆中柔。

腕之法三：

枕腕，以左手枕右手腕。

提腕，肘着案而虛提手腕。

懸腕，懸着空中，最有力。

手之法六：

指欲實，掌欲虛，管欲直，心欲懸，執欲淺，筆欲牢。

血之法七：

字生於墨，墨生於水。水者，字之血也。筆尖受水，一點已枯矣。水、墨皆藏於副毫之内，蹲之則水下，駐之則水聚，提之則水皆入紙矣。捺以匀之，搶以殺之，過以補之，衄以圓之。過貴乎疾，若飛鳥，若驚蛇。力到自然，毋凝滯，毋複改。

蹲，七分三折，管直心圓。

駐，七分卧倒，水聚。

提，三分，大指下節骨竦水下。

捺，九分卧滿。

過，十分疾過。

搶，各有分數，圓蹲直搶，偏蹲側搶，出鋒空搶。

衄，三分三摇筆殺力。

骨之法二：

字之骨，大指下節骨是也。提之則字中骨健矣，縱之則字中骨有轉軸而活絡矣。

提，大指下節骨下端提尾，駐飛，小疏動也。

縱，和大指下節骨下臼蹲首駐，捺衄過，稍和緩也。

筋之法二：

字之筋，筆鋒是也。斷處藏之，連處度之。

藏，首尾蹲搶。

度，空中打執，飛度筆意。

肉之法二

字之肉，筆毫是也。疏處捺滿，密處提飛，平處捺滿，險處提飛。捺滿則肥，提飛則瘦。

肥，毫端分數足。

瘦，毫端分數省。

管之法五：

執管，以雙指苞管，亦當五指共執。

撮管，五指共撮管頭。大字草書用之，書壁尤便。

擫管，以大指小指倒垂執管，擫三指攢之。就地書大福屏幛用之。

捻管，大指與中三指捻管頭書之。側立案左書長幅用之。

握管，四指中節握管，沈著有力。書誥敕牓疏用之。

林韞撥鐙之法四：

推　拖　撚　拽

李後主之法七：

擫　壓　鈎　揭　抵　導　送

李華之法二：

截　拽

按，撥者，筆管著中指名指尖，圓活易轉動也。

鐙者，馬鐙也，筆管直則虎口間如馬鐙也。足踏馬鐙淺，則易出入：，手執筆管淺，則易撥動。

【校記】

〔一〕之於實也：四庫全書本作『主於實也』。

儼山外集卷三十九

書輯中

體位篇

永字八法

永　側　勒　努　趯　策　掠　啄　磔

《禁經》云：八法起於隸字之始，自崔、張、鍾、王傳授，所用該於萬字。墨道之最，不可不明也。

側不愧臥，愧，疑作『貴』。　勒常患平。

努過直而力敗，　趯宜存而執生。

策仰收而暗揭，　掠左出而鋒輕。

啄倉皇而疾掩，　　磔趯趞以開撑。

又

側蹲鴟而墜石，　　勒緩縱以藏機。
努彎環而埶曲，　　趯峻快以如錐。錐，一作『飛』。
策依稀而似勒，　　掠彷彿以宜肥。
啄騰凌而速進，　　磔抑昔以遲移。

側不得平其筆，當側筆就右爲之。

訣云：先右揭其腕，次輕蹲其鋒，取埶緊則乘機頓挫，借埶出之，疾則失中，過又成俗。又云：側者，側下其筆，使墨精暗墜，徐乃反揭，則稜利矣。

問曰：側不言點而言側，何也？

論曰：謂筆鋒顧右，審其埶險而側之，故名側也。止言點則不明顧右，無存鋒向背墜墨之埶。若左顧右側，則横敵無力。故側不險則失於鈍，鈍則芒角隱而書之神格喪矣。

勒不得卧其筆，須筆鋒先行，中高兩頭下，以筆心壓之。

訣云：頭旁鋒仰，策次迅收。若一出揭筆，不趯而暗收，則薄圓而疏，筆無力矣。夫勒筆鋒似及於紙，須微進，仰策峻趯。

又云：策筆須勒，仰筆覆收。准此則形執自章矣。

問曰：勒不言畫而言勒，何也？

論曰：勒者，趯筆而行，承其虛畫，取其勁澀，則功成矣。今止言畫者，慮在不趯，一出便畫，則鋒拳而怯薄也。夫勒者，藉於豎趯，趯則筆勁澀，亡其流滑，微可稱工矣。

丨努不宜直其筆，筆直則無力。立筆左偃而下，最須有力。

訣云：凡旁卷微曲，蹙筆累走而進之。直則衆執失力，滯則神氣怯散。

又云：須發執而卷筆，若折骨而爭力。

又云：努須側鋒顧右，潛趯輕挫其揭。

問曰：畫者，中心豎畫也，今謂之努，何也？

論曰：努者，執微努，曰努在乎趯筆下行。若直置其畫，則形圓執質，書之病也。筆訣云：努筆之法，豎筆徐行，近左引執。執不欲直，直無力矣。

亅趯須蹲鋒得執而出，出則暗收。又云：前畫卷則別斂心而出之。

訣云：旁鋒輕揭借執，執不勁，筆不剉，則意不深。趯與挑一也。直曰趯，橫曰挑。鋒貴於澀出，適出期於倒收，所謂欲挑還置也。夫趯自努出，潛鋒輕挫，借執而趯之。

問曰：凡字之出鋒謂之挑，今謂之趯，何也？

論曰：挑者，語之小異，而其體一也。夫趯者，筆鋒去而言之。趯自努畫收鋒，豎筆潛勁，借埶而趯之。筆訣云：即是努筆下，殺筆趯起是也。法須挫衄，轉筆出鋒，佇思消息，則神蹤不墜矣。

策須斫筆，背發而仰收，則背斫仰策也。兩頭高，中以筆心舉之。

訣云：仰筆潛鋒，以鱗勒之法揭腕，趯埶於右。潛鋒之要在畫埶暗捷，歸于右也。夫策筆仰鋒，豎趯微勁，借埶峻顧於掠也。

問曰：策名折與畫，今謂之策，何也？論曰：策之與畫，理亦故殊。仰鋒趯鋒，輕擡而進，故曰策也。若及紙便畫，不務遲澀向背偃仰者，此備畫究成耳。

筆訣云：始築筆而仰策，徐轉筆而成形是也。

掠者，拂掠須迅，其鋒左出而欲利。又云：微曲而下筆心至卷處。

訣云：撇過謂之掠。借於策埶以輕注鋒，右揭其腕，加以迅出，埶旋於左。法在澀而勁，意欲暢而婉，遲留則傷於緩滯。夫側鋒左出謂之掠。

問曰：掠本分發，今稱爲掠，何也？

論曰：掠乃疾徐有準，手隨筆遣，鋒自左出，取勁險盡而爲節。發則一出，運用無的，故掠之精旨可守矣。

又云：遣不常速，從來筆下左出而鋒利不墜則佳矣。

啄者，如禽之啄物也。立筆下罨，以疾爲勝。又云：形似鳥獸臥斫斜發，亦云臥筆疾罨右出。

訣云：右向左之勢爲卷啄。按筆蹲鋒，潛蹙於右，借勢收鋒，迅擲旋右，須精險衄去之，不可緩滯。又云：筆鋒及紙爲啄，在潛勒而啄之。

問曰：撇之謂啄，何也？論曰：夫撇者，蒙俗之言。啄者，因勢而立，啄用輕勁爲勝，去浮怯重體爲工。又云：啄筆速進，勁若鐵石，則勢成也。

磔者，不徐不疾，戰行欲卷，復駐而去之。又云：趯筆戰行，翻筆轉下而出筆磔之。

訣云：右送之波皆名磔，右揭其腕，逐勢緊趯，旁筆迅磔，盡勢輕揭而潛收，在勁迅得之。夫磔法，筆鋒須趯，勢欲險而澀，得勢而輕揭，暗收存勢，候其勢盡而磔之。又云：磔須外發得意，徐乃出之。

問曰：發波之筆，今謂之磔，何也？論曰：發波之筆，循古無蹤，原其用筆，磔法爲徑。磔豪聳過，法存乎神。凡磔若左顧右，則勢鈍矣。趯重鋒緩，則勢肥矣。須遒勁而遲澀之。又謂之波法。微直曰磔，横過曰波。作一波當三過折筆。筆訣云：始入筆，緊築而微仰，便下徐行，執足而後磔之。

運使之法

丶謂之點。法云：作點向左，以中指斜頓向右，以大指齊頓作報答，便以中指挫鋒。須收鋒在内，按筆收之。又衄側下其筆，含濡其鋒，摩輪簇心，然後收筆，慎在圓平。《禁經》云『點如利鑽鏤金』是也。又半蟻法，宜字上用之，爲避其旁。

右軍云：作點皆須磊磊如大石之當衢。又，點不變爲布棋，貴通變也。更有打單，以紙送筆，似打物之執，甚難用也。

唐太宗云：爲點必收，貴緊而重。

衛夫人云：若高峰墜石。

一謂之畫。法云：作横畫皆用大指遣之。若作策法，即指擡筆上；若作勒法，即用中指鈎筆澀進；覆畫以中指頓筆，然後以大指遣至盡處。此三執相近而用法異也。鱗勒法，須仰收，《禁經》云『畫如長錐界石』是也。又緊走仰收，似長舟之截小渚。兩頭執起，使芒角不失遒潤。借執不策，不鱗勒，稍徐收之。取古勁枯澀，無求活利。凡在字上宜用之。

擡筆法，初緊策，中擡鋒，輕勁微勒，向右按衄。古今法云：鍾書《宣示》字長畫用之。

又『畫不變爲布算』。行草法云：執須險策露鋒，飛動爲勝。

唐太宗云：爲畫必勒，貴澀而遲。

衛夫人云：如千里陣雲。

三 謂之三畫。法云：上潛鋒平勒，中背鋒仰策，下緊趯覆收，名遞相解摘。古經云：《黄庭經》三『關』字用草法，上衄側，中策，下奮筆横飛，遞相聳峙，以險利爲勝。凡横畫多者用此法。

丨 謂之懸針。法云：正鋒直下，末處如針頭之懸鋒，須先發管逐執行趯筆，緊馭澀進，如錐畫石。《禁經》云『懸針如長錐綴地』是也。又『契』字下雙筆，須一努一垂，變换用之。三執不同，或垂或趯，或外掠而中努。右軍云：懸針垂露，難爲體制。衛夫人云：如萬歲枯藤。

《臨池訣》云：懸針法，《蘭亭》『年』字盡其執也。張敬玄云：『中』字中畫宜卓筆，直審疾抽。『事』字中畫宜直，下筆便挑，不宜停筆。

丨 謂之垂露。法云：鋒管齊下，執盡殺筆縮鋒。又始築筆而極力，終注鋒而作執。又無垂不縮，此言頓筆以摧挫爲功。右軍云『竪如春筍之抽寒谷』是也。

《臨池訣》云：垂露本篆脚，名玉筯〔一〕，如古釵倚物也。

乙 謂之背抛，又謂之踠脚。法云：蹲鋒緊掠，徐擲之。速則失執，遲則緩怯。《臨池訣》云：此鍾法稍涉八分，尾法引過其曲，轉蹲其鋒，又徐收而蹲趯之，不欲出，須闇收，使其如負芒刺則善。右軍云：援毫蹲節，輕重有准。庾肩吾云：欲抛還置，駐鋒而後趯之也。

謂之抽筆。法云：左罨掠須峻利，右潛趯而戰行，待執卷而機駐，揭摘出而暗收。若便抛必流滑凡淺。又側起，平發，緊殺。按波爲抽筆，從腹内起。庾肩吾云：將放更留。又『人』字第二筆云『攙引抑拽』是也。『夫』『木』等字亦同用。

王濛論章草作『人』字法，謂趯之欲利，按之欲輕。

謂之背趯。法云：悉以中指遣至盡處，以名指拒而趯之。又云：潛鋒闇勒，執盡然後趯之。右軍背趯戈法，上則俯而過，下則曲而就，蓋所以失之於前、正之於後也。古經云：鍾書『哉』字用。又永禪師澀出戈法，下以名指築上，借執以中指遣之，按筆至下，以名指衄鋒潛趯，此名禿出法。

張旭折芒法，潛鋒緊走，意盡乃收而趯之。鍾書常用也。

右軍云：落筆峨峨，如長松之倚谿谷。

唐太宗云：爲戈必潤，貴遲疑而右顧。

章草法：潛按微進，輕揭闇趯，揭欲利，按欲輕。輕則骨勁神清，肥乃質滯鈍俗。張敬玄云：戈脚宜斜筆直抽。直者，緣上實下自成也。

謂之散水。法云：上衄側，中偃，下潛挫趯鋒。古經云：《黄庭》《樂毅》同用。《臨池訣》云：或藏或露，狀類不同，要遞相顯異。若頻有則兩點相近，而下點當高。此名潛相矚視，外雖解摘，内相附屬。爲上、中潛鋒暗衄，下峻趯潛遣，蓋鍾法也。行書執微按而鈎揭，以輕利爲美。

氵謂之冰。法云：上側覆殺，下築而趯之，須相承揖。若並連衄，則輕揭，則『率』字左右用之。草法須借執疾遣，若緩滯則爲病也。

灬謂之烈火。法云：衄鋒暗按。《臨池訣》云：須各立執，抵背潛衄，所謂視之不見，考之彌彰。古經云：鍾書『然』字用之。

灬謂之聯飛。法云：暗衄微注，輕揭潛趯，筆鋒連綿，相顧不絶。《禁經》云：聯飛如雁陣當秋。《樂毅論》『燕』『然』字用之。虞永興『兼』字用其半執，蓋中斷也。

丷謂之顯異。法云：上點駐鋒，左右挫鋒，横書按筆，執須相順。又上點側，横畫勒，左偣筆擺鋒。偣筆，竪策謂之偣。右峻啄輕揭出，法以圓峻飛動爲度。章草法擬於圓峻飛動，其餘險側。務在露鋒鈎裹，忌緩滯也。

㇏謂之平磔。法云：不遲不疾，戰筆側去，執卷不可便出，須駐鋒而後放。《禁經》云：如生蛇度水。鍾元常每作磔筆，須三過折筆。故唐太宗云：爲波必磔，貴三折而遣毫。

㇇謂之勾裹。法云：圓角趯鋒作努法，執末盡而趯之。顔魯公云：用筆如紙下行。《書執論》云：急牽急引，如雲中之掣電，『日』『月』『目』『因』等是也。

翰林隱術云：勾裹勢須圓角蹲鋒，用中指勾成之。

張敬玄云：『固』字轉角之執，初不宜稜角努張，即字體俗也。非特『固』字，但有轉筆，一切貴其圓潤也。右軍云：作右邊折角，疾牽下微開，左畔斡轉，令取登對，勿使腰下傷慢。視筆取執，直截而下。《瘗鶴銘》《蘭亭序》『固』字雖不同，亦絶妙。

勹謂之勾努。法云：圓角激鋒，待筋骨而成，要如武人屈臂。右軍云：迴角不用峻及，有稜骨也。

衛夫人云：如勁努筋節。

小謂之奮筆。法云：左側而獨立，中衄揭而右鈎。古經云：鍾書《宣示》字用。若中豎，則左右暗衄而潛趯。又簇鋒捷進，爲『系』字下三點也。

彡謂之杉。法云：上平點，中啄，下衄側。唐太宗云：『形』『影』字右邊不可一向爲之，須背下擎之。

乚謂之外擘。法云：左峻掠，中潛鋒衄挫，右蹲鋒外擲。右軍云：踠脚�斡，上捺下撚，終始折轉。

丨謂之豎傹。法云：擡筆，豎策挫鋒，上下緊直，『嘗』『尚』等字中豎畫用之。又云：傹筆，執須擡筆豎策之。

三謂之暗築。法云：馭鋒直衝，有點連物，則名暗築，『月』『其』字内兩點是也。

八謂之曾頭其脚。法云：左潛揭而右啄，『曾』頭用；左啄右側，『其』脚。智果云：長舒左足。

亽謂之衮筆。法云：須按鋒上下蹙衄之，『令』『今』等字是也，謂下點。

戔謂之縮出，又爲重複。法云：上礫衄鋒，下礫出之，如『吕』『昌』『爻』『棗』之類是也。

唐太宗云：『戔』字上縮鋒作努，下出鋒作趯。

乚謂之挑心。法云：如長空之初月。

㇆謂之收脚。法云：爲『馬』『烏』『焉』之字，脚宜緊收，『打』『寺』之字亦然。

四謂之緩急。法云：字有緩急，如『烏』字下手一點須急，横直須遲。『烏』之脚急，亦象形也。

轉筆宜左右迴顧，無使節目孤露。

藏鋒點畫出入之迹，欲左先右，至回左亦然。

藏頭圓筆屬紙，令筆心常在點畫中行。

護尾畫點，執盡力收之。

疾執出於啄磔之中，又在豎筆緊趯之内。

掠筆在於趲鋒峻趯用之。

澀執在於緊駛戰行之。

垂縮直下，一筆宜復，上至中間則垂頭圓，所謂無垂不縮。

往來波跋處，既往當復收回，所謂無往不來。

夫所謂折釵股者，曲折圓而有力也。如屋漏痕横，直勻而藏鋒也；如錐畫沙，無起止之迹也；如壁拆，無布置之巧也。大抵筆正則鋒藏，而數美具矣。

結構之法

凡字之體，率皆有法，各具義理，非苟然者。昔顔魯公得法於張長史，長史問曰：

平謂横，子知之乎？真卿曰：長史每令爲一畫，皆縱横有象，其此之謂乎？長史曰：然。

直謂縱，子知之乎？曰：豈非直者必縱之而毋邪曲乎？曰：然。

均謂間，子知之乎？曰：嘗示以間不容光，其此之謂乎？曰：然。

密謂際，子知之乎？曰：豈非築鋒下筆，皆令宛成，不使其疏乎？曰：然。

鋒謂末，子知之乎？曰：豈非末以成畫，使鋒健乎？曰：然。

力謂骨體，子知之乎？曰：豈非趯筆則點畫皆有筋骨，字體雄媚乎？曰：然。

輕謂曲折，子知之乎？曰：豈非鉤筆轉角，折鋒輕過，亦謂轉角爲暗過之謂乎？曰：然。

決謂牽掣，子知之乎？曰：豈非牽掣爲撆，決意擇鋒不怯滯，令險峻而成乎？曰：然。

補謂不足，子知之乎？曰：豈非結構點畫有失趣者，則以別點畫旁救之乎？曰：然。

損謂有餘〔二〕，子知之乎？曰豈非趣長筆短，形雖不足而意常有餘乎？曰：然。

巧謂布置，子知之乎？曰：豈非預想字形，布置平穩，或意外字體，令有異埶乎？曰：然。

稱謂大小，子知之乎？曰：豈非大字促之令小，小字展之令大，茂密以爲稱乎？曰：然。

排疊，謂疏密停均，如『壽』『稿』『畫』『竇』『筆』『麗』『羸』『爨』之字，『絲』旁、『言』旁之類。《八訣》所謂『分間布白』『調勻點畫』是也。高宗書法謂之『堆垛』。

避就，謂避密就疏，避險就易，避遠就近，欲其彼此映帶得宜。如『廬』字上一撆既尖，下一撆不當相同；『府』字一筆向下，一筆向左；『逢』字下『辵』拔出，則上必作點，亦避重疊而就簡徑也。

頂戴，謂字之承上者多，惟上重下輕者，欲其得執，如『疊』『壘』『藥』『鸞』『驚』『鷺』『鬌』『醫』之類。《八訣》所謂『正如人，上稱下戴〔三〕，不可頭輕尾重』是也。

穿插，謂字畫交錯者，欲其疏密、長短、大小勻停，如『中』『弗』『井』『曲』『册』『兼』『禹』『禺』『爽』『爾』『襄』『甬』『婁』『垂』『車』『無』之類。《八訣》所謂『四面停匀，八邊具備』是也。

向背，謂字之向背，各有體執。相向如『非』『卯』『知』『和』之類是也。相背如『北』『兆』『肥』『根』之類是也。

偏側，謂字之偏側、欹斜，須當隨執結體。偏向右者，如『心』『戈』『衣』『幾』之類；向左者，如』『夕』『朋』『乃』『勿』『少』『木』之類；正而偏者，如『亥』『女』『丈』『乂』『互』『不』之類。字法所謂偏者正之，正者偏之。《八訣》謂『勿令偏側』是也。

挑㧕，謂字之形執，有須挑㧕者，如『戈』『弋』『武』『丸』『氣』之類。又如『獻』『勵』『散』『斷』之字，左邊既多，須得右邊㧕之。如『省』『炙』字，上偏者，須從下㧕之，相稱乃善。

相讓，謂字之左右，或多或少，須彼此相讓爲善。如『馬』旁、『鳥』旁諸字，須左邊平直，然後右便作字。如『䜌』字，以中央『言』字上畫短，讓兩『糸』出。如『辮』字，其中近下，讓兩『辛』出。如『鷗』『鷃』『馳』字，兩旁俱上狹下闊，各當少讓。如『鳴』『呼』字，『口』在左者宜近上；『和』『扣』字，『口』在右者宜近下，使不妨礙，然後爲佳，此類是也。

補空，謂如『我』『哉』之字，作點須對左邊實處，不可與『成』『戟』『戈』諸字同。如『襲』『辟』『餐』『贛』之類，欲其四滿方正也。《醴泉銘》『建』字是也。

覆蓋，謂如『寶』『容』之類，點須正，畫須圓明，不宜相着，上長下短。

貼零，謂如『令』『今』『冬』『寒』之類是也。

粘合，謂字之本相離開者，即欲粘合，使相着顧揖乃佳，如諸偏旁字『卧』『鑒』『非』『門』之類是也。

捷速，謂如『風』『鳳』之類，兩邊速宜圓緊〔四〕，用筆時左邊勢宜疾，背筆時意中如電是也。

滿虚，謂如『園』『圃』『圖』『國』『回』『包』『南』『目』之類是也。

意連，謂字有形斷而意連者，如『之』『以』『必』『小』『川』『州』『水』『求』之類是也。

覆冒，謂字之上大者，必覆冒其下，如『雲』頭，『穴』『宀』『炏』頭，『奢』『金』『食』『夅』『巷』『泰』之類是也。

垂曳，謂垂如『都』『鄉』『卿』『卯』之類，曳如『水』『支』『欠』『皮』『更』『走』『民』『也』之類是也。

借换，謂如《醴泉銘》『祕』字，就『示』字右點，作『必』字左點，此借换也。《黄庭經》『庭』字、『魏』字，亦借换也。又如『靈』字，法帖中或作『Ⅲ』，或作『小』，亦借换也。又如『蘇』之爲『蕛』，『秋』之爲『烁』，『鵝』之爲『鵞』之類。蓋字難結體，故須互换，所謂『東映西帶』是也。

增減，謂字有難結體者，或因筆畫少而增添，如『新』之爲『新』〔五〕，『建』之爲『建』是也。或因筆畫多而減省，如『曹』之爲『曺』，『美』之爲『美』。但欲體勢茂美，不論古字當如何書也。

應副，謂字之點畫疏者，彼此映帶，故必得應副相稱而後可。如『龍』『詩』『讎』『轉』之類，必一畫對一畫，相應亦相副也。

撑拄，謂字之獨立者，必得撑拄，然後勁健可觀。如『可』『下』『永』『亨』『亭』『寧』『丁』『手』『司』『卉』『草』『矛』『巾』『千』『予』『于』『弓』之類是也。

朝揖，謂字之有偏傍者，凡欲相顧。兩文成字，若『鄒』『謝』之類；三文成字，若『讎』『斑』之類，尤欲意度承順。《八訣》所謂『迎相顧揖』是也。

救應，謂凡作字，一筆纔落，便當思第二、三筆如何救應，方可結裹。《書法》所謂『意在筆先，文向思後』是也。

附麗，謂字之形體，有宜相附近者，不可相離，如『形』『影』『飛』『赴』『起』『枝』『飲』『勉』之類。凡有『文』『欠』之旁者，以小附大，以少附多是也。

回抱，謂如向左者，『曷』『丏』『易』『匊』之類；向右者，『艮』『鬼』『包』『旭』之類是也。

包裹，謂如『園』『圃』之類，四圍包裹；『尚』『向』之類，上包下也；『幽』『凶』之類，下包上也；『匡』『匱』之類，左包；『句』『匈』之類，右包是也。

相成，謂以大成小，如『冂』『乚』之類，後大者是也。以小成大者，若『孤』之一『乀』、『寧』之一『亅』、『欠』之一拔、『戈』之一點，後小者是也。

形勢，謂字之小大也。大字難於結密而無間，小字難於寬綽而有餘。各攻其難，善矣。

變互，謂如『日』字之小，難與『國』字同大；如『一』『二』之疏，難與密畫相間，當思所以位置之。故曰大字促令小，小字展令大，互其勢也。一說上小下大，上大下小，取其稱也。若夫左小而右大，左高而右低，則爲病矣。

分合，謂以重文成體者，合而爲一亦好，分而異體亦好。

管領，謂上之覆下，下之承上，左右之顧盼，不失位置。

應接，謂點畫互相應接也。兩點者，如『小』『八』『卜』之類，自爲應接。三點者，如『系』之類，則左朝右，中朝上，右朝左。四點者，如『然』『無』之類，則兩旁相應，中間相接又作灬，亦然。至於『丿』『乀』『水』『木』『州』『無』之類，皆須以意消詳也。

展右，謂頭項長者向右展，『寧』『宣』『臺』『尚』之類是也。

舒左，謂有脚者向左舒，『寶』『其』之類是也。

拔角，謂字方者擡右角，『國』『用』『周』之類是也。

虚腹，謂『用』『見』『岡』『月』等字，放令右虚。

開合，謂如『無』字，四點四畫爲綜〔六〕，上心開則下合也。

仰覆，謂如『並』字隔『二』，『畺』字隔『三』，皆斟酌『二』『三』字，仰覆用之。『士』字則當上仰下覆。

解磔，謂三畫之法，上平、中仰、下覆，如『春』『主』之類是也。

互放，謂字有磔掠重者，若『爻』字上住下放，『茶』字上放下住。若多字，一住，二少住，三亦住，四放。凡忌并放。

變換，謂兩豎一垂一縮，如『并』字右縮左垂，『斤』字右垂左縮。上下亦然。

肩吻，謂左邊起筆，不使有嘴；右邊轉角，不要露肩。

除續，謂繁則減，疏則補也。若王書『懸』字、虞書『毚』字，皆去下一點；張書『盛』字，改『血』從『皿』，是之謂除。王書『神』『處』字，皆加一點；『却』字从『卩』，是之謂續。

分合，謂分如『卅』『冊』之類，皆須自立其抵背；合如『八』『州』之類，皆須潛相矚視。

重促，謂『昌』『吕』『爻』『棗』之類上小，『林』『棘』『絲』『羽』之類左促是也。

映附，謂側映斜，『交』『欠』『以』『入』之類是也；斜附曲，『女』『安』『必』『互』之類是也。

側立，謂立人之傍，如鳥之在柱是也。

偏傍，謂偏傍在左者宜狹長，則右有餘地矣；在右者亦然。

按，點者，字之眉目，全在顧盼精神，有向有背，隨字異形。畫者，字之骨體，欲其堅正匀淨，有起有止，所貴長短合宜，結束堅實。丿乀者，字之手足，伸縮異度，變化多端，要如鳥翼魚鬣，有翩翩自得之態。乚趯者，字之步履，欲其沈實。晉人挑趯，或帶斜拂，或横引向外。至顔、柳，始正鋒爲之。轉折者，方圓之法，真多用折，草多用轉。折欲少駐，駐則有力；轉不欲滯，滯則不遒。然真以轉而後通，草以折而後勁，不可不知也。

【校記】

〔一〕玉筯：原誤作『玉筋』。

〔二〕損謂有餘：原作『補謂不足』，據四庫全書本改。

〔三〕戴：宋刻本陳思《書苑菁華》卷二、清文淵閣四庫全書本陶宗儀《書史會要》卷九均作『載』。

〔四〕後一『速』字：原作『迷』，據四庫全書本改。

〔五〕按：『新』字，書法中有寫作『新』者，後一『新』字或爲『新』。

〔六〕綜：四庫全書本作『縱』。

儼山外集卷四十

書輯下

古今訓

凡書之道，一須人品高，二須師法古，三須紙筆佳，四須險勁，五須高明，六須潤澤，七須向背，八須時出新意。又有九生之法：一生筆，二生紙，三生硯，四生水，五生墨，六生手，七生神，八生目，九生景。

夫字形在紙，筆法在手，筆意在心。小心布置，大膽落筆。

夫初學之際，宜先筋骨。筋骨不立，肉何所依？故曰多力豐筋者聖，無力無筋者病。

夫用筆之法，腕竪則鋒正而勢全，指實則筋力均平，掌虚則運用便易。

稜骨者，書之弊薄也；脂肉者，書之滓穢也。字有態度，心之暢也。

夫欲書，先乾研墨，凝神静慮，預想字形，大小偃仰，平正振動，須令筋骨相連，意在筆前，然後作字。若平直相似，狀如算子，上下方整，前後齊平，便不是書。

夫書貴注意詳雅，起發緜密。一字須數體俱入，一紙須字字意殊。紙强筆弱，紙弱筆强，强弱不等，則蹉跌矣。

學古之法，多張法書古刻於壁間，觀之入神，則筆隨人意矣。

初學之士，所貴臨摹。蓋節度其手，易於成就耳。對書之謂臨，覆書之謂摹。夫臨書易失古人位置而多得古人筆意，摹書易失古人筆意而多得古人位置。是故臨書易進，摹書易忘。

夫運筆斜則無芒角，執筆寬則書軟弱。點掣短則法擁腫，點掣長則法離澌。畫短則字執橫，畫疏則字形慢。拘則乏執，放又少則。純骨無媚，純肉無力。少墨浮澀，多墨莽鈍。

用筆不欲太肥，肥則形濁；不欲太瘦，瘦則形枯；不欲多露鋒鋩，露鋒鋩則意不持重；不欲深藏圭角，藏圭角則體不精神。

夫世之論書，多病肥瘦，而不知肥之病在於剩肉，瘦之病在於露骨。肥不剩肉，瘦不露骨，正自爲佳爾。

寸以内，法在指掌；寸以外，法兼肘腕。晉、魏間帖，掌指間字也。

凡篆之用筆，最宜單苞，亦曰單鉤。則方圓平直，無不如意。人失師傳，故字多欹斜，且執不活動。若初學時能虚手心，伸中指，并二指，於几上空畫不拗，方可執筆。

篆法匾者，謂之蝸匾。徐鉉稱爲老手，石鼓文是也。

小篆俗皆喜長，太長則無法，但以方楷一字半爲度。一字爲正體，半字爲垂脚。脚不過三。凡有三脚，當以正脚爲主，餘略收短如旛脚可也。若『生』『甘』『之』等字，却以上出爲脚。如草木之爲物，正生則上出枝，倒懸則下出枝耳。

篆口圈中字不可填滿，如井斗中着一字，任其下空，可放垂筆，方不覺大。圈比諸字亦須略收。口不可圜，亦不可方，只以炭墼範子爲度自好。若『日』『目』等字，須更放小。若印文中匾口、并口及『子』字上口，却須略寬，使口中見空稍多，字始渾厚。

徐鉉小篆，映日視之，有一縷濃墨正當畫中，乃筆鋒直下爾。

凡隸書，人謂宜匾，殊不知妙不在匾。抄拔平硬，如折刀頭。法曰：方勁古拙，斬釘截鐵備矣。

隋、唐以降，古法盡廢，目漢字爲分，唐字爲隸。殊不知漢有隸分，唐有分楷，體不同也。

凡楷書之法，如快馬斫陣；草法欲左規右矩，此古人妙處也。

作楷，墨欲乾，不可太燥。行草則燥潤相雜，以潤取妍，以燥取險。墨濃則筆滯，滯則筆枯。

凡草書之體，如人坐卧行立，揖遜忿争，乘舟躍馬，歌舞擗踴。一切變態，各有義理，不可忽也。

古人作草，如今人作真，何嘗苟且。故云匆匆不及草書。其相連處，特是引帶耳。

真生行，行生草。真如立，行如行，草如走。未有未能立而能行，未能行而能走者也。

草書之法，有緩有急，有有鋒，有無鋒，有承接上字，有牽引下字。乍徐還疾，忽往復收。緩以倣古，急以出奇。有鋒以耀其精神，無鋒以含其氣韻。横斜曲直，鉤環盤紆，皆以埶爲主，最忌相帶。横畫不欲太長，長妨轉换；直畫不欲太多，多則神凝。以捺代走，亦以發代走，亦以捺代乀，惟丿則間用之。意盡則用懸針，或兼用垂露。

夫草，下筆之始，須藏鋒轉腕，前緩後急。字體形埶，狀如蟲蛇，意相鉤連，莫令間斷。仍須簡略爲上，不貴繁冗。至如棱側起伏，隨勢所立，大抵圓規最妙。其有誤發，不可再摹，恐失其筆埶。若有點處，須空中遥擲下，埶猶高峰墜石。下筆要如放箭，箭不欲遲，遲則中物不入。雖則施於草迹，亦須時時象其篆埶。八分、章草、古隸等體，要相合雜，發人意思。若直取俗字，則不能先發隱毫。尤須静思閑雅，發中於慮則得之。

凡書有二法，曰疾，曰澀。二法若該之矣。

夫趨變適時，行書爲要；題勒方富，真乃居先。草不兼真，殆於專謹；真不通草，殊非翰墨。真以點畫爲形質，使轉爲性情；草以點畫爲性情，使轉爲形質。草乖使轉，不能成字；真虧點畫，猶可記文。夫縱横牽掣之謂使，鉤環盤紆之謂轉，向背得宜謂之點畫。

篆尚婉而通，隸欲精而密，草貴流而暢，章務險而便。又曰：真書難於飄揚，草書難於嚴重。

下筆作字，初是折鋒，次乃搭鋒耳。若一字之間，右邊多是搭鋒，應於左也。隸畫平起，篆畫藏鋒。大抵折鋒多精神，平藏善含蓄，兼之者至也。

凡字之體，不能齊一。如『東』字之長，『西』字之短，『口』字之小，『體』字之大，『朋』字之斜，『黨』字之正，『千』字之疏，『萬』字之密。畫多者宜瘦，少者宜肥。魏、晉書法之高，良由各盡字之真態，不以私意參之耳。

題署及八分，肥密可也。自此之外，皆宜消散，恣其運動。

唐人以書判取士，故士大夫字畫勻整齊密，類有科舉氣習，顔魯公《干禄字書》是其證也。

張伯英臨池學書，池水盡墨。鍾繇入抱犢山十年，木石俱黑。王羲之五十二歲而書成。永禪師不下樓者四十餘年。要非一朝一夕之故也。

古人書法，皆由悟入。若長史之舞劍器，魯公之錐畫沙，理宜有之。故李陽冰亦曰：於天地山川得方圓流峙之形，於日月星辰得經緯昭回之度，於雲霞草木得霏布滋蔓之容，於衣冠文物得揖遜周旋之體，於鬚眉口鼻得喜怒舒慘之分，於魚蟲禽獸得屈伸飛動之理。乃知夏雲隨風，擔夫爭道，與觀盪槳，聽江聲，見蛇鬭，進於書也。

昔賢評書，如『龍跳天門』『虎臥鳳闕』之語，既爲米元章所嗤。若夫魏、晉以來，墨蹟存世又寡，間復流傳，人加祕惜，非學者之所共見。是故類舉姓氏，極肆褒彈，等之無益耳，予録之所未暇也。惟碑帖之傳，今猶徧衍，資於範模者不少，故復次第云。

淳化法帖十卷

宋太宗雅意翰墨，乃出御府所藏歷代真迹，命侍書王著摹板禁中，深得古意。此諸帖之祖也。

絳帖

潘師旦模刻。骨法清勁，足正王著肉勝之失。然駁馬露骨，又未免羸瘠之歎耳。

潭帖

僧希白模刻。風韻和雅，血肉停匀。但形勢俱圓，頗乏峭健之氣。

大觀帖

蔡京模刻。精工之極，蓋《閣帖》之亞也。

太清樓續閣帖

劉燾模刻。工夫精緻，亞於《淳化》。肥而多骨，求備於王著，乃失之麤硬，遂少風韻。

戲魚堂帖

劉次莊模刻。在淳化翻刻中頗爲有骨格者，淡墨搨尤佳。

武岡帖

《絳帖》之次也。

修内司帖

亦有淡墨搨者絶佳。

福州諸帖

鼎帖

石硬而刻手不精，雖博而乏古意。

星鳳樓帖

曹士冕模刻。工緻有餘，清而不穠，《太清》之亞也。

玉麟堂帖

吴琚模刻。穠而不清，多雜米家筆仗。

寶晉齋帖

曹之格模刻。諸帖中之劣者。

百一帖

王曼慶模刻。筆意清遒，雅有勝趨，恨刻手不精耳。

鳳墅續法帖二十卷

曾宏父模刻。

群玉堂法帖十卷

予少溺志於書，無傳焉，而未有所得也。頗喜考尋前人之遺論，纂輯既久，恍乎若有以見其指意之所在，而亦未敢遽以爲是也。中歲以來，抱詞賦之悔，不復數數然。正德戊寅，假館老氏之宫，新涼病後，再加删次，深懼古人之法不盡傳於將來也。昔人有言：經術之不明，由小學之不振；小學之不振，由六書之無傳。嗚呼，予亦安敢少哉。是歲中秋日，雲間陸深識。

陸文裕公外集後序

良俊有友董宜陽，蓋雅從陸文裕公儼山先生游。先生嘗語之曰：『余集欲不傳。余有撰著數種，雖不敢自謂成一家之言，其於網羅舊聞、紀記時事，庶不詭於述者之意矣。使後世有知余者，其在兹乎？其在兹乎？』良俊後見先生之子楫與其甥黄子標，訊之良然。

良俊曰：嗟乎甚哉，著述之難也。昔鄭漁仲有言，夫太史公之書，史家視爲準的。然以亘三千年之史籍，而跼蹐於七八種之書，所可爲遷恨者，博不足也。至於採摭未備，筆削不遑，故劉知幾譏其多聚舊聞，時插襍言，所可爲遷恨者，雅不足也。余嘗怪歎，謂爲過言。迺今觀近代著述，鮮能盡善，則知博雅兼備，太史公猶或難之。昔人所云，信不虚矣。夫今世薦紳先生，非不才質瑰瑋，然皆高譚理性，競事玄虚，或專志藝文，都工靡曼。夫尚玄虚則黜聞見，工靡曼則鮮懿實。而著述之家，惟資博雅，其尋繹經史，亦賴思致宏深。故今世文士競爽而著述罕聞，非此其故耶？間有一二稍敦朴有志於斯者，又以不閑於故事，故其言都不雅馴。嗚呼，兹二者，余竊病焉。然余究觀古人文章，抑孰有先於著述者哉？夫世稱西漢文章之盛，莫過武、宣。以今考之，則馬遷次《史記》，淮南撰《鴻烈》，次公議鹽鐵，子政陳五行，匡鼎說《詩》，京生傳《易》。其餘《說苑》《新序》之書，序論篇目，既得立言之致，而所載聖賢言語行事之實，又皆後世之所樂聞，而史傳之所不著者。雖至於今學士大夫，猶或因之考見得失。他如長卿諭意巴蜀，嚴助風旨淮南，吾丘駁挾弩之禁，主父、嚴徐陳策匡時，皆可施之廟堂，著爲令甲，固『典』『誥』之流亞也，豈若後世作齪齪狹室穢瑣語哉？我明當正德間，承累聖熙洽，又敬皇帝加意文儒，故一時則有康滸西、馬西玄奮自關中，崔後渠鳴於鄴下，李空同、王浚川雄視河洛，何大復、薛君采高騁潁亳，徐昌穀、顧東橋與先生輩振起吴中。文章之盛，幾與古埒。今讀其集，非不窮妍盡工，眩視驚聽，然譬之畫脂鏤冰，雖精采酷似，而棄日損功，終歸毁滅。嗚呼，若此者，亦何取於文哉？

唯先生撰著成書凡二十三家，通計四十卷，其於歷代典章、群籍隱義、陰陽曆律之變、天文地理人事之紀，莫不畢備。至若《史通會要》一書，則作史利病，評騭無遺。《書輯》一編，則書家精秘，開指殆盡。録同異則敷奏詳明，紀扈從則鋪寫嚴密。其序致時事則核而婉，切而中。使後世潤飾王風者，師其故實；翺翔藝圃者，掇其菁藻。史家或有闕失，則異代編摹者，亦或有徵焉。其於博雅可謂兼之矣。但恨當世不能盡先生之用。使稍當事，則執此以往，其弛張規畫，必有非俗儒所能髣髴者。其視玄虚靡曼之習竟無所施者，相去又何遠耶。是刻也，黄子實事編校，最爲詳審。楫又以先生之意命良俊序於簡末，迺敢以平日之見附著焉。楫能盡讀先生遺書，以清才博識稱於江左，當必以余言爲不誣云。

嘉靖乙巳九月望後學郡人何良俊撰